초원의 별

푸른도서관 16

초원의 별

초판 1쇄 발행 / 2006년 12월 20일
초판 3쇄 발행 / 2012년 1월 30일

지은이 / 강숙인
펴낸이 / 신형건
펴낸곳 / (주)푸른책들
등록 / 제321-2008-00155호
주소 / 서울특별시 서초구 양재천로7길 16 푸르니빌딩(양재동 115-6) (우)137-891
전화 / 02-581-0334~5 팩스 / 02-582-0648
이메일 / prooni@prooni.com 홈페이지 / www.prooni.com

글 ⓒ 강숙인, 2006

ISBN 89-5798-094-6 03810

이 도서의 국립중앙도서관 출판시도서목록(CIP)은 e-CIP홈페이지(http://www.nl.go.kr/ecip)와
국가자료공동목록시스템(http://www.nl.go.kr/kolisnet)에서 이용하실 수 있습니다.
(CIP제어번호 : CIP2006002511)

초원의 별

강숙인 지음

푸른책들

차 례

제 1 부

소년 새부

1

이른 아침 산자락의 기운은 싸늘하고 차가웠다. 절기로는 서리가 내린다는 상강절이지만 산자락엔 어느새 겨울의 문턱인 입동절이 와 있는 듯했다.

새부는 그 차가운 기운이 오히려 시원했다. 아까 산자락에 이르렀을 때만 해도 목덜미를 스치는 바람에 소름이 오르르 돋았는데, 검법 연습이 막바지에 이른 지금, 새부의 콧잔등에는 땀방울이 송글송글 맺혀 있다.

새부는 오른쪽 무릎을 살짝 굽히고 왼발을 뒤로 뻗으면서 목검을 잡은 오른손으로 오른쪽을 베어 쳤다. 그와 함께 왼팔을 자연스럽게 뻗어 평형을 이루었다. 그 동안 눈길은 내내 검 끝과 함께 움직이고, 멈추었다.

옆에서 지켜보던 아버지가 말했다.

"잘했다. 다만 발의 움직임이 조금 더 가벼워야겠다. 검법에서는 네 가지 기본법이 다 중요하지만 그 중에서도 특히 보법이 중요하다. 보법은 몸과 검이 움직이는 기초가 되기 때문이다. 검을 연습하려는 사람은 먼저 보법을 정확히 연습해서 기초를 탄탄하게 닦아야 한다. 다시 한 번 해 보아라."

새부는 발놀림에 더 신경을 쓰면서 조금 전의 자세를 다시 한 번 해 보았다. 아버지가 고개를 끄덕이며 말했다.

"오늘은 이만하자. 두 바퀴만 천천히 돌고 오너라."

새부는 목검을 한쪽 옆에 치워 두고 산자락 빈터를 천천히 돌았다. 그 사이 땀이 식으면서 힘든 수련을 하느라 높이 뛰놀았던 맥도 차분하게 가라앉았다. 새부는 연습하던 곳으로 와 두어 번 숨을 크게 내뱉고 다시 들이마셨다.

아버지는 연습이 끝난 뒤에 앉아서 쉬곤 하는 편편한 바위에 앉아 있었다. 새부도 아버지 옆에 앉았다. 아버지가 말했다.

"네가 수련을 감당할 수 있을지 걱정했는데 갈수록 몸이 좋아지는 것 같아 마음이 놓이는구나."

어렸을 때 새부는 몸이 몹시 약했다. 일곱 살 때까지 자주 침을 맞았고, 약도 빈번히 먹었다. 한번 약을 먹으면 보름 가까이 먹물 같은 탕약을 질리도록 마셨던 일을 아직도 기억하고 있다. 그 뒤 아홉 살 때까지는 침을 맞지 않았지만 몸이 아프거나 기운이 없을 때 아버지가 지어 주는 약을 며칠씩 먹곤 했다. 덕분에 지금은 마을에서 가장 다부진 다복이 못지않게 튼튼한데도 아버지는 여전히 새부가 걱정스러운 듯했다.

"아버지, 저 이제 아주 건강해요. 지금까지 한 것보다 더 어려운 수련도 할 수 있어요."

"그래. 내년부터는 본격적으로 검법 수련을 시작하자꾸나."

아버지가 고개를 끄덕이며 대견하다는 듯이 말했다.

새부는 열한 살이던 지난 해 봄부터 무예 수업을 시작했다. 먼저 무예의 기초가 되는 여러 자세와 동작들을 배우고 익혔다. 그리고 1년 반이 지난 올 가을에 아버지로부터 검법의 네 가지 기본법을 배웠다. 검을 쓸 때 시선을 어디에 둘 것인가 하는 안법(眼法), 어깨와 팔꿈치와 손목을 움직이는 수법(手法), 가슴과 허리를 움직이는 신법(身法), 나아가고 물러설 때의 발걸음을 움직이는 보법(步法), 그리고 이 네 가지 기본법을 응용하여 연습하는 여러 자세와 동작을 배웠다. 두 손이 아닌 한 손으로 검을 잡을 때 다른 한 손을 쓰는 법도 배웠다.

"전에도 여러 번 말했지만 무예는 배우는 것보다 배운 것을 단련하는 일이 훨씬 중요하다. 그래서 사흘 동안 배운 것을 삼 년 동안 익혀야 한다는 말이 있는 거고. 물론 네가 이다음에 무인이 될 것은 아니니, 수련에 전념할 필요는 없다. 다만 꾸준히 수련하여 몸과 마음을 닦고 실력을 쌓아 두면, 위급한 경우에 자신은 물론 식구들과 나라를 지키는 일에 도움이 되겠기에 너에게 무예를 가르치는 것이다. 내 말 뜻을 알겠느냐?"

"네."

새부는 대답하면서 문득 거란족을 생각했다. 지금 고려와 사이가 가장 나쁜 나라는 북쪽 변경 너머에 있는 거란족의 요 (遼)나라다. 새부가 살고 있는 이 곳 동쪽 변경 너머에는 여진족 의 마을들이 흩어져 있는데, 여진족은 고려에 조공을 바치면서 평화롭게 살고 있어서 별 문제가 되지 않았다. 아이들의 전쟁 놀이에서도 아군을 괴롭히는 적군은 꼭 거란이었다. 당장은 아 니겠지만 언젠가는 거란이 전쟁을 일으킬지도 모르고, 어쩌면 아버지는 그 때를 대비해서 새부에게 무예를 가르치는 것인지 도 모른다.

"정말 언젠가는 거란이 고려로 쳐들어올까요?"

"글쎄다……."

아버지가 빈터 저편을 바라보며 무심히 대답했다. 아버지의 눈길이 닿는 그 곳에 커다란 은행나무 한 그루가 있다. 이 곳 빈터에는 몇몇 나무들이 자라고 있는데 아버지는 무엇보다 은 행나무를 마음에 들어했다. 처음 이 곳에 자리잡은 것도 저 은 행나무 때문이라고 했다. 은행나무가 자라는 이 빈터를 뒤뜰로 삼기 위해 그 아래쪽에다 집을 마련한 것이라고 아버지는 여러 번 이야기해 주었다.

"어느새 은행잎이 노랗게 물들었구나. 고향에서도 가을이 면 은행잎이 유난히 눈부신 황금빛으로 물들곤 했지. 처음 이 마을에 왔을 때 어찌나 춥던지, 이렇게 추운 곳에서 살 수 있을까 했는데 놀랍게도 고향에서 보던 은행나무가 여기서도 자라더구나. 이렇게 추운 곳에서도 은행나무가 자라는구나 싶어 얼마나 대견하고 고맙던지……."

아버지는 은행나무에서 시선을 떼지 않으면서 나지막이 말했다.

아버지의 고향은 따뜻한 남쪽 고을이라고 했다. 그 곳이 어디인지는 나중에 새부가 좀더 자라면 말해 주겠다고 했다. 아버지는 스물세 살 되던 해 고향을 떠나 추운 북쪽 땅 산골 마을에서 20여 년을 살았다. 물론 이 곳에 비하면 산골 마을은 그나마 따뜻한 편이었지만 따뜻한 남쪽 고을에서 살다가 가서 그런지 처음에는 산골 마을이 세상에서 가장 추운 곳처럼 느껴졌다고 했다.

새부가 태어난 곳도 그 곳이었다. 아버지는 마흔이 되던 해 가을 새벽에 아들을 얻었다. 새벽에 태어난 아이여서 이름을 새부라 지었다. 새부는 옛말로 새벽이란 뜻이다. 어머니는 새부를 낳은 지 1년 만에 세상을 떠났다. 그리고 새부가 세 살 되던 해 늦가을에 아버지는 다시 새부를 데리고 나라의 끝자락인 이 곳 너르실로 왔다.

새부가 철이 들면서부터 아버지는 지난 이야기들을 가끔씩 들려 주었다. 하지만 왜 따뜻한 남쪽 고향을 떠나야 했는지, 추운 산골 마을을 왜 또 떠나 이 곳에 자리잡았는지 그 이유는 말해 주지 않았다. 새부가 어른이 되면 그 때 다 들려 주겠다고 했다.

새부는 다만 짐작할 뿐이다. 아버지가 추운 산골 마을을 떠난 것은 그 곳에서 어머니를 잃었기 때문이 아닐까 하고. 그래서 새부는 아버지의 고향보다는 추운 산골 마을에 더 가 보고 싶었다. 자신이 태어난 그 곳에 가면 기억조차 없는 어머니의 흔적을 찾을 수 있을 것 같아서였다.

"고향에 가고 싶으세요?"

"고향이 그립지 않은 사람이 어디 있겠니. 나이가 들수록 고향 생각은 더욱 간절해지는 법이란다."

'전 추운 산골 마을에 한번 가 보고 싶어요.'

이 말이 혀끝을 맴돌았지만 새부는 잠자코 있었다. 아버지도 말없이 은행나무만 쳐다보았다. 조금 뒤에 아버지가 자리에서 일어났다. 새부도 일어났다. 나란히 집으로 걸어가면서 아버지가 말했다.

"어쩌면 오늘 여진 사람이 좋은 말 한 마리를 끌고 올지도 모르겠다. 태어난 지 일 년이 조금 넘은 어린 말을 지난번에 부탁해 두었단다."

새부의 두 눈이 반짝 빛났다.

"정말이세요, 아버지?"

아버지가 웃으며 고개를 끄덕였다.

"지금부터 말에 익숙해져야 나중에 말을 잘 탈 수 있다."

오늘 아버지는 산을 두 개 넘어 변경 박평진(博平鎭 : 함경남도 영흥)으로 간다. 그 곳에서 보름마다 한 번씩 장이 서기 때문이다. 변경 너머에 사는 여진 사람들은 말이며 모피 등을 가져오고, 고려 사람들은 곡식이며 옷감 등, 여진 사람들에게 필요한 생필품을 가져와 서로 사고판다. 아버지는 집안일을 맡아하는 운이 아버지와 함께 나귀에다 이번에 거둔 햇곡식을 싣고박평진으로 갈 것이다.

아버지가 여진 사람들한테서 주로 사는 것은 담비 가죽, 모피다. 아버지는 좋은 모피를 알아보는 남다른 눈을 가졌다. 아버지가 여진 사람들한테서 사는 모피는 언제나 최상품이다. 그모피 중 일부분은 집안 사람들의 겨울옷을 짓는 데 쓰고, 나머지는 다른 집으로 팔려 간다. 주로 한 고을을 다스리는 부유한호장들이 좋은 모피를 많이 찾는데, 꽤 먼 지방의 호장집 집사도 아버지에게 모피를 부탁하러 찾아오곤 한다.

아버지가 여진 사람에게 말을 부탁한 것은 이번이 처음이다. 물론 말을 한 번 산 적이 있다. 집에는 나귀 두 마리 말고도아버지와 운이 아버지가 타는 말 두 마리가 있는데, 그 말들이 바로 여진 사람에게서 산 것이다. 여진 말 호마(胡馬)는 추운 지방에서 자라 고려 말 향마(鄕馬)보다 튼튼하고 잘 달린다고 한다. 그래서 호마는 고려 사람들한테 인기가 높다.

호마를 생각하자 새부의 입이 절로 벙긋 벌어졌다.

"아버지, 저도 따라가고 싶어요. 여진 사람들이 어찌 생겼는지, 서로 흥정을 어떻게 하는지 보고 싶어요."

"네가 좀더 자라면 데려간다 하지 않았느냐. 열다섯 살이 되면 그 때 데려갈 터이니 기다려라."

아쉬웠지만 더 이상 조를 수는 없었다. 저만치 집이 보였다. 운이 어머니가 지금쯤 부엌에서 아침상을 차리고 있으리라. 운이 아버지가 아버지를 도와 바깥 살림을 맡아 하는 것처럼 운이 어머니는 안살림을 맡아 하고 있다. 새부네 집은 위채와 아래채 두 채인데, 운이네는 아들 동이와 딸 운이와 함께 아래채에 살고 있다.

새부는 어려서부터 운이 아버지와 어머니를 작은아버지, 작은어머니라 불렀다. 자연스럽게 동이는 형이 되었고, 운이는 새부의 누이동생이 되었다. 하지만 동이는 나이도 여섯 살이나 많고 집안일을 돕느라 바빠서 새부는 동이와 친형제처럼 지내지 못했다. 반면 한 살 아래인 운이와는 친오누이처럼 지냈다. 운이 어머니는 친딸인 운이보다 새부를 더 극진히 보살펴 주었고, 새부는 운이 어머니를 친어머니처럼 따랐다. 아버지도 그런 운이네를 한식구로 생각했다.

운이 어머니는 음식 만드는 솜씨가 좋다. 운이 어머니가 만든 맛있는 음식들을 생각하자 새부는 갑자기 배가 고팠다. 새부는 가볍게 뛰어서 아버지보다 먼저 아래채 마당으로 들어섰다.

2

마당에 있는 산사나무 그림자가 중문 쪽으로 길게 늘어졌다. 글을 읽다 나른하여 산자락 빈터까지 한바탕 달리고 돌아온 새부는 마당에 서서 하늘을 한 번 쳐다보고 나무 그림자를 다시 한 번 바라보았다. 그건 아버지한테서 배운, 시간을 헤아리는 방법이었다.

'아직 조금 더 있어야겠네. 다복이가 일을 끝내려면……'

아침에 박평진으로 떠나면서 아버지는 오늘은 오전만 공부하라고 했다. 아버지는 밤늦게 돌아올 테고 그럼 밤에도 새부 혼자서 공부를 해야 할 테니, 오후에는 새부 마음대로 하라는 뜻이었다.

하지만 지금 나가 봤자 같이 놀 아이가 없다. 바쁜 가을걷이는 끝났지만 새부 또래의 아이들이 도와야 할 집안일은 여전히 많다. 산에 가서 나무도 해야 하고 심부름에다 닭이며 돼지 같은 가축도 돌봐야 한다. 이런저런 일을 다 끝내야 아이들은 바깥에 나와 놀 수 있다.

새부와 가장 친한 다복이는 특히 집안일을 많이 했다. 다복이는 형이 둘이나 있고 아우도 하나 있는데, 아들이 많아서 그런지 다복이 아버지는 다복이를 조금도 귀하게 여기지 않았다. 다복이는 다른 집 아이들보다 집안일을 더 많이 돕는데도 걸핏하면 아버지한테 얻어맞았다. 게으름부린다고 얻어맞고, 말대답한다고 얻어맞고, 너무 바깥으로 싸돌아다닌다고 얻어맞았다.

그래도 다복이는 씩씩하고 밝았다. 뺨에 손자국이 벌겋게 날 만큼 아버지한테 심하게 얻어맞고서도 금세 다 잊고 아이들과 어울려 신나게 놀았다. 새부는 저와 나이도 같은데다 뒤끝이 없고 시원시원한 다복이를 좋아했다. 다복이는 지금쯤 산에서 부지런히 나무를 하고 있으리라.

호마 얘기를 하면 다복이는 제가 말을 가진 것처럼 좋아할 터였다. 다복이의 웃는 얼굴을 떠올리며 새부는 혼자 가만히 웃었다.

'다복이도 말을 태워 줘야지.'

새부는 다시 방으로 들어왔다. 오전에는 방 안이 환했는데, 이젠 방에도 그늘이 내렸다. 새부는 서안을 방문 앞으로 당겨 놓고 그 앞에 앉아 글을 읽기 시작했다.

새부는 여덟 살 때부터 아버지한테 글을 배웠다. 아버지는 대개 밤에 글을 가르쳤다. 새부는 그 다음 날 혼자 공부하면서 간밤에 배운 것들을 외우고 익혔다. 어렸을 때는 오전에만 공부하고 오후에는 마을에 나가 아이들과 놀았지만, 이젠 공부할 것도 많아지고 또 제 또래 아이들이 거의 다 오후까지 집안일을 돕는지라 자연스레 공부하는 시간이 길어졌다.

새부는 글공부가 좋았다. 처음에는 글자마다 일일이 음과 뜻을 같이 외워야 하는 한자가 어렵게 느껴졌지만, 웬만큼 한자를 알고 나자 글공부가 재미있어졌다. 좋은 뜻이 담긴 옛 글이나 아름다운 옛 노래를 공부하는 것도, 아직 서툴긴 하지만 글월이나 노래를 짓는 일도 즐거웠다. 말뿐 아니라 글자로도 자신의 생각과 마음을 표현한다는 것이 신기하게 느껴졌다.

아버지가 언제 어디서 글을 배웠는지는 모르지만, 아버지는 호장인 무경이 아버지보다 글공부를 많이 했을 거라고 새부는 짐작하고 있다.

아버지는 아는 것이 많았다. 깊은 산에서 자라는 약초에 대해서도 잘 알고 간단한 응급 처치도 할 수 있어서 갑자기 병이

난 사람들이 의원보다 먼저 아버지를 찾곤 했다. 또한 마을 사람들 사이에 분쟁이나 송사가 생겼을 때 아버지가 말로 잘 타일러 해결해 주기도 하고, 꼭 필요한 경우에는 읍사에 갖다바칠 소장을 써 주기도 했다. 아버지가 여진 사람들과 물건을 사고파는 일을 다른 사람들보다 더 잘하는 것도 글을 잘 알기 때문이다. 여진 사람 중에도 한문을 아는 사람이 더러 있어서 그 사람과 필담(筆談)으로 거래를 성사시키는 것이다. 물론 기본적인 여진 말 정도는 아버지도 할 줄 알지만, 그보다는 필담이 거래에 더 도움이 된다고 했다.

마을 사람들이 다른 고장에서 온 아버지를 기꺼이 받아들이고 따르는 것은 아버지가 인심이 후해서 마을 사람들을 잘 도와 주기 때문이기도 하지만, 한편으로는 아버지의 높은 학문을 존경하기 때문이었다.

새부는 그런 아버지가 자랑스러웠고, 글공부를 열심히 해서 이다음에 아버지처럼 되고 싶었다.

'아버지가 글공부를 많이 하신 분이어서 정말 다행이야. 그렇지 않았다면 나도 다른 아이들처럼 글공부를 못 했을지도 모르지.'

문득 그런 생각이 새부의 머리를 스쳤다.

사실 글공부는 아무나 할 수 있는 것이 아니다. 새부가 아는 한 집안일을 돕는 대신 글공부를 하는 아이는 너르실에서는 새부 자신뿐이고, 윗마을 범골에는 호장의 아들인 무경이가 있다.

호장은 한 고을을 다스리는 고을의 우두머리를 말한다. 너르실과 범골뿐 아니라 이 일대 열댓 개의 마을들이 한 고을을 이루고, 이 고을을 호장인 무경이 아버지가 다스리고 있다.

아버지가 말해 주었다. 고려가 나라를 세운 지 얼마 되지 않아 개경 조정에서 지방까지 수령을 파견하지 못하고 있다고. 그래서 그 지방에서 오래 살아온 호족(지방 세력가)들이 호장이 되어 고을을 다스린다고. 대신 호장들은 여러 마을 백성들한테 거둔 세금을 개경에 올려보내고, 해가 바뀌거나 나라에 큰 행사가 있을 때는 개경으로 가서 임금을 뵙고 나라에 대한 충성을 다짐한다고 했다.

다만 이 곳은 변경 지대여서 산 너머에 있는 박평진에 관아가 있고, 개경에서 온 진장(鎭將)이 관아 일을 보고 있다. 하지만 진장이 하는 일은 변경을 지키는 병사에 관한 일이나 역모죄 등 큰일만 맡고 있을 뿐, 나머지 일은 무경이 아버지인 박 호장이 다 맡아 하고 있다.

무경이는 아버지의 뒤를 이어 호장이 될 아이다. 이다음에 호장이 되려면 글도 알아야 하고 무예도 익혀야 한다. 그래서 무경이는 글 선생이며 무예 선생을 따로 두고 어려서부터 글공부를 하고 무예를 익혀 왔다.

생각이 무경이에 이르자 새부의 표정이 저도 모르게 굳어졌다. 무경이는 새부보다 한 살 많은 열세 살이고, 윗마을 범골 아이들의 대장이다. 범골뿐 아니라 이 일대 마을 아이들은 모두 무경이 말을 들어야 하는 무경이의 부하이다. 무경이가 좋아서가 아니라 몸집도 크고 힘도 센 무경이가 무서워서, 또 무경이 아버지가 호장이라서 아이들은 무경이 말이라면 꼼짝 못하고 그대로 따랐다.

다만 너르실 아이들은 달랐다. 너르실 아이들의 대장은 새부이고, 아이들은 새부만 따랐다. 무경이가 으르고 때론 달래도 아이들은 끄덕도 하지 않았다. 그래서 무경이는 더욱더 새부와 너르실 아이들을 눈엣가시처럼 여겼다. 범골 아이들을 이끌고 너르실에 놀러 올 때면 무경이는 꼭 트집을 잡아 너르실 아이들을 괴롭히곤 했다. 그래서 무경이가 너르실에 나타나면 아이들은 아예 피해 버리기 일쑤였다.

새부는 머리를 저어 무경이 생각을 털어 버렸다. 공부를 할 때면 집중해서 하는 편인데 오늘은 호마 때문에 마음이 들떠서 자꾸 딴 생각을 하게 되는 것 같았다.

새부는 숨을 크게 내쉬었다가 들이마신 다음, 다시 마음을 한데 모아 글을 읽기 시작했다.

3

너르실 서쪽 외진 곳에 있는 커다란 팽나무 아래서 아이들이 놀고 있다. 어른들은 오래 된 팽나무가 마을을 지켜 주는 신성한 나무라고 했지만, 아이들에게 팽나무가 있는 이 곳은 즐거운 놀이터였다. 터가 널찍한 데다 어른들이 거의 오지 않아 아이들은 이 곳에 모여 맘껏 소리지르며 말타기놀이나 전쟁놀이를 하곤 했다. 또한 이 곳은 약속 없이도 아이들이 서로 만날 수 있는 모임의 장소이기도 했다.

동생 또복이와 막 팽나무 아래 도착한 다복이는 노는 아이들을 둘러보았다. 새부가 보이지 않았다. 오늘 병사훈련놀이를 하기로 했는데, 새부는 여태 글을 읽고 있나 보다.

다복이는 새부가 오기 전에 잠시 저만의 비밀 장소에 다녀오기로 마음먹었다. 말이 비밀 장소지 그 곳이 어디인지, 다복이가 왜 그 곳에 자주 가는지 마을 아이들 모두가 알고 있었다.

그 곳은 여기서 그리 멀지 않은 풀숲에 있는 낡은 헛간이다. 원래는 집도 있었다는데 이제는 쓰러지기 직전의 헛간만 남아 있다. 아주 오래 전에는 사람이 살았다고 한다. 그런데 그 집 사람들이 큰 변을 당해 모두 죽은 뒤로 흉가가 되었고, 집도 무너졌다. 사람들은 그 터를 불길하게 여겨서 잘 가지 않았다. 아이들도 마찬가지였다. 하지만 겁이 별로 없는 다복이는 그 곳을 좋아하여 자신의 비밀 장소로 삼고는 수시로 드나들었다.

다복이는 헛간 한쪽 구석에 자신만의 보물을 숨겨 놓았다. 다복이의 보물은 부러진 화살촉, 녹슨 칼 조각, 줄이 끊어진 활 등이다. 다복이는 어렵게 그런 것들을 모아 헛간 한구석에 보관해 두고 있다.

다복이의 꿈은 이다음에 많은 병사를 거느리는 무관이 되는 것이다. 양민도 나라에 큰공을 세우면 무관이 되어 꽤 높은 자리까지 올라갈 수 있다고 한다. 그래서 망가지고 조각만 남은 무기들이 다복이의 보물이 되었다. 그 보물들을 보면 무관이 되어 많은 병사들을 호령하는 제 모습이 떠올라 기분이 좋아졌다.

"나 잠깐만 어디 갔다올게. 금방 돌아올 거야. 대장이 오기 전에."

다복이는 말타기놀이를 하는 아이들에게 말한 다음 위쪽으로 발걸음을 옮겼다. 또복이가 따라왔다.

얼마 뒤, 다복이와 또복이는 헛간 안으로 들어섰다. 헛간 한구석에 마른풀이 잔뜩 쌓여 있었다. 여름에 헛간 앞뒤로 무성하게 자라난 풀을 베어다 다복이가 말려 둔 건초였다. 다복이는 건초더미를 헤치고 작은 버들고리짝을 꺼냈다. 그러고는 헛간 바닥에 주저앉아 고리짝 뚜껑을 열었다.

순간 다복이의 눈이 휘둥그레졌다. 고리짝 안에 단검 한 자루가 들어 있었기 때문이다. 녹슬거나 반토막만 남은 고물이 아니라 칼집까지 있는 온전한 단검이었다. 은은한 구리빛 단검 앞에서 다복이가 여태까지 애써 모아 온 보물들은 순식간에 잡동사니가 되고 말았다.

"형, 이게 뭐야? 이거 형 거야?"

또복이가 떨리는 목소리로 물었다. 다복이가 고개를 저었다.

"나도 몰라. 지금 처음 보는 거야."

다복이는 고리짝 안에서 단검을 꺼냈다. 칼집에서 단검을 빼 반쯤 무너진 천장으로 비쳐든 햇살에 비춰 보았다. 단검 날이 파르르 떨면서 번쩍 빛을 토했다. 조심스레 단검 날을 만져 보았다. 날은 자칫하면 베일 만큼 날카로웠다. 다복이는 저도 모르게 한숨을 내쉬었다. 단검, 무관들이 몸에 지니는 진짜 단검이 눈앞에 있다. 어찌된 영문인지는 모르지만 제 보물 고리짝 안에 들어 있는 것이다.

다복이는 단검을 도로 칼집에 집어넣고는 고리짝 안에 넣었다.

"어쩌려고 그래, 형?"

"어쩌긴. 이 안에 들어 있었으니까 그대로 넣어 두는 거지 뭐."

"이건 진짜 단검이잖아. 그것도 아주 좋은 단검. 분명 주인이 있을 거야. 아버지한테 얘기해서 주인한테 돌려줘야 돼. 안 그러면 나중에 큰일날 거야."

"그랬다가 아버지한테 나만 또 얻어맞게? 싫어. 여기 그대로 두고 가끔씩 와서 볼 거야. 이건 분명히 단검 주인이 무슨 사연이 있어서 여기다 감춘 거야. 그러니까 주인이 도로 가져갈 때까지 제자리에 둬야 한다고."

"단검 도둑이 여기다 감춘 건지도 모르잖아. 지난번에 쇠돌이 형 말이야. 도둑이 버리고 간 물건을 주워 가졌다가 혼난 적 있잖아. 생각 안 나?"

"넌 쪼그만 게 웬 겁이 그렇게도 많고, 말은 또 왜 그렇게 많냐? 내 고리짝 안에 들어 있던 거니까 내 맘대로 해도 돼."

다복이는 고리짝 뚜껑을 닫으면서 또복이에게 면박을 주었다. 그 때였다. 헛간 어귀에서 인기척이 났다. 다복이와 또복이가 돌아보는 순간 무경이가 범골 아이들을 이끌고 헛간 안으로 우르르 들어왔다. 다복이는 재빨리 건초 더미 속에 고리짝을 감추고는 일어났다. 또복이도 따라 일어나서 다복이 곁에 바짝 붙어 섰다.

"뭐 하니, 여기서?"

무경이가 다복이 앞으로 다가와 물었다.

"알 거 없잖아."

다복이가 퉁명스레 말하자 무경이가 빙긋 웃었다.

"아니, 난 알아야겠어. 며칠 전에 우리 아버지가 단검을 잃어버리셨거든. 아버지가 늘 몸에 지니고 다니시는 건데, 이 마을에 볼일 보러 오셨다가 잠깐 풀어 놓으셨대. 그런데 그 사이에 감쪽같이 없어졌다는 거야. 그래서 내가 찾으러 다니는 중이야. 우리 아버지가 아주 아끼는 단검이거든, 그 단검."

또복이가 몸을 가늘게 떨었다. 그 떨림이 바로 옆에 서 있는 다복이에게 전해졌다. 하지만 다복이는 눈썹 하나 까딱하지 않고 태연하게 말했다.

"그럼 계속 단검이나 찾으러 다녀. 여긴 그딴 거 없으니까."

"애들 얘기로는 네가 여기다 보물을 숨겨 두고 있다던데, 그것 좀 보여 줄래? 난 그걸 꼭 봐야겠거든."

"싫어. 그건 아무한테도 안 보여 주는 거야."

"너희 대장 새부한테는 보여 줬겠지? 넌 새부의 충성스러운 부하잖아. 어쩜 너희 둘이 짜고 한 일인지도 모르겠다. 전쟁놀이할 때 그 단검을 차고 있으면 진짜 대장 같을 테니까. 안 그래?"

순간 다복이가 얼굴을 씰룩이며 버럭 소리쳤다.

"무슨 소릴 하는 거야? 새부는 아무것도 몰라."

말을 해 놓고 다복이는 아차 했다. 무경이가 재빨리 그 말을 되받았다.

"새부는 아무것도 모른다? 그럼 넌 뭔가 알고 있다는 얘기네?"

다복이의 얼굴이 흙빛으로 변했다.

"그, 그게 아니고……."

"얘들아, 어서 뒤져 봐."

"안 돼, 안 된단 말이야."

다복이가 막아섰지만 범골 아이들은 무경이까지 모두 여섯 명이었다. 여섯 명 모두 다복이보다 몸집도 크고 힘도 셌다. 그 중 둘이 다복이를 잡고 있는 사이에 다른 아이들이 건초더미 아래서 고리짝을 찾아냈다. 아이들이 무경이에게 고리짝을 건넸다. 무경이가 고리짝을 열고 단검을 꺼냈다. 그러고는 고리짝을 바닥에 팽개쳤다. 다복이가 아끼던 보물들이 헛간 바닥에 맥없이 흩어졌다. 다복이는 눈을 부릅뜨고 무경이를 노려보았다. 무경이가 단검을 다복이의 눈앞에 갖다 댔다.

"이게 바로 우리 아버지 단검인데, 이래도 잡아뗄래?"

"난 모르는 일이야. 그냥 그게 내 고리짝 안에 들어 있었어.”

“그럼 이 단검에 날개가 달리고 손이 달렸다는 거네? 단검이 저 혼자 여기까지 날아와서 고리짝 뚜껑을 열고 그 안에 숨은 거네? 안 그러니 얘들아?”

범골 아이들이 와 웃음을 터뜨렸다. 다복이가 소리쳤다.

“무경이 네가 한 짓이지? 네가 날 골탕먹이려고 내 고리짝 안에 숨겨 둔 거지?”

“너 지금 우리 아버지를 모욕하는 거니? 우리 아버지가 분명 단검을 이 마을에서 잃어버렸다고 하셨는데, 그 말이 거짓말이라는 거야, 지금?”

“너희 아버지가 한 말을 난 들은 적 없어. 이건 다 네가 꾸민 짓이야. 틀림없어.”

“그래? 그럼 읍사에 가서 우리 아버지한테 여쭈어 보자. 거기 가서 네가 도둑질한 게 들통나면 아마 큰벌을 받을걸.”

읍사는 호장인 무경이 아버지가 고을 일을 보는 관사다. 읍사라는 말에 다복이는 할말을 잃었다. 어른이건 아이건, 잘못이 있건 없건 백성들은 공연히 읍사를 두려워하는 법이다.

“안 돼! 읍사에 가면 우리 아버지도 알게 되잖아. 그럼 큰일나. 안 된단 말이야!”

또복이가 울먹이며 소리쳤다. 무경이가 히죽 웃으며 또복이를 보았다.

"안 된다고? 좋아, 그럼 한 번만 봐 주지. 대신 새부를 데려와. 팽나무 아래서 기다릴 테니까 얼른 데려와. 안 그러면 읍사에 끌고 갈 테다."

"됐어! 읍사에 갈 거야. 새부한테는 알리지 마!"

다복이가 얼굴이 벌게져서 소리쳤지만 또복이는 이미 헛간을 나가 버린 뒤였다.

4

새부는 책을 덮었다. 글을 읽다 보니 생각보다 시간이 많이 지난 듯했다. 다복이와 아이들은 지금쯤 팽나무 아래서 자신을 기다리고 있으리라. 새부는 마당으로 나가 중문을 지나 운이네 식구들이 사는 아래채 마당을 달려나갔다.

대문 앞에서 새부는 마당으로 들어오는 운이 어머니와 마주쳤다. 운이도 뒤에서 따라 들어오고 있었다.

"도련님, 놀러 나가세요?"

아버지가 워낙 새부를 애지중지하는지라, 운이 아버지도 어머니도 새부에게 깍듯하게 대한다. 옆에서 운이도 아는 체했다.

"오라버니 또 대장놀이하러 가는 거지?"

새부가 웃으며 고개를 끄덕였다. 운이 어머니가 다시 말했다.

"너무 늦지 마세요. 저녁밥 맛있게 해놓을게요."

"네, 작은어머니. 해지기 전엔 돌아올게요."

새부는 집 밖으로 나와 마을 서쪽으로 달렸다. 길을 따라 한참 달리던 새부는 맞은편에서 달려오던 또복이와 맞닥뜨렸다. 또복이는 새부를 보자마자 울먹이며 말을 쏟아냈다.

"대장, 큰일났어. 우리 형이 읍사에 끌려가게 생겼어. 아버지가 알면 우리 형 맞아 죽어. 무경이가 대장 데려오랬어. 대장이 무경이한테 잘 얘기해서 우리 형 좀 살려 줘, 응?"

또복이의 말이 두서가 없어서 새부는 알아들을 수가 없었다.

"또복아, 차근차근 말해 봐."

그제야 또복이는 가쁜 숨을 몰아쉬며 조금 전에 일어난 소동을 다 이야기했다. 새부는 미간을 찌푸리며 생각에 잠겼다. 이건 다복이를 괴롭히려고 무경이가 꾸민 짓이 분명했다. 하지만 증명할 방법이 없으니 그게 답답했다. 그런데 무경이가 왜 저를 데려오라 한 것일까? 어쩌면 무경이는 처음부터 다복이가 아니라 새부 저를 노리고 이런 일을 꾸민 건 아닐까? 어쨌거나 빨리 가 봐야 할 것 같았다.

"알았어, 어서 가자."

너르실 아이들과 범골 아이들이 팽나무 아래 모여 있었다.

팽나무 아래 풀죽은 모습으로 앉아 있던 다복이가 새부를 보고 일어섰다. 둘의 눈길이 잠시 마주쳤다. 무경이가 새부에게 다가왔다.

"네 부하가 무슨 짓을 했는지는 들었지?"

"다복인 잘못한 거 없어. 난 다복이를 믿어."

"잘못했는지 안 했는지는 읍사에 가면 밝혀지겠지. 어때? 그냥 읍사에 끌고 갈까?"

"나한테 바라는 게 뭐야?"

새부는 무경이를 노려보며 자르듯이 말했다. 무경이가 싱글거렸다.

"말귀를 빨리 알아듣는구나. 원래 부하가 잘못하면 대장이 책임지는 법이거든. 그러니까 네가 책임지겠다면 이번 일을 그냥 덮어 둘 수도 있어."

"어떻게 책임을 지라는 건데?"

"방법은 두 가지야. 하나는, 네가 이 자리에서 무릎 꿇고 나한테 세 번 절하면서 용서를 구하는 거야. 그리고 앞으로 영원히 너와 너르실 아이들이 내 부하가 되겠다고 맹세하면 돼."

"싫어, 그건."

생각할 겨를도 없이 말이 먼저 튀어나왔다.

"그럼, 나머지 한 가지 방법뿐이네. 다복이 대신 네가 우리한테 벌을 받는 거."

"벌? 어떤 벌?"

무경이가 팽나무를 흘끗 쳐다보더니 말을 이었다.

"네가 이 나무에 기대 서 있으면 나랑 내 부하들이 주먹으로 두 대씩만 널 때리는 거야. 다른 덴 말고 가슴하고 배만 때릴 거야. 그럼 겉으로 봐서는 맞은 흔적도 없으니, 남 보기에 창피하지는 않을 거야. 여기 있는 내 부하가 모두 다섯이니까 열 대만 맞으면 되겠다. 내가 주는 벌 두 대는 덤이고. 어때, 할 테야?"

역시 무경이는 처음부터 작정하고 이 일을 꾸민 것이 분명했다. 그래서 군이 몸집이 크고 힘이 센 아이들만 골라 데리고 온 것이다.

새부는 대답을 하지 못했다. 새부는 여태까지 아버지한테는 물론이고 아무한테도 맞아 본 적이 없다. 그런데 지금 무경이는 새부에게 제 패거리한테 몰매를 맞으라고 말하고 있는 것이다.

아버지의 얼굴이 어른거렸다. 어렸을 때 몸이 몹시 약했기 때문에 아버지는 새부가 조금만 아파해도 하늘이 무너진 것처럼 크게 걱정하곤 했다. 실수로 새부가 약간만 다쳐도, 그 상처가 다 아물 때까지 염려하고 또 염려하던 아버지였다. 만약 아버지가 이 일을 아신다면…….

한순간 터질 듯 팽팽한 침묵이 팽나무 아래 모인 아이들을 감쌌다.

갑자기 다복이가 소리쳤다.

"내가 읍사에 갈래. 새부한테 그러지 마!"

"그래? 그것도 괜찮지. 우리 아버진 너그러운 분이시거든. 단검도 찾았는데, 아직 다 자라지도 않은 너한테 큰벌이야 내리시겠니? 그저 네 아버지를 불러 자식 잘 가르치라고 한 말씀 하시겠지."

당장이라도 읍사로 갈 듯하던 다복이가 고개를 아래로 툭 떨구었다. 또복이가 울음을 터뜨릴 듯한 얼굴로 다복이와 새부를 번갈아 쳐다보았다. 제 아버지한테 얻어맞고 아파하던 다복이의 모습이 새부의 눈앞을 스쳐 갔다.

새부는 숨을 가다듬었다. 매를 맞고 아픈 건 잠시겠지만, 지금 다복이를 도와 주지 않으면 두고두고 미안할 것 같았다.

"내가 책임질 거야. 난 대장이니까."

새부는 팽나무 아래 가서 섰다. 그리고 두 팔을 뒤로 돌려 우람한 팽나무 등치를 꽉 잡았다.

"잘 생각했다. 그래야 대장이지. 아무나 대장하는 건 아니잖아."

무경이가 웃으며 말하더니 범골 아이들에게 눈짓했다. 몸집이 큰 아이 하나가 먼저 새부에게 다가왔다. 그 아이가 주먹을 들었을 때 새부는 눈을 질끈 감았다. 퍽퍽 소리가 나면서 가슴팍에 저릿한 아픔이 느껴졌다. 새부는 숨을 크게 내쉬며 아픔이 가라앉기를 기다렸다.

또 한 아이가 다가왔다. 그 아이가 주먹을 내뻗었고, 새부는 이를 악물고 신음을 삼켰다.

무경이가 다가왔다.

"아프지 않니, 새부야? 눈 딱 감고 세 번만 절하면 되는데, 넌 너무 바보 같다. 어때? 지금이라도 마음을 바꾼다면 더 이상 맞지 않아도 되는데……."

둥치를 움켜잡은 새부의 두 손에 힘이 들어갔다. 두 눈에서 불이 일었다.

"넌 비겁해. 이 일, 네가 꾸몄다는 거 난 다 알아. 넌 부끄러운 짓을 한 거야."

"아직도 덜 아픈 모양이구나. 좋아. 그렇게 맞는 게 소원이라면야."

무경이가 주먹을 불끈 쥐더니 새부의 가슴팍을 치고 또 쳤다.

"아!"

새부는 저도 모르게 비명을 내뱉으며 한 손으로 가슴을 감싸안았다. 가슴 한 쪽이 떨어져 나간 듯이 아팠다. 너무 지독하게 아파 속에 든 걸 다 토할 것 같았다.

별안간 다복이가 새부의 앞을 가로막고 섰다.

"그만해. 내가 갈 거야. 읍사에 가겠다고."

새부가 번쩍 눈을 치뜨며 소리쳤다.

"비켜!"

새부의 서슬에 다복이가 움찔하며 돌아보았다.

"새부야, 난……."

새부는 다시 한 번 소리쳤다.

"비키라고 했잖아!"

다복이는 새부를 바라보고는 말없이 옆으로 물러났다. 새부
는 범골 아이들에게 말했다.

"마저 해라."

다시 한 아이가 다가왔다. 그 아이가 주먹으로 배를 내질렀
을 때, 새부는 열 손가락이 단단한 나무껍질 속으로 파고 들어
갈 만큼 세게 둥치를 움켜잡았다. 눈앞이 아득했다. 눈물이 절
로 핑 돌았다. 새부는 눈을 두어 번 깜박이고는 부릅떴다. 다행
히 더 이상 눈물이 나지 않았다.

또 한 아이가 다가왔다. 그 아이가 주먹을 내뻗었다. 새부는
마음 속으로 아버지를 부르며 팽나무에 머리를 기댔다. 팽나무
를 잡은 두 손이 가늘게 떨렸다. 여기서 더 얻어맞다가는 그냥

주저앉아 버리고 말 것 같았다. 하지만 아직 한 아이가 더 남아 있다. 새부는 다시 한 번 숨을 크게 내쉬었다.

마지막 아이의 주먹은 쇳덩이처럼 단단했다. 새부의 얼굴이 일그러지면서 가늘게 신음이 새나왔다. 다리가 후들거렸지만 있는 힘을 다해 그대로 버티고 서 있었다.

"앞으로 조심해라. 대장 노릇 제대로 하려면 부하 단속을 잘해야지."

무경이가 싱글거리면서 한 마디 했다. 새부는 무경이를 쏘아 볼 뿐 아무 대꾸도 하지 않았다. 무경이가 범골 아이들을 데리고 저 멀리 사라졌다. 그제야 새부는 나무 아래 주저앉았다. 다복이가 다가와 옆에 쭈그리고 앉으면서 새부에게 손을 뻗었다.

"괜찮니, 새부야?"

새부가 얼굴을 찡그리며 무뚝뚝하게 말했다.

"건드리지 마. 아파."

다복이가 움찔하며 내민 손을 거두었다.

"미안하다, 대장."

"……."

새부는 한동안 나무 아래 가만히 앉아 있었다. 너르실 아이들도 우두커니 서 있거나 혹은 땅바닥에 앉은 채 말없이 새부를 바라보기만 했다.

이윽고 새부는 자리에서 일어나 아이들을 둘러보았다.

"난 집으로 갈래. 너희도 돌아가."

아이들은 시무룩한 얼굴로 새부를 바라보며 고개를 끄덕였다.

새부가 발걸음을 옮기자 다복이가 따라나섰다.

"내가 집까지 바래다 줄게."

새부가 괜찮다고 손을 저었지만 다복이는 그냥 따라왔다. 집에 거의 다 올 때까지 새부도 다복이도 아무 말도 하지 않았다. 저만치 집이 보이자 다복이가 마침내 입을 열었다.

"새부야, 이제부터 넌 영원히 내 대장이야. 널 위해서라면 난 무슨 일이든 다 할 거야."

새부는 걸음을 멈추고 다복이를 돌아보았다.

"그런 맹세 안 해도 돼. 나중에 네가 대장이 되고 싶어지면 그땐 어쩌려고 그래?"

새부의 여유 있는 말에 다복이도 그제야 조금 웃었다.

"그래도 넌 내 대장이야. 언제까지나."

"무경이는 처음부터 날 노렸어. 넌 거기 말려든 것뿐이고. 이제 그만 가 봐."

"알았어. 갈게. 아프지 마, 대장."

집으로 달려가는 다복이의 뒷모습을 잠시 바라보다가 새부는 다시금 얼굴을 찡그렸다. 가슴 한 켠이 뻐근하게 아파 왔기 때문이다. 만약 아버지가 지금 이 모습을 본다면 당장에 무슨 일이냐고 캐물을 것이다. 아무리 감추려 해도 아버지는 새부의 얼굴만 보고도 무슨 일이 있었는지 금방 알아차린다. 무경이 패거리한테 얻어맞은 일을 아버지한테 결코 알리고 싶지 않았다. 아버지를 걱정시키고 싶지도, 아버지 마음을 아프게 하고 싶지도 않은 것이다.

오늘 아버지가 밤늦게 돌아와서 참 다행이라는 생각을 하면서 새부는 집으로 천천히 발걸음을 옮겼다.

5

밤이 깊었다. 촛불이 조는 듯 가물거렸다. 글이 잘 읽히지 않아 새부는 서안을 옆으로 밀쳐놓았다. 아무래도 잠시 쉬었다 다시 글을 읽어야 할 것 같았다. 아버지가 돌아오실 때까지는 잠들지 않고 글을 읽고 싶었다.

새부는 베개를 베고 드러누웠다. 방바닥이 따뜻했다. 아이들한테 맞은 데가 새삼 아릿하게 아팠다. 매를 맞을 때만 아프고 말 줄 알았는데 여태 아픔이 남아 있다는 것이 언짢았다.

'아버지는 어디쯤 오고 계실까?'

아까는 아버지가 늦게 돌아오셔서 다행이라 생각했는데 지금은 아버지가 몹시 기다려졌다. 아버지의 얼굴을 보면 남아 있는 아픔도 언짢은 마음도 순식간에 사라져 버릴 것 같았다.

아이들한테 매를 맞은 일이 떠올랐다. 아무 잘못도 없이 너르실 아이들이 지켜보는 가운데 범골 아이들한테 매를 맞았다. 무경이가 꾸민 짓이라는 걸 뻔히 알면서도, 그것 말고는 달리 방법이 없었다.

갑자기 코끝이 찡해지더니 두 눈에 눈물이 핑 돌았다. 매를 맞을 때도 눈물을 보이지 않고 잘 견뎠는데 이제 와서 울고 싶진 않았다. 새부는 천장을 보며 눈을 깜박거렸다. 그리고 아버지가 사 오실 호마를 떠올리려 애썼다. 작지만 튼튼하고 잘 달리는 호마……. 눈을 감고 새부는 호마를 타고 달리는 제 모습을 상상했다. 그러다 어느 순간 스르르 잠이 들었다. 얼마나 지났을까.

"새부야, 새부야."

꿈결인 양 아득히 아버지의 목소리가 들렸다. 눈을 뜨려 했으나 잘 떠지지가 않았다.

"깊이 잠들었구나. 자려면 이부자리를 깔고 제대로 자야지."

아버지의 목소리가 이번에는 한층 또렷하게 들렸다. 새부는 눈을 번쩍 떴다. 아버지의 얼굴이 눈앞에 있었다.

"아버지, 말은요?"

새부는 몸을 벌떡 일으키며 물었다. 순간 가슴께로 뻐근한 아픔이 훑고 지나갔다. 새부는 저도 모르게 얼굴을 찡그리며 가슴에다 손을 갖다 댔다.

"못 데려왔다. 여진 사람이 데려온 말이 그리 튼실하지 못하더구나. 그래서 다음 번에 다른 말을 데려오라고 했다. 그런데 너 왜 그러니? 어디 아픈 게냐?"

새부는 아차 싶어 얼른 가슴에서 손을 떼고는 애써 웃어 보였다.

"아녜요, 아버지. 그냥 조금 부딪쳤어요."

"아까 저녁도 제대로 안 먹었다면서? 작은어머니가 걱정하더구나. 아무래도 조금 부딪친 건 아닌 것 같다. 어디 보자."

아버지가 걱정스러운 얼굴로 새부를 보며 말했다. 새부는 고개를 저었다.

"정말 괜찮아요, 아버지. 아무렇지도 않아요."

"잘못 부딪치면 겉으로 보기엔 멀쩡해도 속으로 골병이 드는 수가 있다. 어서 저고리를 들춰 보려무나."

아버지가 촛대를 새부 앞으로 바싹 끌어당기면서 말했다. 새부는 바닥으로 눈길을 떨군 채 가만히 있었다.

"어서!"

아버지가 재촉했다. 새부는 마지못해 겉저고리와 속저고리 앞섶을 들추어 아버지에게 가슴을 보여 주었다. 아버지는 새부의 가슴을 잠시 들여다보더니 손바닥으로 여기저기를 지그시 눌러 보았다. 새부는 참아 보려 했으나 절로 얼굴이 일그러지면서 신음이 새나왔다. 아버지가 눈을 크게 떴다.

"어찌 된 일이냐? 그냥 부딪친 게 아니구나."

"……."

"낮에 무슨 일이 있었구나. 어서 말해 보아라."

이제 더 이상 숨길 수 없었다. 새부는 오후에 있었던 일을 아버지에게 다 이야기했다.

"그러니까 다복이를 도와 주려고 아이들한테 매를 맞았단 말이냐?"

아버지가 탄식하듯 말했다. 새부는 아버지를 바라보았다. 아버지의 낯빛이 어둡고 슬퍼 보였다. 새부의 마음에도 그늘이 내렸다.

"잘못했어요, 아버지."

"네가 뭘?"

"아버지 마음 아프게 해 드린 거요……."

"그럼 한 가지만 약속하겠니?"

"무슨……?"

"이제 마을 아이들 대장 노릇 같은 건 하지 말아라. 내년이면 너도 열세 살, 대장놀이 할 나이는 아닌 듯싶구나. 앞으로는 글공부를 더 열심히 하도록 해라. 동무하고 놀고 싶으면 집으로 오라고 하렴."

무경이처럼 이다음에 호장이 될 것도 아닌데 글공부는 왜 그렇게 열심히 해야 하는 건지, 새부는 문득 의문이 들었다. 물론 글공부가 재미있고, 글공부를 열심히 해서 아버지 같은 사람이 되고 싶기는 했다. 하지만 가끔씩 마을 아이들은 하지 않는 글공부를 왜 군이 해야 하는지 의문이 들 때가 많았다. 글공부를 해서 좋은 사람이 되는 것 말고 또 다른 이유가 있는 건 아닐까, 막연히 그런 생각이 들 때도 있었다.

그러나 새부는 아버지에게 아무것도 묻지 않고 그냥 고개를 끄덕였다.

"그럴게요, 아버지."

"이부자리를 깔고 누워라. 찜질을 한 다음에 약을 발라 줄 터이니."

아버지가 부엌으로 나가더니 가마솥에 있는 뜨거운 물을 함지에 담아 가지고 들어왔다. 그리고는 뜨거운 물에 수건을 적셔 물기를 짜낸 다음 새부의 가슴을 찜질해 주었다. 수건이 식으면 다시 뜨거운 물에 담그고, 그렇게 몇 번 찜질을 한 뒤에 아버지는 옆방에서 약그릇을 가져왔다. 약초즙에 식물의 기름을 섞어 만든 약이었다. 아버지는 그 약을 아픈 곳에다 골고루 바른 다음 얇은 천으로 가슴을 덮고는 속저고리를 잘 여며 주었다.

"이제 그만 자라. 곧 괜찮아질 거다."

아버지가 이불을 덮어 주며 말했다. 새부는 눈을 깜박이며 아버지를 쳐다보다가 불쑥 말했다.

"아버지가 제 아버지셔서 정말 좋아요."

아버지가 조용히 웃으며 새부의 이마를 쓸어 주었다.

"어서 자라. 네가 잠들 때까지 여기 있으마."

새부는 눈을 감았다. 묵직하게 남아 있던 아픔도 사라진 듯했고, 마음도 편안해졌다. 곧이어 아늑하고 깊은 잠이 새부를 찾아왔다. 날이 밝을 때까지 한 번도 깨는 일 없이 새부는 단잠을 잤다.

그래서 새부는 알지 못했다. 새벽녘까지 아버지가 자신의 머리맡에 꼼짝도 않고 앉아 벽에 늘어진 긴 그림자와 함께 뜬 눈으로 밤을 새웠다는 것을.

6

오후 늦게 다복이가 놀러 왔다. 닷새 만이었다. 지난번에 아버지에게 약속한 뒤로 새부는 더 이상 오후에 마을로 놀러 나가지 않았다. 대신 다복이가 사나흘에 한 번씩 놀러 왔다. 또복이나 다른 아이들을 데리고 올 때도 있고, 혼자 올 때도 있었다.

오늘 다복이는 혼자 놀러 왔다. 다복이가 아버지께 인사드리자 아버지가 웃으며 말했다.

"오랜만에 왔구나. 밤늦게까지 놀다 가려무나. 새부야, 오늘 저녁 공부는 쉬자꾸나."

새부는 다복이와 제 방으로 들어왔다. 방 안은 따뜻했다. 자리에 앉자마자 새부는 마을 아이들이 잘 지내는지 그것부터 물었다. 다복이가 말했다.

"애들은 이제 대장놀이 안 해. 네가 없는데 누가 대장을 하겠냐. 그리고 저희끼리 대장놀이를 해 봤자 결국엔 무경이 부하가 되고 말걸 뭐."

새부는 마을 아이들한테 조금은 미안한 마음이 들었다. 저 때문에 아이들이 즐거운 놀이를 잃어버린 것만 같았고, 또 무경이한테서 아이들을 더 오래 지켜 주어야 하는 건데, 하는 아쉬움도 들었다.

"네가 대장이 되지 그랬어? 넌 할 수 있잖아."

"너도 없는데 내가 뭐 하러 아이들하고 어울려 놀겠어. 아버지한테 야단 맞는 것도 지겹고. 대신 이렇게 너희 집에 놀러 오는 거 허락 받았잖아."

새부는 고개를 끄덕였다. 아버지 말대로 새부도 다복이도 이제 대장놀이를 할 나이는 지난 듯했다.

오랜만에 만나 밀린 이야기를 하는 사이에 저녁때가 되었다. 새부는 다복이와 같이 운이 어머니가 차려 준 저녁을 먹었다.

"무예는 많이 배웠어?"

저녁상을 물린 뒤에 다복이가 물었다. 이다음에 무관이 되고 싶다는 다복이는 무엇보다 그게 궁금한 모양이었다.

"이제 기본 법칙들을 배우는 중이야. 아직 멀었어."

"나중에 네 무예 솜씨 좀 보여 줘. 넌 좋겠다. 무예도 가르쳐 주는 좋은 아버지를 두어서……."

다복이가 부럽다는 듯이 말했다. 새부는 다복이를 빤히 바라보았다.

"다복아, 내년부터 너도 무예를 배워라."

"내가? 누구한테?"

"내가 가르쳐 줄게. 틈이 날 때마다 우리 집에 와서 조금씩 배우면 되잖아. 아버지도 허락하셨어. 가끔씩 우리 아버지가 직접 가르쳐 주기도 하실 거야."

"정말이야, 새부야?"

새부가 웃으며 고개를 끄덕였다.

"대신 넌 집에서 틈이 날 때마다 연습을 해야 돼. 무예는 많이 배우는 것보다 하나라도 제대로 익히는 게 훨씬 중요하거든."

"그건 걱정 마. 무예를 배우게 되면 밥 먹고 일하는 시간 빼놓고는 무예 연습만 할 거니까. 아무튼 정말 고맙다, 새부야. 역시 넌 내 대장이야."

다복이가 싱글거렸다.

"그리고 글공부도 같이 하자."

"그건 싫어. 골치 아파."

"그냥 기본 글자들만 깨우치라는 거야. 나한테 놀러 올 때마다 한두 자씩만 배우면 되잖아. 나중에 무관이 되려면 글을 알아야 돼."

"무관은 싸움만 잘하면 돼. 글은, 글 잘하는 부하한테 시키면 되잖아."

"넌 이담에 분명 좋은 무관이 될 거야. 글까지 알면 더 좋은 무관이 될 것 같은데, 그래도 싫어?"

"무경이도 글공부는 많이 하잖아. 그래도 이다음에 절대 좋은 호장이 못 될 거야. 그러니까,"

"정말 안 할 거야?"

새부가 화난 듯이 다복이의 뒷말을 막으며 물었다. 다복이도 퉁명스레 대꾸했다.

"글공부는 싫다고 했잖아."

"너 지난번에 말했잖아. 언제까지나 내가 네 대장이라고. 내가 하라는 일이면 뭐든지 다 한다고. 그 말, 거짓말이었어?"

다복이가 새부를 바라보더니 할 수 없다는 듯 한숨을 내쉬었다.

"알았어, 알았다고. 놀러 올 때마다 한 자씩만 배울게. 지금부터 말고, 내년에 무예를 배울 때부터. 됐지?"

새부는 그제야 환하게 웃었다. 둘은 다시 이야기를 나누며 놀았다. 밤이 이슥해졌다. 다복이가 일어섰다. 새부는 다복이와 아버지 방으로 갔다. 다복이가 아버지에게 돌아간다는 인사를 드렸다.

"그래, 다음에 또 놀러 오너라. 밤길 조심해서 가고."

다복이가 꾸벅 절을 하고 방을 나갔다. 새부가 따라나가려는데 아버지가 말했다.

"광에 목욕 준비가 돼 있을 거다. 목욕하고 새 옷으로 갈아입고 이 방으로 오너라. 꼭 할 일이 있다."

새부는 고개를 갸웃했다.

'이 밤에 꼭 할 일이 뭘까? 제사라도 지내시려는 걸까?'

바깥은 추웠다. 아직 초겨울인데도 밤바람이 한겨울처럼 매서웠다. 대문 앞에서 새부는 아쉬운 듯 다복이에게 말했다.

"집까지 가려면 춥겠다."

"괜찮아. 뛰어가면 돼."

"너무 늦었다고 혼나는 거 아니니?"

"내가 뭐 하루 이틀 혼나니? 걱정 마. 들어가. 다음에 또 놀러 올게."

다복이가 웃으며 태평스레 말하고는 달빛 아래 하얗게 드러난 길 저편으로 달려갔다. 새부는 잠시 다복이의 뒷모습을 지켜보다 밤하늘로 눈길을 돌렸다. 밤하늘에는 보름에 가까운 열사흗날 달이 꿈꾸듯 몽롱하게 빛나고 있었다. 초겨울 밤이어서 그럴까. 둥그스름한 달이 스산하게 느껴졌다.

새부는 아래채 마당을 지나 중문 안으로 들어섰다. 그리고는 위채 뒷마당에 있는 광으로 갔다. 미리 켜 놓은 등잔불 빛으로 광 안은 어슴푸레했다. 광 안쪽 큰 나무통에 따뜻한 물이 가득 담겨 있고, 갈아입을 새 옷도 선반에 놓여 있었다.

새부는 머리를 감고 목욕을 했다. 처음에는 약간 추운 듯했지만 목욕을 하고 머리까지 단정하게 빗고 나자 날아갈 듯 개운했다.

새부는 아버지 방으로 갔다. 아버지는 남쪽 벽을 바라보고 앉아 있었다. 벽 바로 앞에 작은 상이 있었다. 상 가운데에 향로가, 그 양쪽에 촛불이 밝게 타오르고 있었다. 아버지가 새부에게 상 앞에 서 있으라고 했다. 그런 다음 상 아래 있는 향합에서 향을 세 개비 꺼내더니 한 개비씩 불을 붙여 향로에다 꽂았다. 아버지가 상 옆으로 비켜서면서 새부에게 말했다.

"네 번 절해라. 태자 전하께 절을 올리는 것이니 정성을 다해야 한다. 저 남쪽에 우리의 본향(本鄕)이 있고, 전하 또한 이곳보다 남쪽 어딘가에 계실 것이기에 남쪽을 향해 절을 하는 것이다."

천자, 곧 임금에게만 절을 네 번 하는 것이라고 새부는 배웠다. 그런데 아버지는 태자 전하께 네 번 절을 하라고 했다. 태자 전하란 대체 어떤 분을 말하는 것인지 몹시 궁금했지만 새부는 잠자코 네 번, 정성을 다해 절을 했다. 이어 새부가 옆으로 비켜 서 있고, 아버지가 네 번 절을 했다.

"앉아라."

새부는 아버지를 마주보고 앉았다. 아버지가 말했다.

"새부야, 아버지의 고향이 정확히 남쪽 어느 고을인지 알고 싶다고 했지?"

"예."

"아버지의 고향은 경주다. 허나 경주란 지명은 고려 조정에서 바꾼 것이고, 원래는 금성, 또는 서라벌이라고 불렀지. 서라벌은 신라의 수도, 왕도(王都)였다. 아버지는 서라벌에서 태어났다. 그리고 스물세 살 때까지 내내 그 곳에서 살았다. 경주로 이름이 바뀌기 전에 그 곳을 떠났기 때문에 아버지의 고향은 경주가 아니다. 오직 서라벌일 뿐이지."

신라에 대해서는 새부도 조금은 알고 있었다. 고려가 있기 전부터 있었던 오래 된 나라 신라. 그 오래 된 나라가 어지러워져 백성들이 살기가 어려워지자 고려가 일어났고, 신라도 결국 고려에 항복했다. 마을 아이들이 알고 있는 것만큼 새부도 신라에 대해 그 정도만 알고 있었다. 아버지는 새부에게 모든 것을 자상하게 가르쳐 주었지만, 신라에 대해서는 한 마디도 한 적이 없다. 그런데 지금 아버지는 신라와 서라벌에 대해 이야기했다. 그렇다면 아버지는 애초에 신라 사람이었던 것은 아닐까. 그런 짐작이 새부의 머리를 스쳤다. 새부는 가만히 아버지를 쳐다보았다.

"새부야, 너는 어느 나라 백성이냐?"

아버지가 문득 물었다. 새부는 잠시 생각하다 차분하게 대답했다.

"고려 백성입니다."

"그래. 지금은 아버지도 너도 고려 백성이다. 하지만 지금으로부터 이십팔 년 전에 아버지는 신라 백성이었다. 더 자세하게 말하면 그 때 아버지는 신라의 권문세가인 진골이었고, 이미 기울대로 기울어 버린 내 나라를 위해 무언가를 하고 싶었던 스물세 살의 젊은 청년이었다. 이미 돌이킬 수 없을 만큼 깊은 병이 들어 버린 내 나라지만 그래도 기적처럼 다시 소생하기를 그 때 얼마나 간절히 바랐는지 모른다. 그 바람도 헛되이 결국 신라는 무너지고 말았지만 지금도 여전히 아버지의 나라는 신라일 뿐이다."

역시 짐작대로 아버지는 신라 사람이었다. 신라, 고려. 갑자기 새부의 머릿속이 실타래가 엉킨 것처럼 복잡해졌다.

"아버지의 성이 무엇이냐?"

아버지가 또 물었다. 아버지의 이름은 김극수, 새부가 모를 리 없다.

"김(金)입니다."

"허면 네 성은?"

"저도 당연히 김입니다."

"아버지의 나라는 아직도 신라라고 했다. 허면, 네 나라는 어디겠느냐?"

아버지가 원하는 대답이 무엇인지 가늠은 하지만 선뜻 대답이 나오지 않았다. 새부는 방바닥으로 눈길을 떨구었다. 아버지가 말했다.

"새부야, 그 동안 아버지는 아직 때가 되지 않았다고 생각하여 네게 우리의 근본을 이야기하지 않았다. 하지만 이젠 때가 온 것 같구나. 사람이 한 세상 올곧게 살아가려면 무엇보다 자신이 누구인지 근본부터 알아야 하는 법이다. 이제부터 틈틈이 지난 이야기들을 들려 주마. 천 년 왕국 신라의 역사, 그 흥망성쇠를 다 이야기해 주마. 어느 나라가 진정한 네 나라인지는 신라에 대해 다 알고 나면 절로 깨우치게 될 것이다. 오늘은 우선 지난 이야기만 간단히 들려 주마."

아버지가 눈길을 돌려 너울거리는 촛불을 바라보았다. 침묵이 아버지와 새부를 감쌌다. 향로의 향도 이제 거의 다 타 들어가 방 안이 은은한 향내로 출렁였다.

이윽고 아버지가 이야기를 시작했다.

7

오늘은 시월 열사흘날이다. 28년 전 이 날, 신라의 제56대 임금께서 고려의 왕건에게 항서를 보내셨다. 그것으로 신라는 사라졌고, 고려의 세상이 되었다.

하지만 고려에 결코 항복하지 않고 끝까지 신라를 지키려한 사람들이 있었다. 바로 태자 전하와 전하를 따르던 사람들이었다.

태자 전하, 그분은 깊은 병이 들어 돌이킬 수 없는 지경에 이른 신라를 진심으로 사랑하셨고, 다시 일으키려 눈물겨운 노력을 하셨다. 진골이었던 나 김극수는 일찍이 벼슬을 하여 태자 전하의 신하이자 벗으로서 그분을 도왔다. 많은 진골 청년들과 백성들도 태자 전하의 뜻을 따랐다. 우린 한마음 한뜻이 되어 힘을 기르고 각오를 다지면서 끝까지 신라를 지키려 했지만 침몰할 수밖에 없는 나라의 명운 앞에서는 우리의 의지도, 각오도 한낱 폭풍 속의 조각배일 뿐이었다.

태자 전하의 반대에도 불구하고 대왕 폐하가 고려에 항서를 보내자 전하는 통곡하면서 서라벌 궁궐을 떠나셨다. 여전히 신라의 태자로 남기 위해 고려의 힘이 미치지 않는 먼 땅으로 떠나신 것이다. 전하를 따르던 많은 신하들과 백성들도 함께 서라벌을 떠났다. 나도 물론 전하를 따라 나섰다.

우린 북쪽으로 나 있는 가장 큰길을 따라갔다. 서라벌에서 상주로, 천혜의 요새인 계립령(鷄立嶺 : 문경)을 거쳐 중원경(충주)에 이르렀고, 그 곳에서 뱃길로 뒷날 양근현(양평)으로 이름이 바뀐 빈양현으로 갔다. 겨울철인데다 나라 잃은 슬픔까지 더해져 유난히 춥고 험한 길이었지만 들르는 곳곳마다 태자 전하를 따라가겠다는 많은 백성들이 있어서 우린 더욱 힘을 내고 각오를 다질 수 있었다. 우리는 빈양현에서 그리 멀지 않은 곳에 있는 용문사라는 큰 절에 잠시 묵었다. 용문사는 빈양현이 아직 신라 땅이었던 때 신라의 제53대 임금인 신덕 대왕이 지은 절인데, 절의 스님들이 우리를 극진히 맞아 주었다. 그 때 그 절을 떠나면서 태자 전하는 환대해 준 스님들에게 남기는 징표로 절 마당에 어린 은행나무 한 그루를 심으셨다. 은행나무는 태자 전하가 좋아하는 나무인데 나무를 심던 그 모습이 잊혀지지가 않는구나.

다시 우리는 녹효현을 거쳐 희제현으로 갔다. 녹효현은 지금의 홍천현이고, 희제현은 인제현이다. 인제현은 다른 곳보다 먼저 고려땅이 되었지만 첩첩산중 오지여서 고려 조정의 힘이 미치지 못하는 골짜기가 많았다. 매서운 칼바람과 눈보라가 몰아치는 한겨울에 우리가 이른 곳도 바로 그런 깊은 골짜기였다. 사방이 험한 산으로 둘러싸여 있으면서도 앞쪽으로 너른 들을 끼고 있는 그 골짜기는 우리가 정착하여 살기에 알맞은 땅이었다. 그 곳엔 화전민과 약초 캐는 이들이 드문드문 흩어져 살고 있었는데, 아직도 자신들이 신라 백성이라 생각하는 그들은 우리를 따뜻하게 맞아 주었다.

그 겨울에 우리는 인제현 골짜기에 정착했다. 그 해 겨울은 몹시 추웠지만 그 곳에 살던 백성들이 도와 주어 그럭저럭 그 모진 겨울을 날 수 있었고, 그 때부터 그 일대 골짜기마다 새로운 마을들이 생겨났다. 은밀히 소문을 듣고 신라 백성으로 살고 싶어 그 골짜기까지 찾아오는 백성들도 적지 않아서 해가 갈수록 마을들은 커졌다.

태자 전하와 신하들이 사는 마을은 대왕 마을이 되었다. 태자 전하는 우리에게는 대왕 폐하나 마찬가지였기 때문에 그런 이름이 붙은 것이다. 태자 전하를 수행하고 온 맹 장군 일가가 사는 마을은 맹개골이 되었다. 맹 장군이 병사들을 훈련하던 곳은 갑둔(甲屯)마을과 항병(降兵)골이 되었다. 백성들이 사는 마을은 잃어버린 나라를 회복한다는 뜻의 다물 마을이 되었다. 태자 전하께서 백성들이 사는 마을을 둘러보러 가실 때 수레를 타고 넘었던 고개는 수구네미 고개가 되었다.

또한 그 곳에서 말을 타고 반나절이면 갈 수 있는 아주 깊은 골짜기에도 마을이 생겼다. 그 골짜기에 산성이 있었기 때문이다. 그 골짜기가 유난히 추워서 우린 그 곳을 추운 골짜기, 한계(寒溪)라 이름 붙였다. 그래서 그 곳 산은 한계산, 냇물은 한계천, 마을은 한계 마을, 산성은 한계산성이 되었다.

한계산성은 신라가 삼국 통일을 이룩하기 전부터 있었는데,

뒤로는 높은 산이 있고 앞으로는 계곡이 흐르고 있어 적을 방어하기에 아주 좋았다. 뿐만 아니라 산성 안에는 병사 오백 명이 들어설 수 있는 넓은 터도 있었다. 맹 장군은 그 산성을 마지막 방어기지로 삼기로 하고, 산성을 새로 쌓았다.

산성을 쌓는 일은 주로 일손이 한가한 겨울부터 이른 봄까지 했다. 서두르지 않고 단단하게 성벽을 쌓고, 산성 아랫마을에서 기와를 구워 산성 안에다 집을 지었다. 산성 맨 위쪽에는 내성(內城)을 쌓고, 그 곳에 하늘에 제사를 드리는 천제단과 태자께서 거처하실 처소도 지었다. 병사들과 백성들이 산성을 쌓을 때면 태자께서는 자주 산성에 들러 며칠을 묵으시면서 백성들과 병사들을 독려하시곤 했다.

대왕 마을과 그 일대의 여러 마을들, 그리고 한계 마을과 한계산성. 그 곳은 작은 신라 왕국이었다. 그 곳에선 더 이상 진골이니 육두품이니 평민이니 하는 구별이 없었다. 전하께서는 늘 검소한 차림이셨고, 백성들과 똑같은 음식을 드셨다. 오로지 잃어버린 나라를 되찾기 위해 모두가 한마음 한뜻으로 살았다. 농사짓고 길쌈하고 군량미를 모으며, 저마다 맡은 일을 열심히 했다. 맹 장군은 멀리 양구현까지 나가 의병을 모으고 군사를 길렀다.

지금은 개경으로 이름이 바뀐 고려의 서울 송악으로 간 대왕 폐하와 왕족들과 대신들이 왕건의 신하가 되어 전과 다름없는 부귀영화를 누리며 사는 동안 우리는 꺼져버린 듯한 신라의 불씨를 다시 일으키며 살았다. 언젠가는 그 불씨가 환한 불꽃으로 타올라 잃어버린 나라를 되찾을 수 있으리라는 꿈을 가지고서 말이다.

나는 두 번째 고향인 인제현 대왕 마을에서 거의 이십여 년을 살았다. 잃어버린 나라를 되찾을 때까지 태자 전하를 보필하면서 그 곳에서 살 작정이었는데 일이 생겼다. 대왕 마을을 떠날 수밖에 없는 일이. 왜 그 곳을 떠나야 했는지는 네가 좀더 자란 다음에 다시 이야기해 주마.

갑자기 방 안에 침묵이 찾아들었다. 아버지는 입을 굳게 다물고 어두운 얼굴로 벽만 바라보고 있었다. 이제 향은 다 타고 향내만이 코끝을 감돌았다.

새부는 궁금한 것이 많았다. 제가 대왕 마을에서 태어났다 했으니 어머니를 그 곳에서 만난 것이 분명했다. 그 곳에서 어머니를 어떻게 만났는지 어머니는 어떤 분이었는지 듣고 싶었다. 하지만 오늘 밤 아버지는 그 이야기를 해 줄 것 같지는 않았다. 어쩌면 아버지는 그런 얘기는 아직 하고 싶지 않은지도 모른다.

"태자 전하께서는 아직도 대왕 마을에 계시는지요?"

짓누르는 듯한 침묵을 깨며 새부가 조심스레 물었다.

"그 얘기도 네가 좀더 자란 다음에 들려 주마."

새부를 바라보는 아버지의 눈빛이 아득하고 슬퍼 보였다. 새부는 더 이상 아무것도 물어 볼 수 없었다.

"새부야, 태자 전하는 내게 북극성 같은 분이셨다. 캄캄한 밤에 사람들이 길을 잃지 않도록 늘 같은 자리에서 빛을 비추어 주는 북극성 말이다. 태자 전하를 보면서 나는 내가 어떻게 살아야 하는지 알았다. 그래서 그분을 따라 인제현으로 간 일을 한 번도 후회한 적이 없다. 다른 신하들처럼 대왕 폐하를 따라 송악으로 갔다면 높은 벼슬에, 부귀영화를 누렸을지도 모르지. 하지만 나는 그 길을 택하지 않은 것을 스스로 자랑스럽게 여긴다. 내 말 무슨 뜻인지 알겠느냐?"

새부는 가만히 고개를 끄덕였다.

"새부야, 오늘 밤 너는 하늘과 땅에, 그리고 태자 전하께 고했다. 이제는 네가 근본을 아는 아이로 살아가겠다고. 이제 너는 어제의 새부가 아니다. 근본을 아는 아이로 다시 태어났으니, 더욱 글공부에 정진하고 몸과 마음을 닦는 일을 게을리하지 말아야 할 것이다."

"네."

"이제 그만 가서 쉬어라."

새부는 아버지에게 밤 인사를 하고 제 방으로 왔다. 아랫목에 벌써 이부자리가 깔려 있었지만 지금 자리에 누워도 잠이 올 것 같지 않았다. 새부는 자리에 앉은 채 가만히 촛불을 바라보았다. 아버지는 오늘밤 새부가 새로 태어났다고 했다. 그러나 새부로서는 궁금했던 아버지의 지난날을 알게 된 것 말고는 별로 달라진 것이 없었다. 아니, 달라진 것이 하나 있기는 했다. 그것은 '신라'라는 낯선 이름이 '고려'와 함께 마음 한 자리를 차지했다는 사실이다.

언젠가는 신라가 진짜 내 나라임을 새부가 깨달을 거라고 아버지는 말했지만 아직은 실감이 나지 않았다. 다만 아버지가 사랑하는 나라니까, 새부도 그 나라를 사랑하고 싶었다.

"신라, 신라……."

새부는 노래하듯 중얼거려 보았다. 아이들과 무심히 '신라가 우리 고려에 항복했대.'라고 얘기할 때와는 다른 느낌이 마음 한 끝을 적셨다.

"신라, 신라……."

다시 한 번 읊어 보았다. 촛불이 가늘게 흔들렸다. 잃어버린 나라 신라. 새롭게 알게 된 사실 앞에서 촛불도 새부처럼 마음이 조용히 흔들리고 있는 듯했다.

8

눈이 내렸다. 눈은 아침부터 펑펑 쏟아져 온 세상을 하얗게 뒤덮어 버렸다. 밤이 되어도 눈은 그칠 줄 모르고 계속 내렸다.

새부는 아버지와 상 앞에 마주앉아 공부를 하고 있었다. 방바닥은 따뜻하고, 화로에 얹힌 주전자에서는 폴폴 김이 피어올랐다. 바깥이 춥고 눈까지 내려서 그런지 다른 때보다 방 안이 더 아늑하고 포근하게 느껴졌다.

아버지는 자작나무 껍질에다 글을 쓰고 있었다. 종이는 귀한 물건이어서 꼭 필요한 때만 쓰고, 여느 때는 자작나무 껍질에다 글을 쓴다. 아버지는 지금 한자를 고쳐 만든 신라 글자, 이두로 문제를 내는 중이다. 오늘 공부는 산학(算學)이다.

아버지가 자작나무 껍질을 새부 앞으로 내밀었다.

"이게 마지막 문제다. 잘 풀어 보려무나."

새부는 자작나무 껍질에 쓰인 글을 읽었다.

달 뜬 달못에 오리 떼가 두둥실
못가 언덕에는 사슴 무리 뛰논다
사슴 다리 오리 다리
헤아려 보너 백스물여덟
사슴은 몇 마리며

오리는 또 몇 마릴까

　겨울이 시작되고 집에 있는 시간이 많아지면서 아버지는 새부에게 신라에 대한 이야기를 자주 들려 주었다. 천 년의 긴 역사와 역대 임금들과 충신 열사들, 나라를 위해 몸바쳤던 화랑들이며 원효와 의상 같은 스님들 이야기, 또한 반월성과 월지궁, 불국사와 황룡사, 포석정과 첨성대, 사람들로 북적대던 저자거리와 도성(都城) 서라벌의 풍경들이 눈앞에 펼쳐지듯 자세히 이야기해 주었다.

　아버지는 특히 월지궁 이야기를 많이 했다. 젊은 시절 태자를 보필하면서 날마다 드나든 곳이어서 유난히 월지궁에 대한 추억이 많은 듯했다.

　월지궁에는 태자의 거처인 동궁전과 외국 사신을 접대하거나 조정 대신들에게 잔치를 베푸는 임해전 등 크고 화려한 여러 전각들이 있다고 했다. 또 그 전각들 앞쪽에 월지, 달못이라 부르는 아름다운 연못과 정원이 있는데 임해전에서 잔치가 열릴 때는 임금과 신하가 한데 어울려 통나무배를 타고 달못에서 뱃놀이를 즐겼다고 한다.

　아버지는 달못에서 뱃놀이를 딱 두 번 해 보았다고 한다. 한 번은 임해전에서 임금께서 잔치를 베푸셨을 때고, 한 번은 달밤에 태자 전하와 함께였다.

"날마다 궁궐을 드나들어도 신하가 달못에서 뱃놀이를 하기는 쉽지 않은 일이다. 그래서 그 두 번의 뱃놀이가 특별한 추억으로 남아 있는데, 특히 달밤의 뱃놀이는 지금도 기억에 선하구나. 신하들은 오후가 되면 퇴궐을 하는 법인데, 그 날 나는 꼭 할 일이 있어서 저녁 늦게까지 궁궐에 남아 있었단다. 일이 끝나자 태자 전하는 애썼다 하시며 달못에서 뱃놀이를 하자시더구나. 그 밤은 달빛이 유난히 눈부셨다. 태자 전하와 배를 타고 달못을 천천히 돌면서 나라의 앞날을 걱정하고, 서로의 포부를 이야기했지. 그 날 밤 나는 결심했단다. 어떤 어려운 일이 있어도 내 힘으로 신라와 태자 전하를 지킬 것이라고. 설령 국운이 다하여 나라가 망해도 끝까지 전하와 내 나라를 지키리라고……."

언젠가 아버지가 들려 준 얘기가 생각나면서 노래에 그려진 달못의 풍경이 그대로 눈앞에 떠올랐다. 새부는 오리가 헤엄치는 달못과 사슴이 달리는 아름다운 정원을 상상하면서 셈에 몰두했다. 얼마 뒤에 답이 나왔다. 그 답을 어떻게 노래로 지을까 생각한 다음 붓을 들어 문제 아래쪽에다 답을 써 내려갔다.

오리 서른여덟 마리

못 속의 달과 노닐고
사슴 열세 마리
달빛 따라 언덕을 달리네
이 몸은 언제나 돌아가
달못에 잠긴 달 보려나

아버지가 새부의 답을 읽더니 고개를 끄덕였다. 혹시 틀리지는 않았을까 마음 졸이던 새부는 환하게 웃었다. 아버지가 새부를 보며 물었다.

"달못에 잠긴 달을 보고 싶니?"

새부가 고개를 끄덕였다. 늘 이야기를 들어서일까. 언제부터인지 새부도 아버지처럼 월지궁과 달못이 그리웠고, 한번 가 보고 싶었다

"서라벌의 궁궐들이 그대로 남아 있을까요? 월지궁에 가 보고 싶어요. 전각들이며 정원, 그리고 무엇보다 달못을 꼭 한번 보고 싶어요."

"나라가 망했는데 궁궐인들 제대로 남아 있겠느냐. 더구나 월지궁은 왕건에게 끝내 항복하지 않았던 전하의 전각이 있는 궁궐이니……. 아마 전각은 무너지고 아름다웠던 그 정원은 야산처럼 황량해졌을 거다. 그래도 달못은 남아 있겠지. 굳이 메

워 버리지 않았다면……."

새부는 눈을 내리깔았다. 아버지가 그토록 그리워하는 곳이니 언젠가는 함께 가 볼 수 있으려니 기대했는데 아쉬웠다.

"새부야."

아버지가 나직한 목소리로 불렀다. 새부는 눈을 들어 아버지를 보았다. 아버지가 새부를 마주보며 힘주어 말했다.

"실망할 것 없다. 전각은 다시 지으면 되고, 정원은 가꾸면 도로 아름다워진다. 중요한 것은 신라의 정신을 끝까지 잃지 않는 일이다. 우리가 신라 백성으로 남아 있는 한 언젠가는 신라 백성답게 살아갈 길을 찾을 수 있을 것이다. 아버지 말뜻 알겠느냐?"

새부는 고개를 끄덕였다. 아버지의 말뜻을 대강은 알 것 같았다.

공부가 끝났다. 새부는 붓이며 벼루며 자작나무 껍질들을 한쪽 옆으로 치웠다. 아버지가 상 위에 다기와 찻잔을 올려놓았다. 이어 화로에서 주전자를 들어 뜨거운 물을 다기에 부었다. 잠시 물을 식힌 뒤에 차를 넣었다. 찻물이 우러나자 아버지는 찻잔에다 차를 따랐다.

아버지가 찻잔을 들자 새부도 찻잔을 들었다. 은은한 차 향내가 코끝에 감돌았다. 공부를 끝내고 아버지와 차를 마시는 이 시간이 새부는 좋았다.

"한계산성이 생각나는구나. 겨울이면 그 곳에는 다른 곳보다 눈이 아주 많이 왔지. 대왕 마을에 정착한 그 이듬해 겨울이었을 거다. 그 겨울에 태자 전하께서는 산성을 순시(巡視)하러 가셨지. 나도 태자 전하를 수행해 산성으로 갔단다. 마침 우리가 산성에 도착한 그 날 오후부터 함박눈이 내리기 시작했다. 따뜻한 남쪽에서만 살았던 우리는 그렇게 많은 눈이 내리는 것을 처음 보았지. 그 날 태자 전하께서는 산성에 서서 눈으로 덮여 가는 아랫마을을 한참이나 바라보고 계셨단다. 너무 오래 한 자리에 꼼짝도 않고 서서 눈만 바라보고 계셔서 우린 전하께 그만 산성 안 처소로 들어가시라고 아뢰었지."

추억을 이야기하는 아버지의 눈빛이 바닥을 알 수 없는 우물처럼 깊어졌다.

"그러자 태자께서 말씀하시더구나. '서라벌에 이렇게 눈이 많이 온다면, 그래서 달못가에 서서 눈 내리는 것을 바라본다면, 세상에 그보다 더 아름다운 풍경은 없을 터인데……' 그러고 나서도 한참을 더 눈을 바라보시다가 처소로 들어가셨지. 그 때 나는 알았단다. 그리움처럼 가슴아픈 건 없다는 것을. 돌이킬 수도 없고 되찾을 수도 없는 무언가를 간절히 그리워할 땐 더욱 그렇지. 그 때 그리움이란 가혹한 형벌처럼 고통스럽고 견디기가 힘든 법이란다……."

아버지가 말을 끊고 벽을 바라보았다. 잠시 방 안에 침묵이 들어찼다. 바깥에서 사락사락 눈 내리는 소리가 들리는 것만 같았다. 아버지도 새부도 말없이 남은 차를 마셨다.

"새부야, 방문 좀 열어 보아라."

새부가 방문을 열었다. 기다렸다는 듯이 찬바람이 방 안으로 몰아쳐 들어왔다. 정신이 번쩍 들면서 상쾌한 느낌이 들었다. 캄캄한 어둠 속에서 희끗희끗 눈이 내리고 있었다.

"아직도 눈이 오는구나."

아버지가 바깥을 바라보며 말했다. 새부도 눈발이 흩날리는 어둠 속을 바라보았다. 그러자 방금 아버지가 들려 준 얘기가 귓가에 되살아나면서 한 사람의 모습이 떠올랐다. 산성에 홀로 서서 내리는 눈을 하염없이 바라보는 태자의 모습이었다. 아버지가 왜 이 밤에 방문을 열고 눈 내리는 바깥을 하염없이 바라보는지, 새부는 그 이유를 조금은 알 것 같았다.

어느새 방 안 공기가 싸늘해졌다. 아버지는 여전히 바깥만 바라보고 있었다. 새부도 잠자코 바깥을 바라보았다. 눈은 계속 내려 까만 밤 세상을 하얗게 덮어 가고 있었다.

제2부

산사나무 아래에서

1

새부는 천천히 마당을 거닐었다. 마음을 차분히 가라앉히고 다시 글을 읽어야 하는데 자꾸만 박평진 생각이 났다.

오늘은 아버지가 운이 아버지와 박평진에 가는 날이다. 새부가 아버지를 따라 처음 박평진에 가 본 것은 2년 전, 열다섯 살 되던 해 봄이었다. 그 때 새부는 말로만 들었던 여진 사람을 직접 보았다. 여진 사람은 겉으로 보기에는 고려 사람과 크게 다르지 않았다. 다만 고려 사람보다 거친 듯했고, 또 그만큼 더 순박한 것 같기도 했다.

새부는 여진말과 고려말이 뒤섞여 들리는 변경의 이국적인 분위기가 좋았다. 서로 제 나라 말로 고함을 질러 대고 손짓 발짓으로 물건을 흥정하는 활기찬 분위기 또한 마음을 들뜨게 했다. 새부는 자주 박평진에 가고 싶었지만 아버지가 허락하지 않았다. 그래서 지난 2년 동안 박평진에 간 것은 몇 번 되지 않았다. 오늘도 새부는 아버지를 꼭 따라가리라 마음먹고 있었는데, 아버지는 다음에 함께 가자고 했다.

하지만 이미 마음이 들떠 있던 터라 집에 있어도 글공부가 잘 되지 않았다. 아무래도 오늘은 산으로 가야 할 것 같았다.

요즘 새부는 산 속에서 글을 읽는 때가 많았다. 바깥 날씨가 화창해서인지 방 안보다 계곡의 나무 그늘이 글읽기에 좋았다. 그러다 쉬고 싶으면 봄 향기 가득한 산 속을 돌아다니거나 무예 수련을 했다. 무예 수련도 산자락 빈 터보다 깊은 산 속이나 계곡에서 더 잘 되는 듯했다.

중문 쪽에서 인기척이 나더니 운이가 마당으로 들어섰다.

"오라버니, 바깥에 나와 계시네."

"응. 글을 읽다 잠시 쉬는 거야."

"오늘은 산에 안 가세요?'

"안 그래도 산으로 올라갈까 생각 중이야."

"잘됐다. 사실은 새벽에 은근히 마음 졸였어요. 오라버니가 큰아버님을 따라서 박평진에 가실까 봐."

"왜?"

"오늘 초희랑 나물 캐러 가기로 했거든요. 오라버니가 산에 가실 거면 우리랑 함께 갔으면 해서요. 깊은 산 속에는 사나운 짐승도 있고 또⋯⋯."

"짓궂은 총각 녀석이라도 만날까 봐 걱정이 되는 모양이구나? 하긴 너희도 이젠 어린아이가 아니니⋯⋯."

새부의 눈에는 아직 어리게만 보이지만 운이와 초희는 벌써 열여섯, 다 자란 처녀였다.

초희는 운이의 가장 친한 동무다. 집도 가깝고 부모들끼리도 친해서 운이는 어려서부터 초희와 친자매처럼 자랐다. 초희는 운이에게 자주 놀러 왔고, 운이처럼 새부를 오라버니라고 부르며 따랐다.

4년 전 봄부터 새부는 다복이에게 글을 가르쳐 주었는데, 운이가 그 사실을 알고 초희와 함께 글을 배우고 싶다고 했다. 아버지도 흔쾌히 허락하셨다. 그 후 다복이가 글공부하는 저녁이면 초희와 운이도 함께 아래채에 있는 별채에서 공부했다. 덕분에 무예를 배울 때만 눈을 반짝이던 다복이도 글공부에 조금 재미를 붙이는 듯했다. 공부가 끝나면 넷이서 편을 갈라 윷놀이나 고누놀이를 했고, 운이 어머니가 맛있는 밤참을 내오면 정답게 나누어 먹었다.

공부는 두 해 전 겨울, 웬만큼 글을 읽고 짧은 편지를 쓸 정도가 되자 끝났지만 그 뒤에도 가끔씩 모여 전처럼 스스럼없이 어울렸다. 해마다 정월 보름날, 절에 연등놀이를 갈 때도 넷이 꼭 함께 갔다. 새부와 다복이가 목검을 들고 대련을 할 때, 초희와 운이가 옆에서 지켜보기도 했다. 그러는 사이에 넷은 서로를 친동기 간처럼 여기게 되었다. 적어도 새부 생각에는 그랬다.

"그래, 같이 가자꾸나."

새부가 선선히 대답하자 운이가 활짝 웃었다.

"그럼 책을 가지고 아래채로 오세요. 초희가 아래채에서 기다리고 있거든요."

운이가 중문을 도로 나갔다.

방으로 들어가려던 새부는 문득 산사나무를 쳐다보았다. 산사나무에 매달린 자잘한 흰 꽃들이 구름송이처럼 탐스러웠다. 해마다 봄이면 보는 꽃이고 어제도 그제도 분명 보았는데, 지금 처음 보는 것처럼 꽃송이들이 유난히 희고 눈부시게 느껴졌다.

새부는 잠시 산사나무를 쳐다보다가 방에 들어가 당시(唐詩)를 들고 나왔다. 운이와 초희가 아래채 마당에서 기다리고 있었다. 새부를 보자 초희가 수줍게 웃었다. 새부가 말했다.

"잠깐만 기다려. 마구간에 들렀다 올게."

새부는 마구간으로 갔다. 마구간 한쪽에 매여 있던 바람이가 새부를 보자 반갑다는 듯 콧바람을 불었다. 바람이는 4년 전에 아버지가 사다 주신 밤색 호마로, 바람처럼 달리라는 뜻에서 지은 이름이다. 그리고 그 이름대로 어른 말이 된 지금 바람이는 새부를 태우고 들판을 나는 듯이 달리곤 했다.

바람이를 보니 새부는 문득 말을 타고 들판을 달리고 싶어졌다. 바람이도 어서 밖으로 나가자는 듯 새부의 얼굴에 제 얼

굴을 비벼댔다. 새부는 가만히 바람이의 얼굴이며 등을 쓸어
주었다.

"이따가 달리자, 바람아."

새부는 마구간을 나와 기다리고 있던 운이, 초희와 함께 산
으로 갔다. 한참 뒤 새부는 자주 와서 글을 읽는 계곡 상류 쪽
에 이르렀다.

"난 여기서 글을 읽을게. 너희는?"

운이가 대답했다.

"우린 저 위쪽에 있을게요. 산나물을 캐다가 무서운 산짐승
이라도 나오면 소리쳐 부를 테니까 오라버닌 즉시 달려오셔야
해요. 알았죠?"

새부가 고개를 끄덕이자 운이와 초희는 까르르 웃으며 계곡
위쪽으로 올라갔다. 새부는 계곡 옆 나무 그늘에 앉아 책을 펼
치고 시를 읽어 나갔다.

얼마나 지났을까. 문득 발소리가 들렸다. 새부는 고개를 들
었다. 초희가 계곡으로 내려오고 있었다. 새부와 눈이 마주치
자 초희가 배시시 웃으며 말했다.

"목이 말라서요."

초희는 바위에 쪼그리고 앉아 두 손으로 계곡물을 떠 마시
고는 새부에게 다가왔다. 새부 앞쪽에 다소곳이 앉으면서 초희

가 물었다.

"오라버니, 무슨 책을 그렇게 열심히 읽으세요?"

"당시를 읽고 있어. 옛날 당나라 사람들이 지은 시지."

새부는 당시와 당나라에 대해 간단하게 설명했다. 그러자 당나라가 번성했을 때 신라 또한 전성기였다고 했던 아버지의 얘기가 떠올랐다. 무지개가 사라졌을 때처럼 아련한 느낌이 언뜻 마음을 스쳐 갔다.

"어떤 시인데요?"

초희가 궁금하다는 듯 물었다. 넷이서 함께 공부했던 몇 년 전 일이 생각났다. 그 때 초희는 누구보다 열심히 글공부를 했다. 질문도 많이 했고, 새부가 가르쳐 주는 글자들을 가장 먼저 외우고 익혔다. 새부는 세월을 거슬러 올라 그 시절로 돌아간 듯한 느낌이 들어 그 때처럼 차근차근 설명해 주었다.

"시의 내용은 여러 가지야. 자연의 아름다움이나 의로운 뜻을 담은 시가 있는가 하면 나라 잃은 슬픔, 우정이나 사랑을 노래한 시도 있지. 또 왕이나 관리들의 잘못을 꼬집거나 백성들의 고달픔을 노래한 시도 있고, 전쟁의 비참함, 전쟁터에 나간 남편을 그리는 아내의 애달픈 마음을 노래한 시도 있단다."

"저, 오라버니한테 부탁이 하나 있는데 들어 주실래요?"

초희가 눈을 반짝거리며 물었다. 새부는 고개를 끄덕였다.

"뭔데? 말해 봐."

"우리한테 글을 가르칠 때, 가끔 오라버니가 시를 읊어 주셨잖아요. 오라버니가 읊어 주시는 시, 참 좋았어요. 이 책 속에 있는 시 한 편만 그 때처럼 읊어 주세요."

조금 쑥스럽긴 했지만 새삼스레 못 한다고 할 수는 없었다. 새부는 책을 뒤적이며 물었다.

"어떤 시를 들려 줄까?"

초희가 잠시 생각하더니 대답했다.

"응, 책을 덮었다가 그냥 아무 데나 펼쳐서 맨 처음 눈에 띄는 시를 읊어 주셔요."

새부는 고개를 끄덕이고는 책을 덮었다가 도로 펼쳤다. 책 오른편 맨 위쪽에 있는 시가 눈에 들어왔다. 새부는 한문으로 쓰인 시를 고려말로 풀어 읊었다.

홍두는 남쪽에서 난다는데
올 가을엔 얼마나 가지가 휘어졌을까
바라건대 그대는 많이 따시게
그리움엔 홍두가 최고라네

"왕유가 지은 상사(相思), 그리움이란 시야. 강남으로 간 벗을 생각하며 지은 노래고, 홍두는 중국 남쪽 지방에서 자라는 나무래. 왕유는 이 시에서 우정을 노래했지만 중국 사람들은 예로부터 홍두를 사랑의 상징물로 여겼대. 그건 아마도 홍두에 얽힌 슬픈 전설 때문일 거야."

"어떤 전설인데요?"

"옛날에 한 남자가 병사로 끌려가 죽었는데, 그의 아내가 남편을 그리워하며 통곡하다 어느 나무 뿌리 근처에서 죽었대. 이듬해 가을 그 나무에 병사의 아내가 흘린 피눈물 같은 붉은 열매가 주렁주렁 열렸는데, 열매가 완두콩만해서 홍두라고 불렀대. 홍두를 달리 상사자(相思子)라고도 부르는데, 그리움의 열매라는 뜻이지."

"그러니까 홍두는 산사 열매하고 비슷하겠네요. 난 산사 열매를 좋아하거든요. 이제부터 산사 열매를 보면 어쩐지 홍두가 생각날 것 같아요. 전설 속의 그 아내가 고려 여인이었다면, 어쩌면 산사나무가 전설의 나무가 되었을지도 모르죠. 산사 열매는 그리움의 열매가 되었을 테고……."

봄에 흰 꽃이 아름다운 산사나무는 꽃이 진 자리마다 콩알만 한 연두빛 열매를 맺고, 가을이면 검붉게 익는다. 산사 열매는 꿀에 절이거나 화채를 만들고, 술을 빚거나 차로 달여 마시며, 탕이나 죽도 만들어 먹는다. 햇볕에 말린 열매를 산사자(山

査子)라 하는데, 위와 장을 튼튼히 해 주며 그 밖에 여러 가지 병에 요긴한 약으로 쓰인다.

아버지가 마당에 산사나무를 심어 놓은 것도 꽃이 아름답고 열매의 쓰임이 많은 그 나무를 사랑해서였다.

새부의 눈앞에 문득 아침녘에 보았던 산사나무가 떠올랐다. 처음 보는 것처럼 눈부시고 아름다웠던 하얀 꽃송이들. 이어 검붉은 열매를 주렁주렁 달고 있는 늦가을의 산사나무도 눈앞을 스쳐 갔다. 그리움의 열매……. 어쩐지 산사 열매에 어울리는 이름 같았다.

"오라버니가 책을 펼칠 때 마음 속으로 생각했어요. 사랑을 읊은 시가 나왔으면 좋겠다고요. 어쩐지 사랑의 시를 듣고 싶었거든요."

"그랬어? 조금 아쉬웠겠구나. 네가 바라던 시가 아니어서."

"아니에요. 겉보기에는 우정을 노래한 시지만 그 안에 슬픈 사랑의 전설이 담겨 있으니 사랑의 시나 마찬가지잖아요."

초희가 새부를 가만히 바라보며 말했다. 새부도 초희를 마주보았다. 초희의 눈빛이 맑고 깊었다. 문득 초희가 볼을 붉히며 눈길을 떨구었다.

"그만 가 봐야겠어요. 운이가 찾겠어요."

초희가 일어서면서 말했다. 새부는 고개를 끄덕였다.

"이따 운이랑 다시 올게요. 오라버니 좋아하시는 취떡을 싸 가지고 왔거든요."

초희가 몸을 돌려 가려 하자 새부가 초희를 불렀다.

"초희야."

초희가 돌아보았다.

"시를 듣고 싶으면 언제든지 말해. 또 읽어 줄게."

초희가 가만히 웃으며 고개를 끄덕였다. 초희의 웃는 얼굴 위로 산사나무 하얀 꽃송이들이 겹쳐졌다.

초희가 계곡 저편으로 사라졌다. 새부는 한동안 멍하니 계곡 저편을 바라보다가 무릎 위에 놓인 책으로 눈길을 떨구었다. 왕유의 시, 그리움이 눈에 들어왔다. 조금 전의 일들이 아득하고 그리운 추억처럼 뇌리를 스쳤다.

새부는 다시 한 번 소리내어 시를 읊어 보았다. 그리고 생각했다. 어쩌면 왕유는 벗이 아니라 사랑하는 여인을 생각하면서 이 시를 지었는지도 모른다고.

2

숲에서 맴맴 매미가 울었다. 그 소리에 화답하듯 높은 가지에서 새가 우짖고, 장마로 한껏 불어난 계곡물도 시원스레 콸

콸 소리내며 아래로 흘러갔다.

나무 그늘에서 주역(周易)을 공부하던 새부는 계곡 저편을 바라보았다. 나무며 바위에 내리꽂히는 따가운 햇살이 눈부셨다. 장맛비에 갇혀 방에서만 글을 읽을 때는 햇살이 그리웠는데 이젠 너무 뜨거웠다. 나무 그늘에 앉아 있는데도 열기가 훅 끼쳐와 땀이 절로 났다. 다복이는 땡볕에서 김을 매느라 힘들겠구나 하는 생각이 머리를 스쳤다. 힘들게 일하고 있을 다복이와 동무들을 생각하니 어쩐지 미안한 마음이 들어 새부는 다시 책에 눈길을 주었다. 지금 공부하는 대목은 주역 64괘 중 41번째 괘인 '손' 괘에 관한 것이다.

- 산 아래 못이 있는 것이 손(損) 괘(卦)의 상(象)이다.

산 아래 있는 못은 제 물을 덜어 산의 나무들을 기른다. 뿐만 아니라 목마른 산짐승에게도 물을 나누어 준다. 제 것을 덜어 남을 이롭게 하지만 그것이 자신에게는 손실(損失)이 되는 까닭에 괘의 이름이 '손' 이라고 아버지가 설명해 주었다.

"내 것을 덜어 내니 얼핏 생각하면 손해인 것 같지만 그것은 덕을 쌓는 일이다. 덕을 쌓는 이에게는 반드시 복이 오는 법이니, 내 것을 덜어 주는 일이 어찌 꼭 손실이라고만 하겠느냐."

아버지의 삶을 생각하면 그 설명이 분명하게 이해가 되었다. 아버지는 자신이 가진 것을 덜어 마을 사람들을 많이 도와 주었다. 땅이 없는 사람들에게 땅도 사 주었다. 웬일인지 아버지는 집만 가지고 있을 뿐 논이나 밭을 소유하지 않았다. 대신 운이 아버지와 땅이 없어 굶을 지경인 가난한 마을 사람 여럿에게 논밭을 사 주었다. 아버지는 그 사람들에게 해마다 농사를 지어 조금씩 식량을 가져오는 것으로 땅값을 갚으라고 했다. 흉년이 들거나 세금을 바치고 나서 집에서 먹을 식량이 넉넉치 않으면 그 해에는 식량을 가져오지 않아도 된다고 했다. 성의껏 해마다 조금씩 땅값을 갚으면 된다고 했다.

그런 다음 아버지는 그 일에 대해서는 더 이상 신경 쓰지 않았다. 가을걷이가 끝난 뒤 사람들이 땅값으로 식량을 들고 오면 운이 아버지가 받을 뿐, 누가 식량을 가져오든 가져오지 않든 재촉하거나 탓하는 법이 없었다.

그런데도 아버지가 땅을 사 준 마을 사람들은 해마다 한 번도 거르지 않고 적든 많든 곡식을 가져왔다. 어떤 때는 땅을 빌려주고 독촉하여 곡식을 받아 내는 땅주인보다 더 많은 곡식이 창고에 쌓일 때도 있었다. 그것이 바로 내 것을 덜어 덕을 쌓은 뒤에 저절로 돌아오는 복인 듯했다.

다음 구절은 손 괘에 대한 공자의 말이었다.

-군자가 이를 본받아서 성냄을 징계하고 욕심을 막느니라.

그 아래 작은 글씨로 설명이 덧붙여져 있었다.

—덜어서 좋은 것은 성냄과 욕심보다 좋은 것이 없다.

내 재물을 덜어 남에게 주고, 마음 속의 욕심이나 성냄을 덜어 내는 일. 그 모두 덕을 쌓는 일이지만, 실천은 생각처럼 쉽지 않을 것 같았다. 새삼 아버지가 대단하신 분이라는 생각이 들었다.

'아버지처럼 되려면 앞으로도 오랫동안 몸과 마음을 닦고 또 닦아야겠지…….'

또다시 후텁지근한 열기가 끼쳐 왔다. 이마에서 땀이 흘렀다. 새부는 읽던 책을 덮어 바위 위에 올려놓고 물가로 내려갔다. 바위에 쪼그리고 앉아 두 손을 계곡 물에 담갔다. 해맑게 흐르는 계곡 물에 언뜻 초희의 웃는 얼굴이 떠올랐다 사라졌다.

새부는 두 손으로 물을 떠서 마시고 얼굴도 씻었다. 물 위에 다시 초희의 얼굴이 떠올랐다. 새부는 흐르는 물을 만져 보았다. 초희의 얼굴은 사라지고 시원하면서도 부드러운 물이 새부의 손을 휘감았다.

'언제부터 초희가 이렇게 내 마음 속에 들어왔을까?'

새부는 스스로에게 물어 보았다.

'지난 봄부터잖아. 이 계곡에서 초희에게 왕유의 시를 읽어 준 다음부터…….'

정말 그 때부터 초희는 운이와는 다른 느낌으로 새부에게

다가왔다. 초희의 얼굴이 불쑥 떠오르는 날이 많아졌고, 초희를 생각하면 마음이 복사꽃 빛으로 물들었다. 그런데 참 이상했다. 분명 지난 봄부터인 것 같은데, 이미 오래 전부터 초희가 마음 속에 들어와 있었던 것 같은 느낌이 들었다.

새부는 흘러가는 물을 바라보며 엷게 웃었다. 그게 언제부터였는지는 사실 중요하지 않았다. 초희를 생각할 때마다 복사꽃 빛으로 물드는 마음이 마냥 좋을 뿐이었다.

갑자기 발소리가 들리면서 인기척이 났다. 새부는 고개를 들었다. 자신이 공부하던 나무 그늘에 무경이가 서 있었다. 잘못 본 것이 아닌가 싶어 새부는 눈을 크게 떴다. 서로 윗마을 아랫마을에 사는지라 일 년에 몇 번씩은 우연히 마주치지만 이렇게 산 속에서 마주친 것은 처음이었다. 그리고 어디서건 무경이와 만나는 일은 반갑지 않았다. 새부뿐 아니라 마을의 누구도 무경이와 마주치는 것을 원치 않았다.

"오랜만이다, 새부야. 사람을 보면 인사부터 해야 하는 거 아니니?"

무경이가 시비조로 말했다. 새부는 일어서면서 무뚝뚝하게 물었다.

"여긴 웬일이니?"

"저런. 아직도 말버릇을 못 고쳤구나. 어릴 때야 우리가 함께 어울렸지만 너랑 난 처지가 달라. 나한테 그렇게 버릇없이 굴다간 읍사에 끌려가 혼나는 수가 있지."

새부는 아무 대꾸도 하지 않고 바위 위에 놓아 둔 책을 보았다. 책만 아니라면 무경이와 쓸데없이 입씨름하는 일 없이 이 자리를 훌쩍 떠나고 싶었다. 무경이가 흘낏 바위 쪽을 보더니 책을 집어들었다.

"주역이라. 네가 이런 책을 왜 읽지? 뜻이나 알고 읽는 거야? 야, 새부야. 너 대체 뭣 때문에 공부하는 거냐? 나처럼 이다음에 한 고을을 다스리는 호장이 될 것도 아니고, 이런 변방 촌구석에서 글공부를 해 봤자 아무 쓸모도 없을 텐데, 너 따위가 왜 글공부를 하냐고!"

무경이의 말이 화살처럼 새부의 마음에 꽂혔다. 그건 새부가 글공부를 하면서 자주 갖는 답답한 의문이기도 했다. 그렇다고 무경이의 말에 수긍하고 싶은 마음은 없었다. 새부는 무경이를 똑바로 바라보았다.

"꼭 쓸모가 있어야만 글공부를 하는 건 아니다. 난 내 마음을 닦고 사람의 바른 도리를 깨우치려고 글공부를 하는 것뿐이다."

"그래서? 참 대단하네."

무경이가 이죽거렸다. 새부가 말했다.

"그 책 이리 다오. 난 그만 가야겠다."

그러자 무경이가 책을 제 발치에 툭 떨어뜨렸다.

"그렇게 중요한 책이면 와서 가져가라."

새부는 잠시 망설였다. 책을 가져오려면 무경이 앞에서 허리를 굽혀야 하는데 그건 정말 싫었다. 무경이가 바로 그 점을 노렸다는 것을 알기에 더욱 그랬다. 하지만 책을 버려 두고 그냥 갈 수도, 무경이가 갈 때까지 기다릴 수도 없었다. 새부가 책을 집어갈 때까지 무경이는 분명 그 자리에 버티고 서 있을 테니까.

새부는 잠시 숨을 고르면서 생각했다.

'무경이는 내 앞에 없다. 난 그냥 떨어뜨린 책을 줍는 것뿐이다.'

이윽고 새부는 무경이 앞으로 걸어가 몸을 굽히고 책에 오른손을 갖다댔다. 순간 무경이가 오른쪽 발로 새부의 손등을 콱 밟았다.

새부는 고개를 번쩍 치켜들면서 무경이를 쏘아보았다. 무경이가 발에 힘을 주어 새부의 손등을 짓눌렀다. 순간 새부는 있는 힘을 다해 무경이를 밀쳐 버리고 싶은 충동이 일었지만 가까스로 그 마음을 억눌렀다.

"이제 그만해라. 읍사에 끌려간다 해도 더 이상은 나도 참지 않을 거니까."

노여움 어린 새부의 말에 무경이는 그제야 발을 치웠다. 새부는 책을 주웠다.

"참지 않으면 나하고 한번 해 보겠다는 거냐? 하긴 너 무예 솜씨도 제법이라며? 뭐 제법이랬자 격식도 없이 그냥 흉내나 내는 정도일 테지만."

새부가 아무 대꾸도 하지 않자 무경이가 내뱉듯이 말했다.

"내가 이 더위에 여기까지 놀러 온 줄 알아? 천만에. 너한테 경고할 말이 있어서 찾아온 거야. 네가 글공부 열심히 한다는 소문, 우리 마을에까지 쫙 퍼졌더구나. 덕분에 난 아버지한테 한바탕 꾸지람을 들었지. 너 따위가 글공부를 하건 말건 난 관심 없다. 다만 앞으로는 그렇게 티를 내지 말아 줬음 좋겠다. 우리 아버지가 한 번만 더 널 들먹이면서 날 꾸중하시면, 그 땐 그 불똥이 너한테로 튈 거다. 내 말 무슨 뜻인지 알겠어?"

북받쳐 오르는 노여움을 억누르면서 새부는 나지막이 대답했다.

"널 내 마음에 담아 두고 싶지 않다. 내가 글공부를 하건 말건 관심 없다고 했지? 나도 그래. 네가 칭찬을 받건 꾸중을 듣건 조금도 마음 쓰고 싶지 않다."

무경이가 입술을 일그러뜨리며 비죽 웃었다.

"건방이 하늘을 찌르는구나. 하지만 언젠가는 너도 다른 녀석들처럼 내 앞에서 무릎 꿇고 그 동안의 무례함을 용서해 달라고 빌게 될 거다. 세상은 힘을 가진 자의 편이거든. 아무튼 오늘 내 경고, 잘 기억해 둬라."

무경이가 몸을 돌려 나무 그늘 위쪽으로 올라갔다. 새부는 그 자리에 우두커니 서 있다가 무경이 발에 밟힌 오른손을 들어 보았다. 손등에 신발 자국이며 흙이 그대로 묻어 있었다. 새부는 물가로 갔다. 바위에 쭈그리고 앉아 계곡 물에 손을 씻었다. 마음이 어지러웠다. 억눌렀던 노여움이 마음 여기저기서 삐져나왔다.

새부는 아까 책에서 읽은 구절을 소리내어 읊어 보았다.

"덜어서 좋은 것은 성냄과 욕심보다 좋은 것이 없다."

말하기는 쉬워도 노여움을 그렇게 금방 덜어 버릴 수는 없었다. 새부는 한숨을 내쉬며 손으로 흐르는 계곡 물을 크게 휘저었다. 계곡 물은 새부가 뭘 하건 아랑곳하지 않는다는 듯 기세 좋게 콸콸 흘러갔다.

숲에서 또다시 매미가 울었다.

3

뒷마당은 햇볕이 잘 들지 않는 그늘진 곳이다. 그래서 여름이면 새부는 그늘지고 널찍한 뒷마당에서 무예 수련을 한다. 하지만 지금, 오후의 뒷마당은 바람 한 점 없이 후텁지근했고, 다른 날보다 연습이 힘들게 느껴졌다.

새부는 목검 자루를 움켜잡은 두 손에 힘을 주고 몸을 따라 검을 오른편으로 베어 감아 왼편 가슴 정면에서 똑바로 내뻗었다. 이어 왼편으로 몸을 돌리면서 다음 자세로 옮겨 가려 할 때였다. 느닷없이 무경이의 얼굴이 떠오르면서 무경이의 목소리가 귓전을 울렸다.

"너 따위가 뭐 하러 글공부를 하냐?"

순간 순서대로 오른발이 한 발 앞으로 나가긴 했는데 보폭이 너무 컸다. 동시에 앞을 향해 오른편에서 왼편으로 쓸어 베는 검세(劍勢) 또한 지나치게 뻗어 나가면서 다음 자세로 이어지는 흐름이 뚝 끊겨 버렸다. 새부는 잠시 동작을 멈춘 채 뒷마당에 멍하니 서 있었다.

새부는 본국검을 연습 중이었다. 본국검은 신라 화랑들의 검법으로 새부가 특히 좋아하는 검법이다. 본국검의 검세는 모두 서른두 가지이고, 검세 하나 하나마다 공격과 방어의 동작이 검법의 격식과 규칙에 따라 짜여져 있다. 그리고 그 검세들은 처음부터 끝까지 하나의 동작처럼 자연스럽고 부드럽게 이어진다.

새부는 1년 전에 본국검의 검세를 다 익혔다. 그리고 그 때부터 검세들을 하나의 동작으로 이어 연습해 왔기 때문에 연습 도중에 흐름이 끊기는 경우는 거의 없었다. 그런데 오늘 벌써 두 번째, 이렇게 흐름이 끊겼다. 연습을 그만할까 싶었지만 이런 상태에서 그만두기는 싫었다.

새부는 땀을 씻고 천천히 숨쉬기를 하여 마음을 가라앉힌 다음, 두 손으로 목검을 쥐고 다시 연습을 시작했다. 정신을 집중하여 맨 처음 검세인 지검대적세부터 차근차근 연습해 나갔다. 새부의 이마에 땀방울이 맺혔고, 본국검의 검세는 마무리를 향해 나아가고 있었다.

새부의 왼발이 뒤로 물러나면서 몸이 왼편으로 반 바퀴 돌았다. 그와 함께 목검을 아래에서 앞을 향해 왼편으로 베어 올렸다. 순간 무경이의 얼굴이 어른거렸다. 새부는 오른발을 앞으로 내밀면서 저도 모르게 있는 힘을 다해 목검을 오른편으로 내리쳤다.

갑자기 오른쪽 어깨에 심한 통증이 느껴졌고, 목검이 땅으로 툭 떨어졌다. 새부는 나지막이 신음하면서 왼손으로 오른쪽 어깨를 잡았다.

"왜 그러느냐, 새부야?"

아버지가 달려왔다. 새부는 어깨에서 손을 떼면서 아버지를 보았다. 연습에 몰두하느라 아버지가 뒷마당에 오신 것도 알아차리지 못했다.

"어깨가 좀……. 곧 괜찮아질 거예요."

새부는 지그시 아픔을 참으며 애써 차분하게 말했다.

"어디 보자. 아무래도 어깨가 빠진 것 같구나."

아버지가 한 손으로 새부의 어깨를 잡고 다른 한 손으로 팔을 잡았다. 새부는 무심결에 이를 악물었다. 아버지의 두 손에 힘이 들어가는가 싶더니 어느 순간 통증이 거짓말처럼 가라앉았다.

"팔을 들어 보아라."

새부는 오른팔을 들어 돌려보았다.

"이제 괜찮으냐?"

"네."

"무예 수련을 하다 보면 다치기도 하고 상처도 입는다. 마음이 고요하지 못하면 더욱 쉽게 다치고 실수를 하게 된다. 그래서 화가 나거나 감정이 격할 때는 수련을 삼가야 하는 것이다. 어깨에 무리가 간 듯하니, 이따 약을 지어 운이더러 달라 해야겠다. 사흘만 먹으면 될 것 같으니 거르지 말고 먹도록 해라."

어렸을 때 몸이 약해 아버지를 걱정시켰던 일이 새삼 생각났다. 그 때 질리도록 마셨던 탕약도 생각났다. 새부는 땅바닥으로 눈길을 떨구면서 조용히 대답했다.

"네."

아버지가 말했다.

"덥구나. 개울에 가자꾸나."

아버지와 함께 개울로 가서, 새부는 맑은 개울물에 얼굴을 씻었다. 아버지는 개울가에 앉아 흘러가는 물을 무심히 바라보고 있었다. 새부도 아버지 옆에 앉았다. 미적지근한 바람이 얼굴을 스쳐갔다.

"낮에 무슨 일 있었느냐?"

아버지가 물었다. 잠시 침묵하다가 새부가 대답했다.

"무경이를 만났습니다. 계곡에서 글을 읽다가……."

새부는 더 이상 말하지 않았다. 아버지도 더 이상 캐묻지 않았다. 한동안 개울물 흘러가는 소리만 들렸다.

"새부야, 사람이 살다 보면 말이다. 참고 견디는 것 말고는 아무것도 할 수 없는 때가 더러 있는 법이다. 글공부를 하고 무예 수련을 해서 몸과 마음의 힘을 기르는 것도, 결국 그런 힘들고 고통스러운 때 거뜬하게 어려움을 견디기 위해서인지도 모르겠구나."

아버지의 나직한 말소리가 흘러가는 개울물 소리와 함께 새부의 마음을 씻어 주었다. 아버지가 다시 말했다.

"그리고 무경이 말이다. 무경이는 남들보다 많은 복을 누리고 있으면서도 그 복을 그렇게밖에 쓰지 못하니, 그 또한 딱한 일 아니겠느냐. 무경이가 뭐라 하건 무슨 짓을 하건 그냥 딱하게 여기고 흘려보내도록 해라."

아버지의 말이 무슨 뜻인지 새부는 알 것 같았다. 새부는 잠자코 개울물만 바라보다가 마음 속에 담아 둔 말을 조심스레 꺼냈다.

"아버지, 이제 저한테도 집안일을 가르쳐 주십시오. 글공부는 평생을 해야 하는 것이니 저녁에 열심히 하겠습니다. 대신 낮에는 아버지를 도와 집안일을 하고 싶습니다. 언젠가는 아버지도 집안일에서 손을 놓고 편히 쉬셔야 하지 않겠습니까."

아버지가 새부를 돌아보았다. 아버지의 눈빛을 보고 새부는 대답을 짐작했다.

"새부야, 네 마음은 알겠다. 허나 운이 아범이 잘 도와 주고 있으니 네가 굳이 집안일을 배울 것까진 없다. 넌 오로지 글공부에만 전념하면 된다."

예상했던 대답이었지만 새부는 순순히 아버지의 뜻을 받아들일 수가 없었다.

"아버지, 제가 글공부에만 전념해야 하는 이유라도 있는 건지요?"

"그래. 이유가 있다. 그것도 아주 중요한 이유가."

"그게 무엇인지요?"

아버지가 잠시 침묵을 지켰다. 새부도 고집스레 침묵을 지키며 아버지의 대답을 기다렸다. 마침내 아버지가 말문을 열었다.

"이제 너한테 모든 것을 말해 줄 때가 된 것 같구나. 내가 왜 너를 데리고 대왕 마을을 떠나왔는지, 그 동안 하지 않았던 지난 얘기를 말이다. 그 얘기를 다 듣고 나면 네가 왜 글공부에만 전념해야 하는지도 저절로 알게 될 게다."

새부는 아버지를 바라보았다. 대체 무슨 사연이기에 아버지는 지금까지 지난 얘기를 해 주지 않았던 걸까. 새삼 궁금하면서도 묘하게 긴장이 되었다.

"궁금하겠지만 며칠만 참아라. 막중한 얘기라서 이런 자리에서 허투루 할 수가 없구나. 조만간 좋은 날을 잡아 네게 지난 얘기를 들려 주마."

막중한 얘기. 그 말이 새부의 마음을 무겁게 했다. 사실 새부는 어머니 얘기만 빼고, 아버지한테 들을 얘기는 다 들었다고 생각해 왔다. 그래서 그 동안 아버지에게 굳이 어머니 얘기를 재촉하지 않았다. 때가 되면 자연히 들려 주시려니 믿었던 것이다.

그런데 막중한 얘기라니. 어머니에 대한 얘기라면 아름답고 애틋한 얘기지, 막중한 얘기는 아닐 터였다. 그렇다면 어머니 얘기 말고 아버지가 새부에게 하지 않았던 또다른 얘기가 있다는 뜻일까. 몹시 궁금했지만 아버지 말대로 며칠 참는 수밖에 다른 도리가 없었다. 그래서 막중한 얘기라는 그 말이 더욱 마음을 짓누르는 것인지도 몰랐다.

"그만 들어가자."

아버지가 일어나 개울둑으로 올라갔다. 새부도 조용히 일어나 아버지를 뒤따랐다.

4

방 안이 먹 향내로 출렁였다. 먹물이 너무 진한 듯하여 새부는 연적의 물을 다시 벼루에 부었다. 그런 다음 천천히 부드럽게 먹을 갈았다. 글을 쓰려고 먹을 가는 것이 아니었다. 그저 한 가지 일에 집중하고 싶어 계속 먹을 갈 뿐인데, 마음과는 달리 머릿속에선 똑같은 물음이 떠오르고 또 떠올랐다.

'대체 무슨 말씀을 하시려고……'

아침에 아버지가 말했다.

"오늘밤이 좋은 날, 좋은 시간이구나. 막중한 얘기일수록 날을 가려서 해야 하는 법이다."

지난 며칠 동안 기다렸던 말인데도 까닭 모를 불안이 엄습해 왔다. 여느 때처럼 글을 읽고 무예 수련을 했지만 글자들은 춤을 추었고, 수련은 도중에 자꾸 흐트러졌다. 해질 무렵 산 위 폭포에서 목욕을 하고 나자 마음이 조금 차분해졌다.

저녁을 먹은 뒤 아버지의 부름을 기다리면서 잠시 쉬고 있을 때 운이가 새 옷을 갖다주었다. 옷을 갈아입으면서 새부는 다시금 가슴이 두근거렸다.

'무슨 얘기기에 이렇게 격식을 차리고 뜸을 들이시는 걸까?'

술렁이는 마음을 다독이려고 먹을 갈기 시작했는데, 이제 먹물은 너무 진하고 많았다. 새부는 먹을 벼루에 내려놓고 심호흡을 했다. 그 바람에 촛불이 춤추듯 흔들렸다.

"새부야, 이리 건너오너라."

마침내 아버지의 목소리가 방 안의 먹 향을 뒤흔들었다. 새부는 아버지 방으로 건너갔다.

아버지 역시 새 옷으로 갈아입고 방 한가운데 서 있었다. 왜 여느 때처럼 서안 앞에 앉아 있지 않는지, 장승처럼 우뚝 서 있는 그 모습도 눈에 설었다.

"여기 앉아라."

아버지가 손으로 자리를 가리켰다. 새부는 눈을 크게 뜨고 아버지를 바라보았다. 그 자리는 아버지의 자리, 상좌(上座)였다.

"아버지, 여긴……."

"어서 앉아라. 네가 여기 앉아야 내가 이야기를 시작할 수 있다."

아버지의 목소리에는 거역할 수 없는 단호함이 깃들여 있었다. 새부는 마지못해 상좌에 앉았다.

"왕자 마마, 절 받으십시오. 태자 전하의 신하 김 시중(侍中)이 마마께 인사 드립니다."

대왕 마을에 살 때 아버지의 벼슬이 시중이었고, 그 때 아버지가 김 시중으로 불리었다는 것은 새부도 언젠가 들어 알고 있었다. 그런데 느닷없이 왕자 마마는 무엇이고, 김 시중은 또 무엇이란 말인가.

새부가 놀란 얼굴로 아버지를 쳐다보는 순간, 아버지가 새부에게 절을 했다. 새부도 얼결에 아버지와 맞절을 했다. 이윽고 아버지가 몸을 일으켜 마주앉자 새부는 당혹한 표정으로 다그쳐 물었다.

"아버지, 왜 이러십니까, 왜……?"

"신은 마마의 아버지가 아닙니다. 마마의 아버지는 태자 전하시고, 신은 잠시 마마를 맡아 보살펴 드렸을 뿐입니다."

아버지의 말이 귓가에서만 맴돌 뿐, 그 뜻이 분명하게 와 닿지 않았다. 아버지가 한쪽 옆에 밀어 둔 서안을 끌어당겨 앞에 놓았다. 서안에는 책 대신 장방형의 가죽 주머니 하나가 놓여 있었다. 아버지가 주머니에서 몇 겹으로 접힌 문서 한 장을 꺼냈다.

"읽어 보십시오."

새부는 떨리는 손으로 문서를 펼쳐 보았다. 문서에는 세로로 두 줄, 짧은 글이 적혀 있었다. 첫째 줄에는 金俊(김준), 그 다음 줄에는 愛新覺羅(애신각라)라는 글귀가 쓰여 있었다.

새부는 문서를 찬찬히 들여다보다가 고개를 들었다. 아버지가 말했다.

"태자 전하께서 남기신 것입니다. 전하께서 마마에게 지어 준 이름은 뛰어날 '준' 자, 준입니다. 새부는 어릴 때 부르는 아명(兒名)이지요. 그리고 애신각라는 애신라(愛新羅), 각신라(覺新羅)의 뜻으로, 언제나 신라를 사랑하고 신라에 대해 깨닫고 있으라는 뜻입니다. 마마에게 바라는 전하의 소망을 담으신 글귀지요."

새부는 멍하니 허공만 바라보다 가까스로 말문을 열었다.

"그럼 제 어머니는 누구신지요? 정말 제가 어릴 때 어머니가 돌아가신 겁니까?"

아버지가 고개를 저었다. 갑자기 방이 휘청하며 한쪽으로 기울었다. 무더운 한여름 밤인데도 가늘게 몸이 떨려 왔다. 새부는 잠시 눈을 감았다가 숨을 고르고는 아득히 먼 곳을 보는 듯한 눈빛으로 아버지를 바라보았다.

"어머니는 어떤 분이셨습니까?"

물기 어린 목소리로 새부가 나지막하게 물었다.

"눈빛이 깊고 아름다운 분이셨습니다. 마마의 눈빛이 특히 태자비 마마를 닮았습니다. 태자비께서는 부모를 따라 인제현까지 들어온 평민 처녀였습니다. 기품 있고 심지가 곧은 처녀였지요. 태자 전하께서는 그 처녀를 마음 깊이 사랑하셨고, 인제현에 둥지를 튼 지 십 년째 되던 해에 태자비로 맞이하셨습니다."

아버지의 목소리는 밤의 어둠보다 더 깊이 가라앉아 있었다. 새부는 서안의 문서로 눈길을 떨구었다. 단아하면서도 물 흐르듯 부드러운 글씨가 눈에 들어왔다. '金 俊 愛新覺羅' 그 글씨 위로 한 번도 본 적이 없는 태자와 태자비의 모습이 언뜻 떠오르더니 이내 연기처럼 흩어져 버렸다. 가슴 한 켠에 찌르는 듯한 통증이 느껴졌다. 어렸을 때 아버지가 들려 준 말이 꿈틀 기억에서 되살아났다. 그리움보다 가슴아픈 것은 없다고 했던 그 말이.

"태자께서 태자비를 맞아들이시자 왕실은 안정되고, 인제현의 작은 신라 왕국도 그 기틀이 더욱 단단해졌습니다. 그로부터 칠 년 뒤 가을 새벽에 마마가 태어나셨습니다. 전하께서는 새벽에 태어난 아이라고 아명을 새부라고 지어 주셨습니다. 신라의 고승 원효 대사의 아명도 새부였지요."

아버지의 이야기가 눅눅한 여름밤의 어둠 속으로 퍼져 나갔다. 새부는 서안 모서리를 한 손으로 꽉 잡고 아버지의 이야기에 귀를 기울였다.

5

왕자의 탄생은 인제현의 작은 신라 왕국에는 큰 기쁨이었지만, 그 기쁨은 이내 근심으로 바뀌었다. 왕자가 유난히 몸이 약했기 때문이다. 왕자는 자주 시름시름 앓았고, 젖도 제대로 먹지 못했다. 왕자를 진맥해 본 의원은 고개를 설레설레 저었다.

"왕자님의 병은 소인의 의술로는 도저히 고칠 수 없는 어려운 병입니다. 소인이 침을 놓고 약을 짓겠습니다만 일시적인 방편일 뿐입니다. 왕자님을 낫게 할 수 있는 의원은 설 의원뿐입니다."

설 의원은 한때 신라 왕실 어의였지만, 대왕 폐하를 따라 고려의 서울 개경으로 갔다. 들리는 소문으로는 고려에서도 왕실 어의라 했으니, 사라진 나라 신라의 왕자와 인연이 닿기란 처음부터 불가능한 일이었다. 의원이 다시 말했다.

"이대로 가면 왕자님은 다섯 살을 넘기기가 힘들고, 혹 더 오래 산다 해도 병석에서 지내셔야 할 겁니다."

"이 아이의 명운이 그뿐이라면야……."

태자는 의연하게 의원의 말을 받아들였다. 태자비도 여느 때처럼 꿋꿋하고 조용한 모습으로 정성을 다해 어린 아들을 돌보았다.

그러나 태자의 오랜 친구이며 신하인 김 시중은 의연할 수도, 꿋꿋할 수도 없었다. 태자와 태자비는 이미 몇 해 전에, 태어난 지 두 달밖에 안 된 첫아이를 잃은 적이 있었다. 또다시 그런 일이 일어나도록 내버려둘 수는 없었다. 김 시중은 맹 장군에게 부탁했다.

"이번에 양구현에 나가시면 설 의원에 대해 좀 알아봐 주십시오."

며칠 뒤 돌아온 맹 장군은 어두운 얼굴로 고개를 저었다.

"설 의원은 여전히 왕실 어의라고 하더군요. 행여나 했는데……."

"혹시라도 설 의원 신상에 변동이 있는지 양구현에 갈 때마다 물어 봐 주십시오. 이대로 포기할 수는 없지 않습니까."

맹 장군도 같은 마음이라는 듯 고개를 끄덕였다.

맹 장군이 양구현으로 나가는 데에는 두 가지 목적이 있었다. 하나는 군량과 의병을 모으는 것이고, 나머지는 개경 소식을 듣는 일과 양구현 광군(光軍)의 움직임을 살피는 일이었다. 광군은 고려의 제3대 임금인 정종이 각 지방 호족들의 군사력을 연합하여 만든 지방군인데, 양구현에도 광군이 있었다.

광군은 거란군의 침입에 대비하여 만든 군사지만 지방의 반대 세력을 억누른다는 목적도 있었다. 만약 고려 조정에서 인제현의 신라 세력을 칠 계획을 세웠다면 개경의 광군사(光軍司: 광군을 통솔하는 관청)에서 양구현 광군으로 지시가 내려올 터였다. 그런 만큼 광군의 움직임을 살피는 일은 맹 장군에게는 아주 중요한 일이었다.

사실 고려 조정에서는 인제현의 신라 세력을 하루빨리 없애고 싶어했지만 당장은 그럴 형편이 못 되었다. 고려 태조는 새나라의 기틀을 잡느라 경황이 없었고, 태조가 세상을 떠난 뒤에는 권신들과 외척들 사이에 왕위 계승을 둘러싼 분쟁이 일어나 시끄러웠다. 태조는 수많은 지방 호족들의 도움을 받아 고려를 세웠는데, 그들이 권신이 되고 왕실 외척이 되면서 오히려 왕권을 약화시키는 화근이 된 것이다.

고려 조정에서는 일단 헛소문을 퍼뜨리는 것으로 사태를 덮어 두고 있었다.

신라의 마지막 태자는 자신을 따르는 백성들을 이끌고 사람이 살기 어려운 바위투성이 금강산에 들어가 삼베옷을 입고 나물죽을 먹으며 살고 있다.

사실을 제대로 알지 못하는 일반 백성들은 태자를 아예 '마의태자'라고 부르며 안타까워했지만, 덕분에 태자 일행은 인제현에서 이십 년 가까운 세월 동안 군사를 기르며 작은 신라 왕국을 이어 올 수 있었다.

하지만 그 안정과 평화가 언제까지나 계속되지는 못할 터였다. 고려가 힘이 생기기만 하면 우선 인제현의 신라 세력부터 칠 것이다. 그것은 신라 세력이 더 커지기 전에 반드시 해결해야 할 문제이기도 했다.

맹 장군이 양구현으로 갈 때마다 개경 소식을 알아오는 것도 그 때문이었다. 양구현의 어느 호족이 맹 장군을 여러 모로 많이 도와 주었는데, 그 사람의 가까운 친척이 고려 조정의 꽤 높은 관리였다. 호족의 아들이 개경 그 관리의 집에 가 있었기 때문에 맹 장군은 고려 조정 소식을 소상히 전해들을 수 있었다.

그런데 왕자가 태어나기 3년 전에 새 왕이 즉위했다. 고려의 제4대 임금(광종)인 새 왕은 전왕들과는 달리 치밀하고 힘이 있었다. 권신들과 외척들의 세력을 꺾고 왕권 강화를 위한 준비를 차근차근 해 나갔다. 여전히 권신들과 외척들의 세력은 강했지만 왕의 힘은 날로 더 강해지고 있었다.

새 왕의 소식은 신라에는 달갑지 않았다. 왕권이 강해지면 고려가 강해지고, 나라를 되찾고자 하는 자신들의 꿈이 그만큼 멀어지기 때문이었다. 맹 장군은 만약의 사태에 대비해 군사 훈련을 한층 강화했고, 태자와 신하와 백성들은 어느 때보다 굳게 한마음으로 뭉쳤다.

새 왕이 즉위한 지 6년째 되던 해 봄이었다. 왕자가 세 살 되던 그 해 봄에 신라 왕국에는 다시 경사가 있었다. 둘째 왕자가 태어난 것이다. 다행히 둘째 왕자는 튼튼하여 모두 안도했지만, 첫째 왕자에 대한 근심은 더 깊어졌다. 사위어 가는 촛불처럼 왕자는 하루가 다르게 쇠약해지고 있었다.

그로부터 한 달쯤 뒤에 양구현에 갔던 맹 장군이 설 의원 소식을 가져왔다.

"설 의원이 어명으로 동쪽 변경으로 갔다고 합니다. 왕은 그곳이 군사적으로 중요한 곳이고, 제대로 된 의원이 없어 백성들이 어려움을 겪고 있기 때문에 특별히 설 의원을 보내는 것이라고 말했다지만, 사실은 귀양을 간 것이라 하더군요. 설 의원이 왕이 견제하는 권신과 친분이 두터운 데다 노쇠했기 때문이랍니다. 설 의원뿐 아니라 왕에게 고분고분하지 않은 권신의 측근들이 하루아침에 유배지나 다름없는 곳으로 내쳐지는 신세가 되었다고 하더군요."

그 일은 권신들과 외척들에 대한 경고이며, 왕권을 반석 위에 올려놓기 위한 첫걸음이기도 했다. 실제로 왕은 그 이듬해부터 자신에게 순종하지 않는 권신들과 외척들을 무자비하게 숙청하기 시작했다.

태자와 신하들은 그 사건 뒤에 숨은 왕의 뜻을 짐작했다. 인제현의 작은 신라 왕국 또한 그 숨은 뜻에서 무사하기 어렵다는 것도 알아차렸다. 그러나 이미 오래 전부터 그런 상황을 각오하고 있던 터라 아무도 동요하지 않았다.

김 시중은 오히려 그 소식에 반색하면서 태자에게 간청했다.

"전하, 설 의원을 설득하여 이 곳으로 데려오겠사오니 부디 신을 동쪽 변경으로 보내 주소서."

태자의 허락을 얻은 김 시중은 말을 타고 동쪽 변경으로 달렸다. 해가 지면 마을에 들렀고, 들르는 마을마다 여전히 신라 백성이라고 자처하는 사람들을 만나 도움을 받았다. 그는 도중에 들렀던 마을과 하룻밤 신세진 집의 위치를 지도로 그렸으며, 도움을 준 이들의 이름도 적어 두었다. 당장은 설 의원과 함께 돌아올 때 필요할 것 같았고, 뒷날에도 쓸 데가 있을 것 같아서였다.

며칠 뒤 김 시중은 동쪽 변경에 도착했다. 개경에 식구들을 두고 홀로 그 곳으로 간 설 의원은 고을 호장이 사는 범골에 살고 있었다. 김 시중은 한밤중에 남의 눈은 피해 설 의원을 찾아갔다. 사정 이야기를 다하고 함께 대왕 마을로 돌아갈 것을 권했지만 설 의원은 고개를 저었다.

"나는 고을 호장의 감시를 받고 있는 처지입니다. 호장은 혹시라도 귀양 온 죄인이 달아나는 불상사가 생길까 봐, 그런 사실이 개경에 알려져 왕의 신임을 잃게 될까 봐, 마을 사람들에게 나를 단단히 감시하라 일러두었지요. 내가 만일 시중을 따라나서면 죄 없는 마을 사람 모두가 화를 입을 테고, 호장은 사병들을 시켜 온 고을을 다 뒤져서라도 나를 꼭 잡고 말 것입니다. 조금이라도 젊다면 위험을 무릅쓰고 달아날 수도 있겠으나 이젠 너무 늙어 그런 일을 감당할 기력이 없군요."

설 의원은 완강했고, 김 시중도 더 이상은 설득할 수가 없었다. 실망하여 일어서려는 김 시중에게 설 의원이 말했다.

"만약 시중께서 왕자님을 모시고 이 곳으로 오신다면, 그 때는 혼신의 힘을 다하겠습니다. 신라를 버리고 고려에 간 일…… 나라고 편하기만 했겠습니까. 내 남은 삶을 왕자님을 살리는 일에 바칠 수 있다면 정말 좋겠군요."

설 의원의 그 말을 마지막 희망으로 간직한 채, 김 시중은 대왕 마을로 돌아왔다. 아직은 왕자가 너무 어리고 허약하여 엄두도 못 내지만 언젠가는 왕자를 데리고 설 의원에게 갈 수도 있지 않을까 싶었다.

그 해 가을걷이가 끝날 무렵, 양구현에 갔던 맹 장군이 광군의 움직임이 심상치 않다는 소식을 가져왔다. 그리고 며칠 뒤 광군의 병사 하나가 대왕 마을로 와 맹 장군에게 서찰 한 통을 전했다. 광군을 총 지휘하는 개경의 대장군이 보낸 서찰로 내용은 이러했다.

대왕 폐하의 명으로 인퓌현의 역도들을 치려 하나, 그에 앞서 투항(投降)을 권한다. 광군에 맞서 싸우지 않는 자들은 신분 고하를 막론하고 지난 잘못을 묻지 않고 기꺼이 고려 백성으로 받아들일 것이나, 끝까지 대항하는 자들은 엄히 처단할 것이다.

고려의 왕은 권신들과 외척들을 치기 전에 먼저 본보기로 인제현의 신라 세력을 칠 작정이었다. 하지만 일을 크게 벌이면 그 사실이 널리 퍼져나갈 테고, 태자가 금강산에 들어가 있는 것으로 알고 있는 신라 백성들이 새삼 동요할 염려가 있었다. 왕은 가능하면 조용하고 신속하게 민심을 잃지 않으면서 일을 처리하기를 바랐고, 그래서 그런 서찰을 보내게 했던 것이다.

태자와 맹 장군과 신하들은 한자리에 모여 앞일을 의논한 뒤, 한계산성으로 들어가기로 결정했다. 산성은 높고 험해서 평소에 그 곳에서 훈련받은 병사들이 아니면 하루도 지내기가 어려웠기 때문에 노인과 부녀자와 어린아이들은 마을에 남겨두고 가기로 했다. 그리고 태자비와 두 왕자, 맹 장군과 신하들의 식구들은 더 먼 마을로 피신하기로 하였다. 서찰에서 이미 약속했으니, 광군이 마을에 남은 힘없는 백성들을 해치지는 않겠지만 태자비와 중신들의 식구들은 어떤 경우에도 무사하기가 어려웠기 때문이다.

태자가 좌중을 둘러보며 말했다.

"산성에는 끝까지 싸우기를 원하는 사람만 들어가고, 마을에 남고 싶은 사람은 누구든 남아도 좋다고 마을 촌장들에게 전하시오. 그건 여기 모인 그대들도 마찬가지요."

신하들은 침묵으로 산성에서 태자와 명운을 함께 하겠다는 결의를 보였다. 잠시 후에 김 시중이 그 침묵을 깼다.

"전하, 신은 산성으로 들어가지 않겠습니다."

모두 놀란 눈으로 김 시중을 쳐다보았다. 다만 태자만이 흔들림 없는 눈빛으로 김 시중을 조용히 바라보았다. 김 시중이 말했다.

"전하, 신에게 첫째 왕자님을 맡겨 주소서. 산성으로 들어가는 대신, 신은 왕자님을 모시고 동쪽 변경 땅 설 의원에게 가고자 하옵니다. 지금 왕자님이 태자비 마마를 따라 먼 마을로 피신을 떠나시면 병을 고칠 길은 더욱 멀어지옵니다. 시일이 얼마나 걸릴지는 모르겠지만 왕자님의 병이 다 나으면 반드시 이곳으로 다시 모셔오겠습니다. 윤허하여 주소서, 전하."

"듣고 보니 김 시중의 말이 옳습니다. 병을 고치는 일도 그렇고, 두 왕자님이 따로 피신하시는 편이 뒷날을 위해서도 좋을 듯하옵니다."

맹 장군이 먼저 찬성하고 나서자 다른 신하들도 다 찬성했다. 결국 태자도 허락했고, 뒤에 그 얘기를 전해 들은 태자비도 마찬가지였다.

인제현의 마을들은 산성으로 들어갈 준비로 분주해졌다. 어쩔 수 없이 마을에 남아야 하는 노인과 부녀자와 아이들을 빼고는 모두가 태자를 따라 산성으로 들어가겠다고 했다. 맹 장군과 병사들이 먼저 산성으로 들어가 무기며 군량, 식수 등을 점검했고, 마을에 남은 사람들은 산성에서 끝까지 싸울 아버지와 지아비, 오라비를 위해 옷가지며 필요한 물건들을 챙겼다. 태자비 일행과 김 시중 또한 먼길 떠날 준비를 했다.

태자비는 김 시중에게, 왕자가 갑자기 앓아 누울 때는 어떻게 응급 조치를 해야 하는지, 왕자가 무얼 잘 먹고 무얼 싫어하는지, 몸이 아파 잠들지 못하고 괴로워할 때는 어떻게 해야 하는지 자세히 일러 주었다. 그러고는 이별하는 순간까지 잠시도 왕자를 품에서 떼어놓지 않았다.

떠나기 전날 밤, 태자가 김 시중을 따로 불렀다. 김 시중은 태자의 처소로 갔다. 함께 이별의 술을 나누어 마신 다음, 태자가 말했다.

"시중은 꼭 돌아오겠다고 했지만 사람의 일이란 한치 앞도 알 수 없는 법……. 어쩌면 이것이 내 오랜 벗과 마시는 마지막 술이 될지도 모르겠소."

"전하, 어찌 그런 말씀을……."

마지막이라는 말이 비수처럼 마음에 꽂혀 김 시중은 뒷말을 이을 수가 없었다. 태자는 잠시 침묵하더니 서안 서랍에서 문서 한 장을 꺼냈다. '김준'이라는 이름과 '애신각라'라는 글귀가 쓰인 문서였다.

"그 아이가 병이 다 나아 남들처럼 자라면 이걸 전해 주오. 그 아이한테 남길 거라고는 이름과 잃어버린 왕국에 대한 그리움뿐인 것 같소."

김 시중은 떨리는 손으로 문서를 받아 소중한 보물인 양 품에 넣었다.

"그 아이를 시중에게 맡기게 되어 참 다행이오. 시중은 분명 좋은 아버지가 될 것이오. 혹여 그 아이 병이 낫지 않더라도 너무 슬퍼하거나 자책하지는 마오. 사람은 누구나 타고 난 명운이 있고, 그건 누구의 탓도 아닌 제 몫이니……."

태자가 가라앉은 목소리로 말했다. 김 시중의 마음도 깊은 어둠 속으로 한없이 가라앉았다.

이별의 새벽이 다가왔다. 인제현 마을 집집마다 떠나는 사람들과 남은 사람들이 가슴 저미는 이별을 했다. 김 시중도 태자와 태자비, 맹 장군과 오랜 벗들에게 작별을 고했다. 태자비는 눈물을 글썽이며 어린 아들을 꼭 안아 주고는 반드시 병을 고쳐 돌아오라고 말했다. 태자는 왕자에게 이제부터는 김 시중이 아버지나 마찬가지니, 김 시중을 아버지라고 불러야 한다고 일러 주었다. 왕자는 순순히 고개를 끄덕였다.

김 시중은 말을 타고 대왕 마을을 떠났다. 말 등에 꼭 필요한 짐을 싣고, 앞에는 왕자를 태우고 두 번째 고향을 떠났다. 몇 달 전 봄에 갔던 길 그대로, 지도에 그려진 마을과 집을 찾아가 도움을 받았다. 왕자가 쉽게 지치고 자주 앓았기 때문에 지난 번과 달리 한 집에서 여러 날을 묵기도 했다. 사람들은 위험을 무릅쓰고 김 시중을 묵게 해 주었고, 왕자를 제 자식처럼 돌봐 주었다. 덕분에 위험한 고비를 여러 번 넘기면서도 무사히 설 의원이 사는 범골까지 갈 수 있었다.

김 시중은 지난번처럼 깊은 밤에 은밀히 설 의원을 찾아갔 다. 설 의원은 우선 왕자부터 진맥했다. 왕자는 긴 여행에 지쳐 꺼져 가는 촛불 같았다.

"짐작한 대로군요. 왕자님의 병은 오랜 세월 치료해야 할 무 거운 병입니다. 꼭 오실 것 같아 아래채를 비워 두었으니, 이 곳에 묵으면서 왕자님을 치료하도록 합시다. 개경에서 친척이 아픈 아이를 데리고 올 거라고 사람들에게 미리 귀띔해 두었지 요."

다음 날 설 의원은 김 시중을 고을 호장에게 데리고 갔다.

"일전에 말씀드린 제 친척입니다. 마흔이 넘어 겨우 아들 하 나를 얻었는데 호사다마라고 아들을 얻은 지 일 년 만에 홀아비가 되었지요. 게다가 그 아이가 고치기 힘든 병을 가지고 태어나, 마지막 희망을 제게 걸고 이 곳까지 찾아왔습니다. 호장어른께서 이 사람을 고을 백성으로 너그러이 받아 주시기 바랍니다."

설 의원이 호장 부인의 오래 된 속병을 고쳐 준 터라 호장은 아무 의심 없이 김 시중을 받아들였다. 마을 사람들 역시 마찬가지여서 김 시중은 별 어려움 없이 범골에 정착할 수 있었다.

그런데 설 의원 바로 옆집에 어린 남매를 둔 젊은 내외가 살고 있었다. 남편의 이름은 덕재였고, 낮에 아내와 함께 설 의원집으로 와 집안일을 봐 주곤 했다. 덕재의 딸 운이는 왕자보다 한 살 어렸는데, 덕재의 아내는 친딸보다 아픈 왕자를 더 잘 돌봐 주었다. 덕재는 김 시중에게 범골에서 살아가는 데 필요한 일들을 일러 주고, 박평진의 여진 장터에도 함께 갔다. 얼마 뒤 김 시중은 덕재와 의형제를 맺고 평생 서로 의지하며 살기로 했다.

설 의원은 약속한 대로 혼신의 힘을 다해 왕자를 치료했다. 김 시중은 그런 설 의원을 지켜보면서 침 놓는 법이며 처방들을 익혔고, 약초에 대한 공부도 했다. 설 의원이 워낙 노쇠한지라 언제 무슨 일이 일어날지 모르고, 그럴 때 자신이 직접 왕자를 치료해야겠다는 생각에서 하나라도 더 배우려 애썼다. 설 의원도 김 시중의 마음을 헤아린 듯 의술을 차근차근 가르쳐 주었다.

그렇게 3년이 지나자 왕자는 눈에 띄게 몸이 좋아졌다. 설 의원이 말했다.

"이제는 한 달에 한 번씩만 침을 맞고 약을 먹으면 될 듯합니다."

그제야 김 시중은 거처를 옮기기로 마음먹었다. 설 의원의 집은 하루 종일 환자들이 드나들어서 매우 번잡스러웠다. 이제 여섯 살인 왕자에게도, 자신에게도 좀더 조용한 환경이 필요했다. 호장과 지척에 사는 것도 어쩐지 편치 않았다. 개경에서 온 설 의원의 친척이라 하여 호장이 호의로 대해 주기는 했지만 호장과 친밀하게 지내고 싶은 생각이 별로 없는 데다 왕자 또래의 호장 아들 또한 마음에 걸렸다.

김 시중은 지난날 대왕 마을을 떠나올 때 설 의원에게 사례금으로 주려고 은자를 가져왔다. 하지만 설 의원은 받지 않았다.

"북망산 갈 날이 멀지 않은 늙은이한테 재물이 무슨 필요가 있겠습니까? 왕자님이 다 나을 때까지 이 마을에서 살아가려면 나보다 시중께 이 은자가 더 필요할 겁니다."

김 시중은 그 은자로 여진 장터에서 모피를 사 모았고, 호족들이며 부잣집에 되팔았다. 지난 3년 동안 그렇게 모은 돈으로 김 시중은 이웃 마을 너르실에 집을 장만했다. 그리고 그 곳에 살면서 한 달에 한 번씩 왕자를 데리고 범골로 와 설 의원에게 치료를 받았다. 일 년이 더 지나자 설 의원이 말했다.

"이제 왕자님의 병은 다 나은 것이나 다름없으니 더 이상 치료를 받으러 오지 않아도 됩니다. 가끔씩 처방대로 약만 지어 드리도록 하세요."

몇 달 뒤 설 의원이 세상을 떠났다. 언젠가 했던 말처럼 자신의 마지막 삶을 왕자를 살리는 일에 다 바친 것이다. 설 의원이 세상을 뜨자 운이 아버지 덕재도 식구들을 데리고 너르실로 옮겨와 김 시중과 함께 살았다.

그로부터 3년 뒤, 왕자가 열 살이 되던 해 가을에 김 시중은 그 동안 숨겨 왔던 지난 일들을 덕재에게 들려 주었다. 왕자의 병이 다 나았으니, 이제 인제현으로 돌아갈 준비를 해야 했기 때문이다.

"인제현에 다녀오게. 백성들이 살던 다물 마을은 아마 그대로 있을 걸세. 그 곳에 가서 마을 촌장을 만나면 지난 일들을 소상히 알려줄 걸세."

김 시중은 여러 날 밤잠을 설치며 덕재를 기다렸다. 이윽고 덕재가 돌아왔고, 김 시중은 애타게 기다리던 인제현 소식을 들었다.

"첫째 왕자님과 시중 어른이 이 곳에 무사히 계신다는 말을 듣고 촌장이 눈물을 흘리며 반가워하더군요. 다물 마을은 그동안 몇 사람이 늙거나 병들어 죽은 일을 빼고는 별다른 일은 없다고 했습니다. 대왕 마을과 맹개골 등 산성으로 들어간 사람들이 살던 마을은 텅 빈 채 남아 있고, 산성도 지키는 이 하나 없이 비어 있었습니다."

광군이 쳐들어온 것은 태자와 맹 장군을 따라 병사들과 마을 남자들이 산성으로 들어간 지 닷새 만의 일이었다. 광군은 마을에 힘없는 노인과 부녀자와 어린아이들만 남은 것을 확인한 뒤, 마을을 그냥 지나쳐 한계산성으로 갔다.

전투가 시작되었다. 항전은 꽤 오래 계속되었으나 광군의 수가 워낙 많아 산성은 결국 무너지고 말았다. 광군은 산성 안으로 들어가자마자 태자와 맹 장군부터 찾았다. 두 사람은 어디에도 없었다. 사로잡힌 사람도 없었으며, 산성에서 광군이 본 것은 시신들뿐이었다. 광군은 촌장을 산성으로 데려와 죽은 사람들 가운데 혹시 태자와 맹 장군이 있는지 확인해 보게 했지만 허사였다.

광군으로 둘러싸인 산성에서 탈출하기란 불가능한 일이었다. 아마도 이런 때를 대비하여 만든 산성 안 비밀 장소에서 태자와 맹 장군과 남은 병사들이 명운을 함께 했을 거라고 광군은 추측했다. 광군은 산성 안을 샅샅이 수색했지만 그런 비밀 장소는 찾지 못했다. 광군은 며칠 더 산성을 지키다가 살아남은 사람은 아무도 없다는 결론을 내리고 철수했다. 그 때부터 일 년에 몇 차례씩 광군이 찾아와 산성을 점검하고 마을에 새로 들어온 사람은 없는지 조사했다. 또 가을걷이가 끝나면 세금도 걷어 갔다.

마을 사람들은 태자가 돌아가셨을 거라고는 믿지 않았다. 산성이 무너지기 직전에 맹 장군과 병사들이 태자를 모시고 산성을 탈출했을 거라고 굳게 믿었다. 지난 20여 년 동안 쌓고 지켜 온 산성이니, 광군이 절대 찾을 수 없는 비밀 통로가 반드시 있을 터였다. 태자와 함께 사라진 사람들은 그 비밀 통로로 탈출했을 것이고, 언젠가 반드시 대왕 마을로 다시 돌아올 터였다.

하지만 아직까지 태자와 맹 장군에 대한 어떤 소식도 듣지 못했고, 태자비와 둘째 왕자에 대한 소식도 전혀 들을 수 없었다. 그래도 마을 사람들은 여전히 태자 전하는 언젠가 반드시 돌아올 거라고 굳게 믿고 있었다.

다물 마을을 떠나기 전날 밤, 덕재는 촌장에게 대왕 마을로 돌아오고자 하는 김 시중의 뜻을 전했다. 촌장은 어두운 낯빛으로 고개를 저었다. 요즘엔 두 달에 한 번씩 광군이 와서 마을에 변동이 없는지 조사한다면서 아직은 때가 아닌 것 같다고 말했다.

"왕자님은 당연히 돌아오셔야지요. 만약에 태자 전하께서 돌아오지 못하시면 왕자님이 이 곳 백성들과 함께 전하의 뜻을 이어 나가셔야겠지요. 저도 마음 같아서는 당장 두 분을 모시고 싶습니다. 하지만 마을을 지킬 만한 힘 있는 사내들은 다 산성에서 죽고, 지금 마을에는 늙은이와 부녀자와 어린 아이들뿐입니다. 그 아이들이 자라면 저희에게도 왕자님을 모실 만한 힘이 생기겠지요. 왕자님 또한 아직은 어리시니 장성하실 때까지는 그 곳에 계시는 편이 더 안전할 것 같습니다. 이 곳 형편이 좋아지기만 하면 저희가 반드시 왕자님을 모시러 갈 것이니, 그 때까지만 기다려 주십사 전해 주십시오. 그리고 혹시라도 전하가 돌아오시면, 아니 소식만이라도 듣게 되면 그 즉시 너르실로 사람을 보내 알려 드리겠습니다."

김 시중은 자신이 대왕 마을을 떠난 뒤에 일어난 일들을 이미 그 전에 예감하고 있었다. 그래서 태자도 마지막이란 말을 했고, 왕자에게 남기는 글을 김 시중에게 주었을 터였다. 하지만 막상 덕재에게 지난 이야기를 듣고 나니 두 발 딛고 서 있던 단단한 땅이 갑자기 푹 꺼져 버린 듯한 느낌이 들었다.

김 시중은 그 날 밤을 꼬박 뜬눈으로 새웠다. 새벽녘에 방문에 어리는 희붐한 빛을 보면서 김 시중은 비로소 마음을 추슬렀다. 촌장의 말이 옳았다. 왕자가 장성하면 그 때 돌아가서 태자의 뜻을 이어 가는 것이 순리였다. 그 때까지 왕자를 보살피면서 진정한 왕자의 길로 이끌어 주는 것이 자신이 해야 할 일이었다.

이듬해 봄부터 김 시중은 왕자에게 무예를 가르쳤다. 글공부도 예전에 박사들이 신라의 왕자들에게 수업하던 방식대로 해 나갔다. 왕자가 학문을 익히고 무예 수련을 하는 사이에 세월은 쉼 없이 흘러, 왕자의 나이도 어느덧 열일곱이 되었다.

김 시중은 마침내 왕자에게 지난 일들을 들려 주기로 마음먹었다. 완전히 장성한 것은 아니지만 마땅히 자신의 신분을 알아야 할 나이, 또 능히 그 일을 감당할 만한 나이가 되었다고 판단했기 때문이다.

6

아버지의 긴 이야기가 끝났다. 한껏 당긴 활시위 같은 팽팽한 침묵이 방 안을 에워쌌다.

새부는 여전히 서안 모서리를 움켜잡은 채 서안만 내려다보고 있었다. 가지런히 놓여 있던 사물들이 갑자기 제자리를 잃고 뒤죽박죽이 되어 버렸다. 가슴이 놀란 망아지처럼 뛰었다. 머릿속에 뿌연 안개가 낀 듯 아무 생각도 나지 않았다.

"왕자 마마."

마침내 아버지가 새부를 불렀다. 새부는 반사적으로 고개를 들었다. 아버지의 목소리는 여전하지만, '왕자 마마'라는 호칭은 아무래도 귀에 설었다.

"마마는 남다른 천명을 받으신 분입니다. 마마가 왜 학문에만 전념해야 하는지 이젠 잘 아셨을 겁니다. 인제현으로 돌아가는 그 날까지 스스로를 갈고 닦아 태자 전하의 뜻을 이어 갈 재목이 되셔야 합니다."

새부는 다시 서안의 문서로 눈길을 떨구었다. 金, 俊, 愛, 新, 覺, 羅. 문서의 글자가 하나하나 흩어지더니 제멋대로 춤을 추었다. 새부는 입을 굳게 다물고 춤추는 글자들만 뚫어져라 내려다보았다.

세 살 때까지 대왕 마을에서 살았다는데, 어째서 그 때 일은 하나도 기억나지 않는 것일까? 새부는 까마득한 기억 저편에서 태자와 태자비 얼굴을 떠올리려 애써 보았지만 떠오르는 것은 아버지의 얼굴뿐이었다.

자주 아팠던 기억만 오롯이 남아 있는 어린 시절, 그 때 아버지는 항상 새부 곁에 있었다. 새부가 아프면 돌봐 주고 의원 대신 약도 지어 주었다. 아버지가 어떻게 해서 의원 못지않은 의술을 익혔는지 궁금했는데 오로지 새부 때문에 이곳까지 왔고, 의술도 익혔던 것이다.

아버지의 올곧은 충정에 새부는 가슴이 저렸다. 비로소 알게 된 친아버지 태자의 삶 못지 않게, 이미 속속들이 다 알고 있다고 생각했던 아버지의 삶이 마음 속에 거센 풍랑을 일으켰다. 새부는 눈을 들어 아버지를 보았다.

"그럼 아버지의 진짜 식구는요? 아버진 오로지 태자 전하와 저를 위해서 오랜 세월 혼인도 하지 않으시고 혼자 살아 오셨던 것인지요?"

"아닙니다. 신은 일찍 혼인을 했습니다. 대왕 폐하께서 고려에 항서를 보낸 그 해, 신은 이미 아들 딸 오누이를 두었지요. 그 때 딸아이는 네 살, 아들은 두 살이었습니다. 신의 처가 또한 대대로 권세를 누리던 진골 집안이었는데, 여느 대신들처럼 폐하를 따라 고려에 귀순하기로 결정하였습니다. 아내는 고생이라고는 모르고 자란 터라 친정 식구들을 따라가고 싶어했지요. 신에게도 함께 가자 하였지만 신은 그럴 수가 없었습니다. 우린 결국 각자의 길로 가기로 하였지요. 신은 태자 전하를 따르고, 아내는 아이들을 데리고 친정아버지와 오라비를 따라 갔습니다. 아이들은 아마 지금 개경에서 잘 살고 있을 겁니다.

벌써 삼십삼 년 전 일이니 둘 다 나이가 꽤 들었겠지요. 혼인을 해서 지금쯤 자식을 두었을지도 모르겠습니다."

"자녀분들이 그립지 않으십니까?"

새부는 목이 메는 것을 가까스로 억누르며 물었다.

"부모 자식 사이가 천륜으로 맺어져 있다지만 인연이 먼 자식이 있고, 혈육이 아니라도 그에 못지 않은 인연도 있는 법입니다. 어찌 식구들이 그립지 않겠습니까만, 신의 선택을 후회해 본 적은 한 번도 없습니다. 만약 아내가 신을 따라왔다면 행복하지 못했을 테고, 신 역시 고려에 갔다면 행복하지 못했을 테니까요."

"아버지……."

새부가 나지막한 목소리로 아버지를 불렀다. 아버지가 조용히 새부를 바라보았다.

"언제까지 제게 그렇게 생판 남처럼 말씀하실 건지요?"

"다른 사람이 있을 때는 예전처럼 하겠습니다. 허나 이제 마마도 저도 제자리를 찾았으니, 둘만 있을 때는 신하의 도리를 지키고자 합니다."

문득 아버지가 낯설게 느껴졌다. 드넓은 세상에 홀로 남겨진 듯한 외로움이 새부를 엄습했다. 새부는 마음 속으로 도리질을 했다. 익숙한 모든 것들이 어느 한순간 자신에게 등을 돌린 듯한 이 팍팍한 외로움을 감당할 자신이 없었다.

"아버지, 인제현에 돌아갈 때까지는 그냥 제 아버지로 계셔 주십시오. 지난 사연이 어찌 되었건, 아버진 여전히 제 아버지십니다. 이제 와서 아버지를 잃고 싶지는 않습니다. 제가 누구인지도 잊지 않을 것이고, 제 본분도 잊지 않겠습니다. 만약 인제현으로 돌아가게 되면 그 때는 아버지의 뜻을 따르겠습니다. 신하의 도리를 지키는 일…… 그 때까지만 미루어 주십시오."

새부의 목소리가 흐려졌다. 새부는 서안으로 눈길을 떨구었다. 한동안 무거운 침묵이 흐른 뒤에 아버지가 말했다.

"그래, 새부야. 그러자꾸나. 네 뜻이 정 그렇다면야……."

"고맙습니다, 아버지……."

새부는 서안에 펼쳐진 문서를 조심스레 접어 가죽 주머니에 넣은 다음 말했다.

"아버지, 하실 말씀을 다 하셨으면 저는 이만 제 방으로 가겠습니다."

아버지가 고개를 끄덕였다.

"그래. 네 방에 가서 쉬어라."

내내 불편했던 아버지의 자리에서 일어나 새부는 가죽 주머니를 들고 제 방으로 돌아왔다. 우두커니 서서 한동안 가죽 주머니를 들여다보다 서안 서랍에 잘 넣어 두고는 자리에 앉았다. 하지만 이내 도로 벌떡 일어났다. 그 바람에 촛불이 깃발처럼 펄럭였다.

새부는 우리에 갇힌 짐승처럼 방 안을 서성이다 마침내 방을 나왔다. 마당에 서서 불빛 어린 아버지 방을 잠시 바라보았다. 새부가 방을 나온 것을 아버지는 아마도 알고 있으리라. 그런데도 이 밤에 어딜 가느냐고 묻지 않는 것은, 어디로든 가지 않고는 견딜 수 없는 새부의 마음을 헤아렸기 때문일 터였다.

새부는 아래채 마구간으로 갔다. 새부가 막 바람이를 끌어냈을 때, 인기척을 듣고 마당으로 나온 운이 아버지가 앞을 막아섰다.

"도련님, 이 밤중에 말은 왜……?"

작은아버지, 작은어머니라 불렸던 운이 아버지 어머니가 왜 저를 깍듯이 도련님이라고 불렀는지 그 이유를 알게 되자, 새부는 익히 들었던 그 말이 갑자기 거북스럽게 느껴졌다. 새부는 낮은 목소리로 자르듯이 말했다.

"잠깐 바람 좀 쐬고 올게요."

새부는 집을 나와 바람이를 타고 달렸다. 마을길을 달리고 여름밤의 후텁지근한 어둠 속을 달리고 또 달렸다. 여러 마을을 지나 강가에 도착했다. 가끔씩 말을 달려 바람을 쐬러 오곤 하던 강가였다.

새부는 바람이를 끌고 강가 모래밭으로 내려갔다. 바람이가
제 마음대로 돌아다니도록 고삐를 놓아 준 다음, 강가에 서서
강물을 바라보았다. 캄캄한 어둠 속에서 검푸른 강물이 별빛을
받으며 도도하게 흘러가고 있었다. 기억에 전혀 남아 있지 않
은 태자와 태자비의 모습이 언뜻 떠오르더니 강물 속으로 가라
앉았다. 아우도 있었다고 했던가. 역시 기억에는 없는 아우의
모습이 눈앞에 어른거리다 사라졌다. 가슴을 에는 듯한 그리움
이 목젖을 타고 올라왔다.

강물이 나직이 한숨을 내쉬더니 철썩이며 흐느꼈다. 무심히
흐르는 듯한 강물에게도 남모르는 슬픔이 있다는 것을 새부는
처음 알았다.

'아버지가 바라는 일, 인제현으로 가서 왕자 준이 되어 태자
전하의 뜻을 이어 가는 일…… 내가 과연 그 일을 감당할 수 있
을까?'

인제현으로 간다면 너르실의 모든 사랑하는 사람들과 헤어
져야 할 것이다. 반면에 그 곳에서도 친부모님은 여전히 만날
수 없을 것 같았다. 오히려 그분들에 대한 그리움만 더 깊어질
것 같았다. 너르실에 두고 온 사람들과 너르실 또한 늘 마음을
아리게 할 터였다. 초희, 운이, 다복이. 산사나무가 있는 아늑
한 집과 어린 시절의 추억이 얽힌 마을길들, 은행나무가 있는

산자락 빈터, 너르실의 밤하늘과 바람……. 이 모든 것들이 가슴 저미게 그리울 터였다.

결국 인제현에서 새부를 기다리는 것은 형벌 같은 그리움뿐일 듯싶었다. 이미 사라져 버린 신라, 아무리 애타게 찾아도 끝내 찾을 수 없을지도 모르는 신라를 목숨 다하는 날까지 찾아다녀야 하고, 아무리 그리워도 만날 수 없는 사람들을 평생 가슴에 담고 살아야 한다. 아무리 기다려도 오지 않을 줄 뻔히 알면서도 그 무언가를 간절하게 기다리는 사람처럼 그렇게 살아야 한다.

새부는 저도 모르게 나지막이 한숨을 내쉬었다.

'그냥 평범하게, 내가 사랑하는 사람들 곁에서 새부인 채로 살면 안 되는 걸까. 그리움은 그리움인 채로 그냥 두고, 그렇게 살면 정말 안 되는 걸까.'

다복이는 무관이 되는 것이 꿈이라고 했다. 새부는 그냥 아버지처럼 좋은 사람이 되고 싶다고 생각했을 뿐, 다복이처럼 뚜렷하게 꿈을 가져 본 적은 없었다. 그런데 미처 꿈을 가져 보기도 전에 새부의 삶은 이미 정해져 있었다. 다른 길은 전혀 없는 외길의 삶. 무언가 불공평하다는 생각이 들었다.

갑자기 속에서 불덩이 같은 것이 울컥 치밀었다. 그걸 뱉어 내기라도 하듯 새부는 한껏 고함을 질렀다. 고함 소리는 고요한 강변을 울리며 강물 속으로, 어둠 속으로, 밤하늘 저편으로 잦아들었다. 다시 강변에 정적이 찾아들고, 강물의 흐느낌만이 귓전을 적셨다.

초희의 웃는 얼굴이 불쑥 떠올랐다. 이대로 말을 달려 초희에게 가고 싶었다. 초희와 함께 깊은 산 속으로 숨어 버리고 싶었다. 신라니 고려니 하는 구별이 더 이상 필요 없는 곳, 새부니 준이니 하는 이름도 필요 없고 다만 서로 사랑하는 마음만 있으면 되는 그런 곳으로 가고 싶었다.

새부는 피식 웃었다. 실행하지도 못할 거면서 헛된 상상을 하는 자신이 서글펐다. 강물이 내쉬는 한숨이 짙은 안개가 되어 새부를 감쌌다. 강변의 눅눅한 한기가 뼛속으로 스며들었다.

새부는 캄캄한 강가를 서성이고 또 서성였다. 그러다 지쳐 모래밭에 주저앉았고, 어느 사이엔가 드러누워 버렸다. 머리 위에는 별빛으로 휘황한 밤하늘이 끝없이 펼쳐져 있었다. 별빛 같은 휘황한 슬픔이 목젖을 타고 자꾸 올라왔다. 새부는 눈을 감았다.

이른 아침에 새부는 눈을 떴다. 강가에는 안개가 자욱했고, 바로 눈앞에 더운 콧김을 내뿜는 바람이의 얼굴이 있었다. 새부는 바람이를 쓰다듬으면서 일어나 앉았다. 한데서 잠을 잔 데다 축축한 안개 탓인지 몸이 찌뿌드드했다. 여전히 갈피를 잠을 수 없는 마음만큼이나 몸도 뻐근했다.

한치 앞도 보이지 않는 뿌연 안개 속에서 문득 한 얼굴이 또렷하게 떠올랐다. 아버지의 얼굴이었다. 새부는 모래밭에서 얼마 동안이라도 잠을 잤지만 아버지는 밤새 한순간도 눈을 붙이지 못하셨을 것이다. 자신의 모든 것을 다 바쳐 새부를 살려 낸 아버지였다. 그러한 아버지의 삶을 새부는 도저히 저버릴 수가 없었다.

새부는 고삐를 잡고 일어서면서 바람이에게 말했다.

"앞으로 내게 어떤 삶이 주어지든, 아무 불평 없이 다 받아들이고 싶어. 가슴아픈 그리움뿐인 삶이라 해도, 그게 내 삶이라면⋯⋯."

어쩌면 그건 스스로에게 두는 다짐인지도 몰랐다.

새부는 강둑으로 올라와 바람이의 등에 올라타면서 나지막이 말했다.

"돌아가자, 바람아."

7

산자락 빈터의 은행나무에서 은행잎이 팔랑 춤추듯 날아 내렸다. 새부는 은행잎의 눈부신 노란빛에 눈을 빼앗겼다. 지금 다복이와 목검을 들고 대련 중이라는 사실도 깜박했다. 그 빈틈을 다복이의 목검이 치고 들어왔다. 새부의 목검이 땅에 툭 떨어졌다. 새부는 왼손으로 오른 손목을 만지면서 얼굴을 찡그렸다. 다복이가 놀란 얼굴로 새부를 보았다.

"다쳤어? 많이 아파?"

"아냐, 괜찮아."

"너 또 딴 생각했지? 대련 중에 딴 생각하면 안 되잖아."

"난 그만 할래."

"알았어. 나 혼자 조금만 더 연습할게."

새부는 천천히 숨을 고른 다음 은행나무 아래로 가서 앉았다. 한참 뒤 다복이가 연습을 끝내고 새부 옆에 앉으면서 물었다.

"왜 그래, 요즘?"

"뭐가?"

"너 요즘 좀 이상해. 무슨 걱정거리라도 있어?"

"……."

"초희 때문에 그래?"

초희……. 새부의 얼굴에 그늘이 내렸다. 언제부터인가 초희를 생각하면 설레임과 기쁨 대신 아련한 슬픔이 안개처럼 마음을 적셨다.

"너도 소문을 들었나 보구나."

새부가 아무 대꾸도 않자 다복이가 툭 내뱉었다. 새부는 비로소 다복이를 돌아보면서 되물었다.

"무슨 소문?"

"못 들었어? 샘골 부손이 아버지가 초희 아버지한테 부손이랑 초희 혼인시키자고 청했대. 초희 아버지가 일단은 거절했대. 초희가 아직 어리니까 나중에 얘기하자고."

그렇구나. 초희도 언젠가는 시집을 가겠구나. 생각은 거기서 더 이어지지 않았다. 될 수 있으면 앞날에 대해서는 생각하고 싶지 않았다. 초희가 그냥 초희인 채로 가까이 있다는 것. 지금은 그것만으로도 고마웠다. 다복이가 또 말했다.

"느이 아버진 네가 초희 좋아하는 거, 전혀 모르시나 보다. 아셨다면 벌써 네가 초희랑 정혼했을 텐데……."

새부는 말없이 하늘만 쳐다보았다. 하늘이 눈이 시리게 새파랬다. 어느새 가을이 깊어 가고 있었다. 은행잎이 또다시 팔랑팔랑 눈앞에서 춤을 추었다.

"아버지한테 말씀드려 봐. 혼자 속만 끓이지 말고."

지난 일들을 듣기 전이었다면 다복이 말대로 해 볼 수도 있을 터였다. 하지만 이젠 뭔가 달라졌다.

"넌 어때? 운이 말이야."

새부가 말머리를 돌렸다. 다복이가 마뜩찮은 듯한 표정을 지었다.

"지금 초회 얘길 하는데 갑자기 운이 얘기는 왜 해?"

"운이가 널 좋아하는 눈치던데, 넌 어때?"

"얘기했잖아. 난 이담에 무관이 되어 개경에서 살 거라고. 개경 처녀들은 하나같이 다 얼굴이 뽀얗고 예쁘대. 우리 아버지 말이 사내는 모름지기 짝을 잘 만나야 한대. 그래서 좋은 짝을 만날 때까지는 여인네 보기를 돌같이 해야 한댔어. 안 그러면 출세에 지장이 있대. 운이가 참하고 착하기는 하지만 내 꿈하고는 거리가 멀어. 난 꼭 개경 처녀한테 장가갈 거고, 무관이 되어 개경에서 살 거야. 운이는 그냥 친누이동생이나 마찬가지야."

문득 새부는 가슴이 답답해졌다. 훗날 다복이가 무관이 되면 임금의 명을 받아 인제현을 치러 올 수도 있다. 고려의 임금에게 신라의 남은 세력은 없애야 할 역도일 뿐이니……. 그럼 다복이와 내가 진짜 검을 들고 서로 싸워야 하는 건가.

"다복아, 만약에 말이야. 나중에 네가 무관이 됐을 때, 나라에서 너한테 나를 치라고 명한다면 그 땐 어떡 할래? 내가 나라에 거슬리는 사람이 될 수도 있는 거잖아."

"그게 무슨 소리야? 꼭 이담에 역모라도 꾸미겠다는 말처럼 들리네."

"그러니까 만약이라고 했잖아. 정말 그런 일이 일어난다면 넌 어쩔 건데?"

"어쩌긴? 한번 대장은 영원한 대장이잖아. 역모보다 더한 일을 꾸며도 넌 내 대장이야. 임금 아니라 옥황상제가 명한다 해도 내 대장을 치지는 않아."

대장. 어렸을 때 무경이 패에게 몰매를 맞았던 일이 새삼 떠올랐다. 그 때 다복이는 맹세했다. 이제부터 넌 영원한 내 대장이라고.

다복이가 그 때처럼 맹세하고 있는데도 새부는 착잡하기만 했다. 세상일이 뜻대로만 되지 않는다는 것을 이미 알아 버렸기 때문인지도 모른다. 마음이 자꾸만 늪 같은 우울 속으로 곤두박질쳤다.

"다복아, 아직도 내가 대장이니, 너한테?"

"방금 내가 말할 때 어디 가 있었어? 한번 대장은 영원한 대장이라고 했잖아."

"그럼 날 위해 뭐든 해 줄 수 있어?"

"당연하지."

"날 좀 웃게 해 줄래? 이상하게 마음이 울적하고 슬퍼. 아무 생각 없이 실컷 웃어 봤음 정말 좋겠다."

다복이가 잠시 무언가 생각하더니 두 눈을 반짝거리며 활짝 웃었다.

"새부야, 너 술 마셔 봤어?"

"술?"

"그래, 마음이 울적하고 슬플 땐 술보다 더 좋은 게 없지. 아버지가 술을 좋아해서 엄마가 술을 잘 담그는데, 내가 조금씩 조금씩 따라서 감춰 둔 게 있어. 잠깐만 기다려. 가져올게."

새부가 뭐라고 말하기도 전에 다복이는 휑하니 산자락을 떠났다. 그리고 기다리는 일이 조금 지루해질 무렵 돌아왔다. 다복이는 자리에 앉으면서 저고리 앞자락에 숨겨 가지고 온 호리병을 꺼냈다. 병 뚜껑을 열면서 다복이가 말했다.

"몰래 가져오느라고 술잔은 못 가져왔어. 자, 마셔 봐."

새부는 호리병을 받아 눈을 질끈 감고 한 모금 꿀꺽 마셨다. 쓴 것 같기도 하고 뭐라 말할 수 없는 이상한 맛에 부르르 몸이 떨렸다. 다복이가 웃었다.

"처음이구나? 처음엔 뭔 맛인지 잘 모르지만 마시다 보면 기분이 아주 좋아져."

다복이가 한 모금 마시고 다시 새부에게 술병을 건넸다. 새부는 다복이가 술병을 건네줄 때마다 조금씩 술을 마셨다. 가라앉기만 하는 마음을 달랠 수만 있다면 술이 아니라 독약이라도 마실 수 있을 것 같았다.

"어때, 기분이 좀 좋아졌어?"

"글쎄, 잘 모르겠다."

"그런데 너 정말 왜 그래? 무슨 일이야? 나한테도 말 못 할 얘기야?"

"……."

"하긴 뭐, 그럴 때가 있지. 자, 술이나 더 마셔라."

다복이가 또 술병을 건넸다. 새부는 주저 없이 술을 마셨다. 몸이 더워지면서 심장이 뛰고 속이 울렁거렸다. 빈터의 나무들도 술렁거리며 춤을 추었다. 낙엽들도 덩달아 춤을 추었다. 술병이 비었다. 다복이가 땅바닥에 드러누웠다.

"취하네. 히, 기분 좋다."

새부도 땅바닥에 드러누웠다. 하늘이 갸우뚱하더니 토할 것처럼 속이 울렁거렸다. 새부는 눈을 감았다. 속이 조금 가라앉으면서 온몸이 나른해졌다. 차가운 땅바닥에 누워 있는데도 전혀 춥지 않았다. 그냥 몸이 깊은 땅 속으로 한없이 꺼져 내리는 것만 같았다.

"새부야, 새부야."

눈을 떴다. 눈앞에 동이가 있었다. 새부는 벌떡 일어나 앉았다. 술에 취해 깜박 잠이 들어 버린 모양이었다. 새부는 동이에게 물었다.

"형이 여긴 어쩐 일이야?"

동이는 3년 전에 잣골로 장가를 갔다. 아직 그 곳 처갓집에 살면서 자주 집에 들리긴 하지만, 이렇게 빈터까지 새부를 찾아온 것은 처음이었다.

"집에 볼일이 있어서 들렀는데, 큰아버지께서 널 데려오라고 하셨어."

"그럼 아버지가 여기⋯⋯?"

동이가 고개를 끄덕였다.

"너랑 다복이랑 자고 있는 걸 보시고 그냥 내려오셨나 보더라."

새부는 다복이를 돌아보았다. 다복이는 빈 술병을 손에 쥔 채 자고 있었다. 여기까지 왔다가 말없이 발길을 돌린 아버지의 모습이 눈에 밟혔다. 아버지가 왜 자신을 깨우지 않고 그냥 돌아갔는지, 새부는 그 마음을 헤아릴 수 있었다.

"어서 가자. 큰아버지 걱정하시겠다."

동이가 재촉했지만 잠든 다복이를 버려 두고 갈 수는 없었다. 게다가 속이 자꾸 울렁거렸다.

"형 먼저 돌아가. 나 조금 있다 들어갈게."

"다복이 깨워서 개울에 갔다 와. 여기서 기다릴게."

동이가 형처럼 자상하게 말했다. 동이와 나이 차이가 제법 나서 어렸을 땐 친형제처럼 자라지 못했는데, 지금 문득 새부는 동이가 진짜 형처럼 느껴졌다.

"어, 동이 형이 웬일이유?"

어느새 다복이가 일어나 앉으면서 하품을 하고 한바탕 기지개를 켰다.

"보면 모르냐? 새부 데리러 왔지. 하여튼 네가 말썽이라니까."

"형은 내가 만만한가 봐. 왜 날 야단치지?"

"어서 개울에 가서 술 깨고 와. 느이 아버지한테 또 맞지 말고."

"나 요즘은 아버지한테 안 맞아. 내가 힘이 더 세거든."

"운이 눈에 뭐가 씌어도 단단히 씌었지."

동이가 중얼거렸다. 운이가 오라비인 동이에게 다복이 얘기를 한 모양이었다. 다복이가 못 들은 체하며 일어섰다.

개울로 가는 새부와 다복이의 발걸음이 조금씩 휘청거렸다. 개울가 풀숲에 닿자마자 새부는 속에 든 걸 다 토하고 말았다. 다복이가 등을 두드려 주었다. 차가운 개울물에 얼굴이며 손을 씻고 나자 정신이 들면서 속이 조금 가라앉았다.

잠시 개울가에 앉아 있다가 새부는 다복이와 산자락 빈터로 돌아왔다. 동이가 목검을 들고 앞장서면서 다복이에게 한 마디 했다.

"다음에는 네 집에서 혼자 술 마셔. 여기서는 무예 수련만 하고. 알았어?"

"그래, 알았어. 우리 아버지보다 더 잔소리가 심해요."

다복이가 투덜거렸다.

노란 은행잎이 새부의 발치에 사뿐 내려앉았다. 태자가 좋아했다는 은행나무, 아버지가 좋아하는 은행나무……. 여기까지 왔다가 그냥 발길을 돌리는 아버지의 모습이 새삼 눈에 어른거렸다.

새부는 은행나무를 한번 뒤돌아보고는 동이를 따라 산자락을 떠났다.

8

촛불이 춤추듯 일렁거렸다. 새부는 글을 읽다 말고 촛불에 눈길을 주었다. 오늘따라 이상하게 촛불의 일렁임에 마음이 쓰였다. 글을 읽어도 그 뜻이 제대로 새겨지지 않았고, 벽에 늘어진 제 그림자와 문풍지를 울리는 바람, 바깥에서 나는 인기척에 글공부의 흐름이 툭툭 끊어지곤 했다. 이대로 책을 붙들고 있어도 더 이상 공부가 될 것 같지 않았다.

새부는 책을 덮고 서안을 한쪽 옆으로 치웠다. 그러면서 혹시 바깥에서 운이 아버지의 인기척이 나는지 귀를 기울였다.

조금 전에 운이가 아버지에게 술상을 차려 드리고 갔다. 아버지는 이따금 운이 아버지를 불러 술을 드시곤 했다. 아버지가 어떤 때 술을 드시는지 새부는 그 마음까지 다 헤아리지는 못한다. 다만 오늘밤 아버지가 술을 찾으시는 것은 결코 좋은 일 때문이 아니라는 것만은 짐작하고 있다.

어제, 오늘 아버지의 낯빛이 몹시 어두웠다. 집 안팎의 크고 작은 일들이야 운이 아버지가 다 잘 처리하고 있으니, 아버지의 마음이 편치 않은 것은 아마도 다른 특별한 일 때문일 것이다. 어쩌면 인제현에서 좋지 않은 소식이 날아온 것은 아닐까. 그래서 아버지는 그 일을 의논할 겸 운이 아버지와 술을 드시려는 것이 아닐까.

바깥에서는 여전히 아무런 인기척이 없다. 운이 아버지가 여태까지 오지 않았다는 게 아무래도 이상했다. 혹시 아버지는 이 밤에 혼자 술을 드시는 게 아닐까.

'대체 무슨 언짢은 일이기에 아버지는 혼자 술을 드시는 걸까.'

가늘게 몸을 떠는 촛불을 바라보며 새부가 골똘히 생각하고 있는데 문득 아버지의 목소리가 귓전으로 날아들었다.

"새부야, 이리 건너오너라."

새부는 아버지 방으로 갔다. 아버지는 운이가 차려 놓은 조촐한 술상 앞에 여느 때처럼 허리를 꼿꼿이 세우고 앉아 있었다.

"앉아라."

새부는 아버지 맞은편에 앉았다.

"오늘밤엔 나하고 술을 마시자꾸나. 술은 애초에 어른한테 배워야 하는 법이다. 그래야 취해도 절도를 잃지 않지."

사흘 전 다복이와 산자락 빈터에서 처음으로 술을 마셨던 일이 생각났다. 그 날 집으로 돌아왔을 때 아버지는 아무 말도 하지 않았지만 속으로는 조금 걱정을 한 모양이었다. 새부는 대답할 말이 없어 제 앞에 놓인 술잔만 내려다보았다.

"너를 나무라는 게 아니다. 진작 너한테 술을 가르쳐 줬어야 했는데……. 자, 먼저 한 잔 따라 다오."

새부는 아버지의 잔에 술을 따랐다. 이어 아버지가 새부의 잔에 술을 따라 주었다. 아버지가 술을 마시자 새부도 술을 마셨다. 여전히 술맛은 잘 알 수 없었다. 그냥 조금씩 조금씩 술을 마셨고 안주를 먹었다. 아버지 술잔이 비면 술을 따라 드렸고, 아버지가 술을 따라 주면 또 마셨다. 아버지는 새부의 글공부며 집안일 이야기를 했고, 새부는 아버지가 묻는 말에 대답할 뿐 잠자코 듣기만 했다.

술잔이 몇 번인가 비고 취기가 조금씩 오를 무렵, 아버지가 문득 말했다.

"새부야. 아무래도 내년에 네가 박평진에서 군역을 져야 할 것 같다."

어제 오늘 아버지의 마음이 편치 않았던 이유를 새부는 비로소 알 것 같았다. 하지만 새부는 오히려 마음이 편했다. 그일이라면 아버지가 그리 걱정하지 않아도 되는 일이다. 때가 되면 당연히 군역을 져야 한다고 생각하고 있었으니까.

양민 남자들은 열여섯 살부터 쉰아홉 살까지 군역을 져야 한다. 군역은 3년마다 한 번씩, 1년 동안 병사로 복무한다. 더러는 군역을 지는 대신 군역에 필요한 비용을 내는 경우도 있는데, 그런 사람을 양호(養戶)라 한다. 양호가 되려면 읍사에 가서 호장에게 청원서를 내면 된다. 병사가 꼭 필요한 전시(戰時)도 아니고, 양호가 될 만큼 넉넉한 양민이 많은 것도 아니어서, 호장은 양호가 되겠다는 청원을 거의 다 받아주었다.

아버지도 군역 차례가 오면 그 때마다 대신 군역비를 냈다. 처음 이 곳에 왔을 때 아픈 새부를 늘 곁에서 돌봐야 하는지라 설 의원이 호장에게 청원을 했고, 그 때부터 아버지는 양호가 되었던 것이다.

"올봄에 운이 아범을 시켜서 읍사에 청원서를 냈다. 군역 대신 군역비를 내겠다 했지. 여태 아무 답이 없더니 그제 사람이 왔구나. 청원은 받아들일 수 없고, 내년에 네가 군역을 져야 한다더구나."

군이 군역을 피하고 싶은 생각도 없지만, 대부분 다 받아 주는 청원을 거절한 이유를 새부는 짐작할 수 있었다. 비웃는 듯한 무경이의 얼굴이 떠올랐다 사라졌다.

"만약 결정에 이의가 있으면 집으로 직접 찾아오라고 호장이 말했다는구나."

아버지가 호장의 집에 가는 것은 1년에 몇 번은 있는 일이다. 하지만 그것은 호장이 사람을 보내 초대했을 때 마지못해 갔을 뿐, 아버지가 먼저 호장을 찾아간 적은 한 번도 없다. 호장은 그 점을 늘 불쾌하게 생각하는 듯했다. 그런데도 호장이 애써 아버지에게 호의를 보이는 것은 아버지가 이 일대 백성들에게 인심을 얻고 있기 때문이다. 그래서 호장은 아버지에게 직접 찾아오라고 한 것이다. 이번 일을 계기로 호장이 어떤 힘을 가진 사람인지 보여 주고 싶어서.

"가지 마세요, 아버지. 내년에 박평진으로 가겠습니다. 이곳에 사는 동안은 고려 백성의 도리를 다할 겁니다. 다복이나 다른 동무들하고 똑같이……."

아버지가 고개를 끄덕였다.

"나도 그리 마음을 정했다. 너를 위한 일이라면 호장에게 굽히고 들어가는 일이 뭐 그리 어렵겠느냐. 허나 그리하면 무경이가 너한테 더 유세를 부릴 게 아니냐. 그래서 호장을 찾아가지 않기로 했다. 다행히 요역은 비용을 대신 내는 것으로 면해 주겠다 하더구나."

요역은 군역과 함께 양민 남자들이 져야 하는 의무이다. 1년에 스무 날 정도 불려나가 성을 쌓거나 길을 닦는 등 고을 일을 해야 한다. 아버지도 운이 아버지도, 요역에 나가는 대신 그에 필요한 비용을 냈다.

"새부야. 난 정말 널 군역에 보내고 싶지 않구나."

아버지가 한숨처럼 말을 내뱉었다. 아버지의 절절한 마음이 고스란히 새부의 마음에 와 닿았다. 아버지는 단순히 아들이 고생할까 봐 군역에 보내지 않으려는 것이 아니었다. 새부는 아버지의 빈 잔에 술을 따르면서 밝게 말했다.

"아버지, 아무 걱정 마세요. 다복이와 너르실 동무들이 같이 갈 거니까 그리 힘든 일은 없을 겁니다."

"그래. 내년 한 번만 다녀오너라. 다음 차례엔 우리가 이 곳에 있지 않을 거다."

내년에 군역을 지면, 3년 뒤에 다시 군역을 져야 한다. 아버지의 말은 그 전에 인제현으로 돌아가겠다는 뜻이었다. 막연하게 느껴졌던 인제현이 문득 눈앞의 현실로 다가온 듯하여 새부는 착잡해졌다.

잠시 동안 아버지도 새부도 말없이 술만 들이켰다.

"새부야, 초희를 어찌 생각하느냐?"

아버지가 느닷없이 물었다. 무심코 술을 마시던 새부는 저도 모르게 급히 술을 삼켰다. 별안간 기침이 났다. 새부는 술잔을 내려놓으면서 목에다 손을 갖다댔다. 계속해서 대여섯 번쯤 격한 기침이 났다. 가까스로 기침은 멎었지만 가슴이 뻐근하게 아팠고, 얼굴도 빨개졌다.

"물 좀 마셔라. 사레가 심하게 들렸구나."

아버지가 주전자의 물을 잔에 따라 새부에게 주었다. 새부는 물을 마시고는 숨을 한 번 크게 내쉬었다. 조금 긴 침묵 뒤에 아버지가 다시 말했다.

"네가 초희를 어찌 생각하는지 짐작은 한다. 허나 초희는 그냥 이 곳에서 평생을 살아야 할 아이다. 우리와는 가는 길이 달라. 그러니 초희도 운이처럼 그냥 친누이로 생각하여라. 그게 너를 위하고 초희를 위하는 길이다."

새부는 대답 대신 술잔에 남은 술을 마셨다. 아버지가 빈 잔에 술을 따라 주었다. 새부는 그 술도 천천히 다 마셨다. 취기가 확 돌았다. 방 저편 구석이 갸우뚱하는 것 같았고, 속이 울렁거리는 것 같기도 했다. 더 앉아 있다가는 아무래도 아버지 앞에서 실수를 할 것 같았다.

"아버지, 잠깐만 바람을 쐬고 오겠습니다."

아버지가 고개를 끄덕였다.

새부는 조심스레 일어나 방을 나왔다. 기다렸다는 듯 찬바람이 덮쳐 왔다. 마당으로 내려서는 순간 발이 휘청거렸다. 새부는 마당 한가운데 서서 심호흡을 했다. 가슴 속으로 싸늘한 기운이 밀려들어오면서 울렁거리던 속이 가라앉았다. 밤하늘을 올려다보았다. 보름이 지나 한 귀퉁이가 야윈 달이 등(燈)처럼 밤하늘 저편에 걸려 있었다.

새부는 마당 저편으로 눈길을 돌렸다. 거기 산사나무가 있었다. 가지마다 거무스레하게만 보이는 자잘한 열매들을 달고 산사나무는 달빛 아래 명상하듯 서 있었다. 새부는 산사나무 아래로 다가갔다. 올봄, 계곡에서 초희에게 왕유의 시 '그리움'을 읽어 준 일이 생각났다. 시에 나오는 그리움의 열매 홍두. 초희는 홍두가 산사 열매 같을 거라고 했다. 그 말을 할 때 산사나무 하얀 꽃처럼 눈부셨던 초희의 얼굴이 등불처럼 환히 떠올랐다.

'초희가 원하면 언제든 초희에게 노래를 들려 줄 수 있을 줄 알았는데…….'

문득 사흘 전 다복이가 했던 말이 뇌리에 되살아났다. 부손이 아버지가 초희 아버지에게 혼인을 청했다는 얘기……. 어쩌면 나중에 초희가 정말 부손이와 혼인할지도 모른다고 생각하니 새부는 토할 것처럼 속이 울렁거렸다. 새부는 한껏 숨을 토해 내고, 차가운 공기를 들이마셨다. 속이 가라앉으면서 머릿속까지 써늘해졌다.

물론 초희도 나이가 차면 당연히 혼인을 해야 한다. 자신의 배필을 맞아 사랑을 하고 자식을 낳아 기르며 평생 서로 의지하고 살아가는 일. 그것이 자연스럽고 아름다운 삶이라는 것을 새부도 알고 있었다. 하지만 마음에 없는 사람과 억지로 혼인하여 평생 가슴에 다른 사람을 품고 살아야 한다면 그 삶이 과연 행복할까.

새부는 고개를 저었다. 초희가 다른 누군가와 혼인하는 것도 싫지만, 평생을 슬프게 사는 것은 더욱 싫었다. 초희를 친누이로 생각하라고 했던 아버지의 말, 그것이 초희를 위하는 길이라 했던 아버지의 말이 가슴을 치며 되살아났다. 그 말이 무슨 뜻인지 비로소 알 것 같았다.

'그래, 초희야. 이제부터 넌 내 누이다. 인제현으로 가는 그

날까지 넌 내 누이야.'

아릿한 통증이 가슴을 훑고 지나갔다. 새부는 한숨을 내쉬며 산사나무를 바라보았다. 뼛속으로 스며들기 시작하는 밤 추위도 잊고 아버지가 방에서 기다린다는 사실도 잊은 채, 새부는 산사나무를 바라보고 또 바라보았다.

만월을 넘긴 달이 차갑고 푸르스름한 빛을 흩뿌리면서 서쪽으로 천천히 이울고 있었다.

제3부

내가 가는 이 길은

1

백화사는 온통 연등(燃燈) 천지다. 절의 모든 전각과 탑, 공중에 매달린 줄마다 빼곡이 걸린 등들이 찬란한 불꽃 바다를 이루어 바람이 불 때마다 파도처럼 일렁거린다.

해마다 정월 대보름에 열리는 상원(上元) 연등회는 연등놀이라고도 하는데, 신라가 삼국을 통일한 다음부터 시작된 행사다. 그 때는 농사일을 주관하는 별자리와 용신(龍神)께 한 해의 풍년을 기원하는 제사도 함께 올렸다지만 이제는 온 나라 백성들이 부처님 앞에 등을 밝히면서 한 해의 소망과 안녕을 비는 행사로 바뀌었다. 개경의 황궁에서도 황실의 태평을 비는 성대한 연등회가 열린다고 한다.

새부와 아버지도 해마다 정월 대보름날 저녁, 고을에서 가장 큰 백화사에서 열리는 연등놀이에 꼭 참석했다. 연등놀이는 다음 날 밤까지 열리는데, 보름날 저녁에 더 많은 사람들이 모여 한층 흥겨웠다. 그래서 이 날 저녁에는 알고 지내는 고을 사람들을 거의 다 만날 수 있다.

연등놀이에 오면 젊은 사람들은 젊은 사람들끼리, 어른들은 어른들끼리 어울리게 마련이다. 아버지는 등 공양을 마친 뒤

운이 아버지와 일찍 집으로 갔다. 새부는 초희, 다복이, 운이와 절을 둘러보다가 어느 순간 다복이와 길이 엇갈렸다. 다복이는 아마도 운이와 절 앞마당 무대에서 벌어지는 연희(演戲)를 보고 있을지도 모른다.

언제부터인가 다복이는 운이의 마음을 받아들였다. 무관이 되겠다는 꿈을 버린 건 아니지만, 변경 땅에 사는 양민이 개경 처녀한테 장가들기란 하늘의 별따기나 마찬가지라는 사실을 알아차린 듯했다. 다복이도 이젠 스물하나, 세상사를 알 만한 나이가 된 것이다.

새부는 초희와 대웅전 뜰로 들어섰다. 대웅전 뜰도 연등으로 휘황했고, 탑돌이를 하거나 법당 안으로 들어가 참배하는 사람들로 붐볐다. 둘은 법당으로 들어가 다른 사람들과 함께 향을 사르고 부처님께 참배했다. 새부는 절을 하면서 올해는 꼭 인제현으로 가게 해 달라고 빌었다. 그것은 아버지가 해마다 등 공양을 하면서 빌었던 소망이기도 했다.

2년 전, 새부가 군역을 마치고 돌아왔을 때 아버지는 그 해에 인제현으로 돌아갈 계획을 세웠다. 하지만 다물 마을에 다시 다녀온 운이 아버지가 가져온 소식은 그다지 희망적이지 않았다. 마을에 대한 광군의 간섭은 더 심해졌고, 태자 전하의 소식은 여전히 없다고 했다. 마을 사람들은 전하가 돌아가신 것으로 생각하여 얼마 전부터 일 년에 두 차례씩 제사를 지낸다고 했다. 왕자와 김 시중이 돌아와 자신들을 이끌어 주기를 바란다고 촌장이 말하기는 했지만 아무래도 편한 상황은 아닌 것 같다고 운이 아버지가 자신의 생각을 덧붙였다.

고심 끝에 아버지는 2년 뒤인 올해 봄에 인제현으로 돌아가기로 마음을 정했다. 아까 등 공양을 하면서 아버지는 그 어느 때보다 간절히 빌었을 것이다. 부디 올해는 꼭 인제현으로 돌아가게 해 달라고.

새부는 거듭 절을 하면서 부처님께 또 빌었다. 지난 해 부손이와 정혼한 초희가 자신이 떠난 뒤 혼인하여 잘 살기를, 다복이 또한 운이와 행복하게 잘 살기를 마음을 다해 빌었다.

참배를 끝내고 새부는 초희와 법당을 나왔다. 계단을 내려와 중문 쪽으로 걸었다. 초희도 조용히 새부를 따라왔다. 중문으로 건장한 청년 둘이 들어섰다. 새부는 저도 모르게 얼굴을 찌푸렸다. 무경이와 무경이를 그림자처럼 따라다니는 마필이였다. 무경이가 새부를 보더니 성큼 다가와 새부 앞에 섰다.

"야, 이게 누구야. 새부잖아. 안 그래도 여기 오면 너를 보겠구나 싶었는데 딱 마주쳤네."

새부가 아무 대꾸도 않자 무경이는 새부 뒤에 숨듯이 서 있는 초희에게 눈길을 돌렸다.

"초희 너 아주 예뻐졌구나. 넌 부손이하고 정혼해 놓고 이렇게 새부하고만 같이 다녀도 되는 거니? 부손이는 밸도 없구나."

"함부로 말하지 마라. 초희는 내 누이동생이다."

새부는 노여움을 억누르며 분명하게 말했다. 무경이가 피식 웃었다.

"너희 둘이 어떤 사이인지 내 알 바 아니다만 네 말투는 영 거슬린다. 그 버릇 없는 말투, 언제 고칠 거냐? 너하고 내가 처지가 다르다는 거, 이젠 알 만한 나이도 됐을 텐데."

새부는 더 이상 무경이와 쓸데없는 입씨름을 하고 싶지 않았다.

"가자, 초희야."

새부가 발걸음을 떼는 순간 무경이가 새부의 팔을 움켜잡았다.

"사람 말이 말 같지 않아? 네 말투를 언제 고칠 건지 대답은 하고 가야지."

"이거 봐. 좋은 날, 사람들 앞에서 다투고 싶지 않다."

그제야 무경이는 주변을 둘러보더니 손을 놓았다. 지켜보는 사람들을 의식한 듯 짐짓 호기롭게 말했다.

"우리가 다툴 일이 뭐가 있지? 우린 어릴 적 동무잖아. 만나서 반가웠다. 다음에 또 보자."

새부는 초희와 중문을 나왔다. 초희가 나지막이 말했다.

"무경 도령이 한 말, 너무 마음 쓰지 마세요. 원래 그렇잖아요, 그 사람."

새부는 고개를 끄덕였다. 오늘만큼은 무경이와 마주치지 않았으면 했는데 또 만났다. 어차피 연등회 날은 아는 사람을 많이 만나는 날이다. 즐거운 날, 아는 사람과 우연히 마주치는 것 또한 즐거운 일이지만 무경이와 마주쳐서 반가웠던 적은 한번도 없었다. 하긴 연등회 날뿐 아니라 일 년에 몇 번은 원치 않아도 무경이와 우연히 마주친다. 그런 일에 새삼 마음 쓰고 싶지 않았다.

새부는 초희와 절 앞마당으로 갔다. 그 곳 넓은 빈터에 설치한 무대에서 연희가 한창이었다. 무대 주변에도 수많은 연등이 걸려 불꽃의 물결을 이루고 있었다. 무대 앞에 마련된 자리에 사람들이 빼곡이 앉아 있고, 뒤쪽에도 많은 사람들이 서서 연희를 지켜보고 있었다. 다복이와 운이가 어디 있는지 도저히 찾을 수가 없었다.

둘은 연희장 옆 쉼터로 갔다. 큰 차일 아래 있는 여러 개의 탁자에 절에서 마련한 다과가 차려져 있고, 탁자마다 사람들이 앉아 차를 마시며 이야기를 나누고 있었다. 마침 비어 있는 자리가 있어 새부는 초희와 마주보며 앉았다. 연희가 끝나거나 아니면 도중에라도 다복이와 운이가 이리로 올 것이다. 만약 서로 헤어지면 이 곳에서 만나자고 약속을 해 두었던 것이다.

둘은 말없이 차를 마셨다. 입춘이 지나긴 했지만 밤바람은 아직 차가웠다. 따뜻한 차를 마시니 한기가 조금 가시는 듯 했다.

누군가 탁자로 다가왔다. 다복이인가 싶어 새부는 고개를 들었다. 마필이였다.

"여기 있었구나, 새부야. 한참 찾았다."

마필이가 새부를 찾을 일은 없다. 새부는 잠자코 마필이를 쳐다보았다.

"도련님이 너 좀 보자신다. 지금 대웅전 아래 객사에서 술을 드시는데 같이 한잔 하자시더라. 너한테 할 얘기가 있대."

"난 할 얘기 없다."

"초희를 두고 오는 게 싫으면 함께 와도 된다고 했어."

"할 얘기 없다고 했잖아. 그만 가라."

"도련님이 널 아주 못마땅해하시는데, 이번 기회에 잘 지내도록 해 봐. 모처럼 호의를 베풀었는데 네가 안 가면 도련님이 무척 화내실 거다."

"정말 안 갈래?"

새부가 눈을 치켜뜨며 쏘아보자 마필이가 움찔했다.

"아, 알았어. 갈게. 그치만 너 나중에 후회할 거다. 우리 도련님, 모욕은 절대 안 참거든."

그 말을 남기고 마필이는 갔다. 뭐가 모욕이라는 건지, 새부는 어이가 없었다.

"괜찮을까요? 마필이가 또 오면……."

초희가 걱정스런 얼굴로 새부를 보았다.

"그러진 않을 거야. 무경이도 두 번씩이나 거절당하고 싶진 않을 테니까."

인제현으로 가는 그 날까지 더 이상 무경이와 맞닥뜨리는 일이 없기를 바라면서 새부는 애써 밝게 말했다.

초희가 그윽이 새부를 바라보았다. 그러다 새부와 눈이 마주치자 탁자로 눈길을 떨구었다. 초희의 얼굴에 그늘이 스쳐 갔다. 부손이와 정혼한 다음부터 초희는 자주 그늘진 표정을 짓곤 했다. 새부는 새삼 마음이 아렸지만 아무 내색도 않고 어둠 저편으로 고개를 돌렸다.

멀리 허공에서 연등 불빛이 꿈결처럼 일렁였다. 아무리 다잡아도 초희를 볼 때마다 흔들리는 새부의 마음처럼 불빛의 물결은 쉴새없이 일렁이고 또 일렁였다.

2

꽃피는 춘삼월, 오후의 햇살이 따사롭다. 뺨을 스쳐 가는 바람도 상큼하다. 나들이하기에 딱 좋은 날씨다. 이런 날 저잣거리는 더 붐비고 활기찰 것이다. 새부는 붓이며 먹을 사러 저잣거리에 갈 작정이다. 저잣거리는 윗마을 범골 서쪽, 진벌에 있다.

새부는 마당을 나서 아래채 맞은편 별채로 갔다. 별채는 아버지가 운이 아버지와 집안일을 의논하고, 찾아오는 사람들을 맞는 곳이다. 어렸을 때 새부는 이 별채에서 다복이와 초희와 운이에게 글을 가르쳤다.

"아버지, 다녀오겠습니다."

새부는 별채 앞에 서서 말했다.

"잠시 들어오너라."

방에서 아버지의 목소리가 흘러 나왔다.

새부는 방으로 들어갔다. 아버지는 운이 아버지와 탁자 앞에 마주앉아 이야기를 나누고 있었다. 새부는 아버지 옆 의자에 앉았다.

"조금 전에 읍사에서 사람이 다녀갔다. 호장이 저녁을 같이 하자는구나. 이따 호장을 만나면 우리가 떠난다는 사실을 알릴 작정이다. 여러 모로 생각해 봤지만 그 방법뿐인 듯 싶구나."

아버지는 인제현으로 떠날 준비를 거의 다 마쳤다.

"어디로 간다고 하실 건지요?"

"처음에 개경에서 왔다고 했으니 다시 본향으로 돌아간다고 하는 것이 순리일 것 같구나. 네 생각은 어떠냐?"

아버지가 호장에게 개경으로 돌아간다고 말하면 마을 사람들도 자연히 그 사실을 알게 된다. 새부는 친한 사람들에게 한마디 말도 없이 몰래 떠나기는 싫었다.

"저도 그 편이 좋을 것 같습니다."

새부가 선뜻 말하자 운이 아버지가 조심스레 말을 꺼냈다.

"호장은 의심이 많은 사람입니다. 이미 오래 전에 호장은 어르신이 설 의원과 친척이 아니라는 사실을 알아차렸습니다. 개경에서 왔다는 사실에 대해서는 아직까지 반신반의하는 듯하지만, 아무래도 전 걱정이 됩니다."

비록 의형제를 맺긴 했지만 운이 아버지는 아버지를 깍듯하게 어르신이라고 불렀다. 아버지가 흔들림 없는 눈빛으로 운이 아버지를 보았다.

"호장이 날 견제하고 의심하는 줄은 나도 알고 있네. 그 동안 호장의 사병(私兵)이 줄곧 우리를 염탐해 왔다는 것도 알아. 그래서 더 정면돌파를 하겠다는 걸세. 호장이 우릴 의심하고 있는데 어느 날 갑자기 사라져 버린다면 그 의심은 확신이 될 걸세. 호장은 온 고을을 다 뒤져서라도 우릴 잡으려 할 것이고, 자네까지 곤욕을 치를 걸세. 호장에게 알리고 당당히 떠나는 것이 가장 안전한 방법일세."

아버지는 담담하게 말하고는 새부를 돌아보았다.

"저잣거리에 간다 했더냐?"

"예."

"혼자 가니?"

"초희 동생 말희와 길봉이도 데려갑니다. 같이 가고 싶다고 해서요."

"저잣거리는 온갖 사람이 다 모이는 곳이다. 시비가 일어날 수도 있고, 반갑잖은 사람을 만날 수도 있다. 큰일을 앞두고 있으니 매사에 조심해야 한다. 볼일만 보고 속히 돌아오너라."

"예, 아버지."

새부는 집을 나와 초희의 집으로 갔다. 초희와 말희, 길봉이가 집 앞에 나와 있었다. 여동생 말희는 열다섯, 남동생 길봉이는 열세 살이다. 초희의 동생들이라 그런지 말희와 길봉이 또한 새부에게는 친동생이나 마찬가지였다.

"조심해서 다녀오세요, 오라버니."

초희가 말했다. 새부는 고개를 끄덕였다.

진벌로 가려면 무경이가 사는 범골을 가로지르면 빠르다.

하지만 반갑잖은 사람을 만날 수도 있다는 아버지의 말이 떠올라 새부는 범골 외곽 쪽으로 길을 잡았다. 혹시라도 무경이와 마주치는 것보다는 돌아가는 편이 나았다.

이윽고 저잣거리에 이르러 새부가 문구 점포로 가려 하자 말희가 말했다.

"우린 저쪽에 가서 구경하고 있을게요."

"그래, 알았다. 너무 멀리 가진 마라."

새부는 문구 점포에서 붓 세 자루와 먹 두 개를 샀다. 이모저모 꼼꼼하게 살펴보고 마음에 드는 것들로 고르느라 시간이 좀 걸렸다. 이윽고 문구를 품에 넣고 막 점포를 나설 때였다. 저쪽에서 말희가 사람들을 헤치며 급히 달려왔다.

"오라버니 큰일났어요."

새부 앞에 멈춰 선 말희가 당황해하며 말했다.

"큰일이라니? 길봉이는 어디 있니?"

"읍사 도련님이 길봉이를 읍사로 끌고 가려 해요."

"무슨 일인지 자세히 좀 말해 봐, 말희야."

말희의 얘기는 이러했다. 말희는 길봉이와 저잣거리를 둘러보다 청자 점포에서 걸음을 멈추었다. 예쁜 꽃병이며 찻잔, 그릇들이 말희의 눈길을 끌었던 것이다. 말희가 감탄하며 청자들을 보고 있는데 길봉이가 다른 곳으로 가자고 잡아끌었다. 그래서 점포를 나오는데 갑자기 길봉이가 비틀거리면서 누군가에게 세게 부딪쳤다. 쨍그랑 뭔가 깨지는 소리가 났다. 길봉이가 부딪친 사람은 무경이였고, 무경이가 손에 들고 보고 있던 향로가 바닥에 떨어져 두 동강이 났다. 그 때문에 무경이가 길봉이를 읍사로 데려가려 한다는 것이었다.

새부는 뒷골이 서늘해지면서 온몸이 굳는 듯한 기분이 들었다. 그렇게 피하고 싶었던 무경이와 또 맞닥뜨리게 된 것이다. 우연치고는 공교로웠다. 아니 이건 우연이 아닐 수도 있다. 새부가 저잣거리에 온 것을 알고 무경이가 일부러 여기 온 것인지도 모른다. 우연이건 아니건 이제 새부는 다시 무경이를 만나야만 한다.

"어떡해요, 오라버니?"

"넌 여기서 기다려라. 내가 가서 길봉이를 데려 오마."

새부는 청자 점포 쪽으로 뛰어갔다. 점포 앞쪽 큰길로 무경이가 걸어가는 것이 보였다. 그 뒤에서 마필이가 끌려가지 않으려 뻗대는 길봉이를 억지로 잡아끌고 있었다. 새부는 달려가 마필이의 팔을 꽉 잡았다.

"그 손 놔라. 어린애한테 무슨 짓이냐?"

마필이가 얼결에 길봉이를 놓았다. 무경이가 뒤돌아보았고, 길봉이는 재빨리 새부 옆으로 바짝 붙어 섰다. 무경이가 싱글

웃었다.

"너구나. 난 초희가 동생들을 데려온 줄 알았지."

"말희한테 얘기 들었다. 무엇 때문에 길봉일 읍사로 데려가려는지 모르지만 변상을 원한다면 내가 대신 변상하마."

"넌 여전히 건방지구나. 향로 값은 내가 벌써 주인한테 치렀고, 난 다만 길봉이하고 얘기나 좀 하고 싶을 뿐이다. 길봉이 때문에 깨트린 향로는 우리 아버지가 점포 주인한테 특별히 부탁하신 귀한 물건이야. 이런 변경에서는 쉽게 구할 수 없는 물건이지. 그런데 길봉인 제 잘못이 아니라고 발뺌만 하거든."

"정말 내가 그런 게 아니에요. 누가 날 밀었단 말이에요."

길봉이가 소리쳤다. 길봉이 말이 사실임을 새부는 알아차렸지만 그 자리에 함께 있지 않은 터라 두둔할 수가 없었다. 무경이가 새부를 빤히 보며 계속 말했다.

"봐라. 잘못을 인정 않고 이렇게 잡아떼잖니. 그래서 읍사로 데려가 타이르려는 거다. 내가 속 좁게 이만한 일로 어린앨 혼내겠냐? 길봉이는 내가 잘 데리고 있다가 초희가 동생을 데리러 오면 보내 줄 작정이다. 가자, 마필아."

마필이가 다시 길봉이를 잡으려 했다. 길봉이가 새부의 옷자락을 와락 움켜잡았다. 새부는 치솟는 노여움을 가까스로 억누르며 무경이를 바라보았다.

"부탁이다, 무경아. 길봉이의 실수 너그럽게 봐 다오."

"부탁을 하려면 무릎 꿇고 좀더 공손하게 해야 하는 거 아니니?"

새부는 길봉이를 돌아보았다. 겁에 질린 길봉이의 얼굴 위로 초희의 얼굴이 떠올랐다 사라졌다. 새부는 입술을 깨물며 잠시 망설이다 다시 무경이를 보았다.

"부탁드립니다, 도련님. 길봉이의 실수, 용서해 주십시오."

무경이가 만족한 듯 씩 웃었다.

"너도 이럴 때가 있구나. 무릎까지 꿇었으면 더 좋았을 텐데. 아무튼 좋다. 어린 시절 우정을 생각해서 한 번만 용서해 주지. 단 조건이 있다."

그러면서 무경이는 마필이를 돌아보았다.

"마필아, 얼른 가서 목검 두 자루만 구해 오너라."

"예, 도련님."

마필이가 점포들이 늘어선 곳으로 뛰어갔다. 새부는 멍하니 서 있었다. 조건, 목검. 그 두 낱말이 귓가를 어지럽혔다. 무경이가 말했다.

"너, 무예 수련을 아주 열심히 한다지? 네가 무엇 때문에 그렇게 열심히 공부하고 무예 수련을 하는지 난 늘 궁금했어. 너 같은 양민이 글공부를 하고 무예 수련을 해 봤자 별 쓸모도 없을 텐데 말야. 그리고 그보다 더 궁금했던 건 대체 네 무예 실력이 어느 정도냐, 하는 거였지."

마필이가 목검을 가지고 왔다. 무경이는 목검 중 한 자루를 새부의 발 앞에다 던졌다.

"나하고 대련 한번 해 보자. 네가 날 이기면 길봉이를 보내 주마. 대련하기 싫으면 안 해도 된다. 난 길봉이를 읍사로 데려 가면 되니까."

새부는 독을 품은 뱀을 보듯 목검을 내려다보았다. 무경이의 무예 실력이 어느 정도인지는 모르지만 대련해서 이길 자신은 있었다. 하지만 이기고 나면 그 다음에는……? 큰일을 앞두고 있으니 조심하라던 아버지의 당부가 떠올랐다. 아버지를 생각하면 목검을 차마 집어들 수가 없었다.

"할 거냐? 말 거냐? 어서 결정해라."

무경이가 다그쳤다. 어느새 구경꾼들이 새부와 무경이를 빙둘러쌌다. 아버지를 생각하면 목검을 잡아서는 안 되지만 길봉이가 읍사에 끌려가도록 내버려둘 수는 없었다. 새부는 길봉이에게 뒤로 물러나라고 눈짓했다. 그러고는 천천히 호흡을 조절한 다음 목검을 집어들었다. 구경꾼들 사이에 팽팽한 긴장감이 감돌았다.

목검을 잡는 순간 새부는 아버지의 당부도 잊고 길봉이도

잊었다. 꼭 이겨야겠다는 생각도 잊었다. 오로지 몸과 마음이
검과 하나 되어 검을 따라 움직일 뿐이었다.

목검 두 개가 공중에서 춤추듯 날렵하게 움직였다. 내리치
고 감아 베고 빈틈을 찌르면 상대는 절묘하게 그 공격을 받아
냈다. 구경꾼들 사이에서 탄성이 일었다. 어느 순간 목검 두 개
가 탁 소리내며 허공에서 맞부딪쳤다. 잠시 둘은 목검을 맞부
딪친 채 힘을 겨루었다. 무경이가 새부를 쏘아보며 말했다.

"예사 검법이 아니구나. 도대체 네가 무슨 연유로 이런 검법
을 익힌 거냐?"

새부는 대답 대신 힘껏 무경이의 목검을 밀어 냈다. 무경이
가 조금 비틀거렸다. 둘은 대련을 계속했다. 그러다 무경이의
검이 새부의 가슴을 공격해 왔을 때였다. 새부의 검이 허공을
쓸어 베면서 무경이의 검에 세차게 맞부딪쳤다. 무경이의 검이
휙 날아오르더니 땅으로 툭 떨어졌다. 무경이의 얼굴이 흙빛으
로 변했다.

대련이 끝났다. 새부는 들고 있던 목검을 내던졌다. 구경꾼
들 사이에서 안도의 술렁임이 일었다. 비로소 새부는 구경꾼들
이 자신을 응원했음을 알아차렸다.

"대단하구나, 새부야. 내가 졌다. 길봉일 데려가라."

무경이가 일그러진 얼굴로 내뱉듯이 말하고는 몸을 홱 돌려

저편으로 걸어갔다. 구경꾼들이 급히 길을 터 주었다. 마필이가 목검을 챙겨 허둥지둥 무경이를 따라갔다. 사람들이 통쾌하다는 듯 떠들어 댔다. 무경이를 욕하고 새부를 칭찬하는 소리였지만 새부는 마음이 편치 않았다.

새부는 길봉이를 데리고 그 자리를 빠져 나왔다. 기다리고 있던 말희를 만나 함께 저잣거리를 벗어났다. 아무래도 아버지에게 조금 전의 일을 알려야 할 것 같았다. 아버지가 호장의 집으로 떠나기 전에 집에 닿기를 바라면서 새부는 발걸음을 재촉했다.

3

새로 산 붓으로 글씨를 쓴다. 靜, 고요할 정. 종이에는 똑같은 글자뿐이다. 글씨 연습을 하는 것도 아닌데 고요할 정자만 계속 쓰는 것은 그만큼 새부의 마음이 고요하지 못하기 때문일 것이다.

대련에서 졌을 때 무참하게 일그러졌던 무경이의 얼굴이 또 떠올랐다. 지금 아버지는 호장과 무슨 얘기를 나누고 계실까, 그런 생각도 들었다. 호장은 아직 저잣거리의 일을 모를지도 모른다. 자랑할 만한 일이 아니니 무경이가 먼저 호장에게 그 얘기를 하지는 않았을 것이다. 그래도 아버지가 그 일을 알지 못한 채 호장의 집으로 간 것은 마음에 걸렸다. 새부가 집에 닿았을 때 아버지는 이미 호장의 집으로 떠난 뒤였고, 밤이 깊었는데도 아직 돌아오지 않았다.

바깥에서 인기척이 났다. 새부는 붓을 놓았다.

"오라버니, 잠깐만 나와 보세요."

운이였다. 새부는 마루로 나갔다.

"초희가 별채에 와 있어요. 오라버니를 잠깐 뵙고 싶대요."

새부는 별채로 갔다. 탁자 앞에 홀로 앉아 있는 초희를 보는 순간 새부는 어린 시절이 생각났다. 넷이서 함께 이 방에서 글공부를 했고, 가끔 초희는 다복이나 운이보다 일찍 와서 지금처럼 혼자 탁자 앞에 앉아 있곤 했다.

새부가 들어가자 초희가 일어섰다. 어두운 불빛 탓인지 초희의 얼굴이 그늘지고 슬퍼 보였다. 새부는 탁자를 사이에 두고 초희와 마주앉았다.

"왜 그래, 초희야. 무슨 일이야?"

"애들한테 얘기 다 들었어요. 어쩌죠? 무경 도령이 가만있지 않을 텐데……."

"너한테 아무 말 하지 말라고 했는데……."

초희가 걱정할까 봐 말하지 말라고 했지만 어차피 내일이면

온 고을에 소문이 퍼질 것이다. 소문은 한층 부풀려져 호장 아들 무예 실력이 형편없더라, 대련도 제대로 못 하고 맥없이 졌다더라, 이렇게 수군거릴지도 모른다. 그런 소문을 들으면 무경이는 모욕감에 한층 더 치를 떨 것이다.

"무경 도령이 분명 오라버니한테 몹쓸 짓을 할 거예요. 동생들을 데려가지만 않았어도 이런 일은 없었을 텐데……."

"초희야, 이건 누구 탓도 아니야. 오늘 저잣거리에서 무경일 만난 건 우연이 아니야. 무경이가 이미 작정한 일이었어. 무경인 저잣거리에서 많은 사람들에게 제 무예 실력이 뛰어나다는 걸 보여 주면서 날 꺾고 싶었던 거야. 그게 생각대로 되지 않았을 뿐이지."

"오라버니, 내일 아침에 제가 무경 도령을 찾아가 볼까요? 어쨌거나 길봉이가 잘못했으니 찾아가서 사과하면……."

순간 새부는 피가 거꾸로 솟구치는 듯한 기분이 들어 소리치듯 말했다.

"그러지 마. 이건 무경이하고 내 일이야. 네가 끼여들면 안 돼."

"왜 안 되는데요? 오라버니한테 난 운이하고 똑같은 누이동생일 뿐이지만 난 달라요. 오라버니를 위해서라면 난 무슨 일이든 할 수 있어요. 그런데 왜 나한테 그런 기회조차 안 주는 거죠? 오라버닌 너무 냉정해요. 오라버니 때문에 난 너무 마음이 아파요. 죽을 만큼 아파요."

초희가 성난 얼굴로 격하게 말을 쏟아 냈다. 새부는 놀란 눈으로 초희를 바라보았다. 초희가 탁자로 고개를 떨구었다. 새부는 잠시 눈을 감았다. 가슴 속에서 거대한 소용돌이가 일었다.

"갈게요."

갑자기 초희가 일어나더니 문 쪽으로 걸어갔다. 새부는 벌떡 일어나 막 방문을 열려 하는 초희의 팔을 잡았다.

"초희야."

초희가 돌아보았다. 초희의 두 눈에 눈물이 그렁그렁했다. 새부의 마음 속에서 무언가가 무너졌다. 새부는 처음으로 가만히 초희를 안았다. 초희가 흐느꼈다. 새부는 마음이 가라앉기를 기다렸다가 조용히 말했다.

"미안하다, 초희야. 정말 미안하다. 널 누이로만 대하는 게 나한테도 쉬운 일은 아니야. 하지만 어쩔 수 없어. 난 이제 곧 멀리 떠나. 너와 함께 가고 싶지만 그럴 수가 없구나. 내가 어디로 가든 널 잊을 수는 없을 거다. 난 네가 부손이와 행복하게 살기를 바랄 뿐……."

초희의 흐느낌이 더 커졌다. 새부는 말없이 초희를 안은 채 초희가 진정하기를 기다렸다. 이윽고 초희가 울음을 그치자 새부는 포옹을 풀고 초희를 보았다.

"초희야, 한 가지만 약속해 다오."

눈물이 채 마르지 않은 눈으로 초희가 새부를 보았다.

"별일은 없겠지만 설혹 나한테 무슨 일이 있어도 넌 절대 나서면 안 된다. 내 일은 내가 해결할 테니 날 믿고 그냥 지켜만 봐 다오. 약속할 수 있지?"

초희는 새부를 물끄러미 바라보더니 천천히 고개를 끄덕였다.

"그리고 당분간은 만나지 말자. 별일 없이 떠나게 되면 떠나기 전날 운이와 다복이와 넷이서 송별 모임을 갖자꾸나."

초희의 두 눈에 다시 눈물이 고였다. 초희가 얼른 눈물을 씻었다.

"그래요, 오라버니. 그 때까지 아무 일 없을 거예요."

"가자. 바래다 주마."

새부가 손을 내밀었다. 초희가 그 손을 잡았다. 새부는 초희와 별채를 나왔다. 달빛이 창백했다. 초희의 집 앞에서 둘은 잠시 말없이 서 있었다.

"어서 들어가."

초희가 새부를 보았다. 잠시 망설이더니 초희가 또박또박 말했다.

"앞으로 영영 오라버니를 볼 수 없다 해도 오라버니는 언제까지나 제 마음 속에 있을 거예요. 부손이의 아낙이 되어도 오라버니 말고는 아무도 내 마음을 가질 수 없을 거예요."

초희가 몸을 돌려 급히 안으로 들어갔다. 새부는 초희를 부르고 싶었지만 마음뿐이었다. 가슴이 미어지는 것 같았다. 새부는 한참 동안 초희의 집 앞에 우두커니 서 있다가 집으로 돌아왔다. 다시 서안 앞에 앉아 붓글씨를 썼다. 아까처럼 '靜' 자만 쓰고 또 썼다.

아버지는 밤이 이슥해서 돌아왔다. 아버지 방에서 새부는 아버지와 마주앉았다.

"호장에게 개경으로 간다고 말씀하셨는지요?"

"다음 달 초순쯤에 떠날 거라고 했다. 호장은 서운하다고 인사치레를 하면서 왜 갑자기 개경으로 돌아가는지, 개경에는 가까운 친척이라도 살고 있는지, 개경 어디쯤에 정착할 건지 꼬치꼬치 캐묻더구나. 호장이 의심하지 않도록 잘 둘러댔다만 뭔가 미심쩍어하는 눈치였어. 떠나는 날까지 별일이 없어야 할 텐데……."

아버지가 촛불을 바라보며 말했다. 잠시 방 안에 침묵이 흘렀다.

"아버지, 사실은 저잣거리에서 일이 좀 있었습니다."

새부가 조심스레 말을 꺼냈다. 아버지가 긴장한 눈빛으로 새부를 보았다. 새부는 저잣거리에서의 일을 다 이야기했다. 아버지는 양미간을 찌푸리며 오랫동안 맞은편 벽만 바라보았다. 마침내 아버지가 말했다.

"무경이가 독이 올랐겠구나. 많은 사람들 앞에서 망신을 당했으니……."

"무경인 인심을 많이 잃어서 공공연히 보복하지는 못할 겁니다. 인제현으로 떠날 때까지 외출을 삼가고 무경이와 맞닥뜨리지만 않는다면 별일 없을 겁니다."

아버지가 고개를 저었다.

"지금 무경이는 복수심에 제정신이 아닐 거다. 인심은 어차피 잃은 거고, 손에는 권력의 칼을 쥐었으니 못할 짓이 뭐가 있겠니."

아버지는 한동안 무언가를 골똘히 생각하더니 다시 말했다.

"마음 같아서는 내일이라도 당장 떠나고 싶다만 오히려 그걸 빌미로 호장이나 무경이가 우릴 뒤쫓을지도 모른다. 호장에게 말한 대로 사월 초순 즈음해서 가는 편이 그나마 안전할 것 같구나. 다만 그 전에 무슨 일이 생기면 뒷일은 내가 알아서 할 테니 너 혼자 떠나거라."

새부는 아버지를 똑바로 바라보며 단호하게 말했다.

"저 혼자서는 아무 데도 가지 않습니다. 이건 제 일이니 무경이가 무슨 짓을 하건 제가 감당하겠습니다."

"새부야, 만약 너한테 무슨 일이라도 생긴다면 태자 전하의 뜻을 누가 이어 가겠느냐? 그리 되면 난 죽어서도 태자 전하를 뵐 수가 없다."

"아버지를 버려 두고 저 혼자 그 곳에 가서 어찌 제대로 전하의 뜻을 이어 가겠습니까? 사람에게는 저마다 타고난 천명(天命)이 있다고 배웠습니다. 인제현으로 가는 것이 제 천명이라면, 제가 어떤 선택을 하건 결국엔 그 곳에 가게 될 테지요."

새부가 의연하게 말했지만 아버지의 낯빛은 더 어두워졌다. 새부의 마음에도 짙은 어둠이 내렸다. 그 어둠을 떨쳐 버리려 애쓰면서 새부는 힘주어 다시 말했다.

"무경이가 섣불리 일을 꾸미진 못할 테니 너무 심려하지 마십시오."

4

산자락 빈터가 옅은 초록빛으로 물들었다. 봄바람이 스쳐 갈 때마다 산자락은 푸르름을 더하는 듯했다. 새부는 천천히 거닐며 사방을 둘러보았다. 답답하고 뒤숭숭한 마음이 조금은 가라앉는 것 같았다.

지난 나흘 동안 새부는 집에만 있었다. 여느 때와 똑같이 글공부를 하고, 무예 수련은 뒷마당에서 했다. 아버지는 인제현으로 가는 길이 그려진 지도를 주면서 먼저 떠나라고 재촉했지만 새부는 고집스레 버텼다.

어제 저녁에는 다복이가 찾아왔다. 저잣거리의 대련이며 새부가 개경으로 떠난다는 소문들을 듣고 찾아온 것이다.

"개경으로 간다고 노래를 한 사람은 난데 네가 먼저 가는구나. 언제가 될지 모르지만 내가 무관이 되면 개경에서 우린 다시 만날 수 있겠지?"

말은 그렇게 하면서도 다복이의 표정은 침울했다. 거란과 전쟁이 나지 않는 한, 양민이 나라에 공을 세워 무관이 될 기회란 거의 없다. 그 사실을 알고 있기에 다복이는 이미 예감하고 있는 듯했다. 이것이 영원한 이별이라는 것을. 새부 역시 아무 대답도 하지 못했다.

다복이는 무경이 또한 두문불출하고 있다는 사실도 말해 주었다.

"온 고을에 소문이 다 퍼졌으니 저도 창피하겠지. 호장이 금족령을 내렸다는 소문도 있어. 무경이 평판이 더 이상 나빠지

면 호장도 곤란할 테니까. 제발 호장이 무경이를 잘 단속했음
좋겠다. 너한테 못된 짓 못 하게."

새부는 하늘을 쳐다보았다. 지난 나흘간의 평온함은 마치
폭풍 직전의 고요함 같아 내내 마음이 불안했다. 새부와 아버
지와 주위 사람들 모두가 아무 일 없기를 간절히 바랐지만 나
쁜 일은 그런 바람과는 상관없이 일어난다.

"도련님!"

다급한 외침이 들렸다. 새부는 고개를 돌렸다. 운이 아버지
가 달려오고 있었다. 가슴이 덜컥 내려앉았지만 새부는 그 자
리에 조용히 서 있었다. 운이 아버지가 멈춰 서며 숨가쁘게 말
했다.

"도련님, 박평진 관아의 병사들이 집으로 오고 있답니다. 마
을 사람 하나가 집으로 달려와 알려 주었습니다. 지금쯤 병사
들이 집에 들이닥쳤을지도 모릅니다. 산 속에 잠시 피신할 만
한 은신처를 마련해 두었습니다. 당장 그리로 가셔야 합니다."

운이 아버지가 서둘렀으나 새부는 오히려 차분하게 말했다.

"병사들은 필시 저를 찾을 겁니다. 진장 어른은 공평무사한
분이니 분명 시시비비를 잘 가려 주실 겁니다. 무경이가 어떤
모함을 했는지는 모르지만 진장 어른은 죄없는 사람을 벌 주실
분이 아닙니다."

박평진의 진장은 개경 조정에서 파견한 장수다. 새부는 3년 전 박평진에서 1년간 군역을 졌기 때문에 진장의 인품을 잘 알고 있다. 진장은 강직하면서도 온후했고, 매사에 분별력도 뛰어났다. 새부와 다복이가 비교적 큰 어려움 없이 군역을 마칠 수 있었던 것도 박평진을 통솔하는 진장의 그런 인품 덕분이었다.

"하지만 병사들을 끌고 온 사람은 낭장(郎將)이라고 했습니다. 일단 피하셔야 합니다."

낭장은 진장을 돕는 부지휘관이다. 진장이 개경에서 파견되는 것과는 달리 낭장은 이 고을 사람이다. 낭장은 호장의 먼 친척으로 편협하고 모진 사람이다. 군역을 질 때 새부와 다복이는 이따금 낭장 때문에 힘든 일을 겪곤 했다. 그런 낭장이 왔다면 더더욱 피신할 수 없다. 새부를 찾지 못하면 낭장은 아버지를 마구잡이로 닦달할 것이다. 환갑을 넘긴 아버지가 마흔밖에 안 된 낭장에게 그런 욕을 당하게 할 수는 없는 일이다.

"뒷일은 걱정 말고 꼭 피신하라고 어르신께서 당부하셨습니다. 어서 가세요. 그 곳에 피신해 있으면 이따 저녁때 제가 가겠습니다. 만약 밤에라도 떠나야 할 상황이면 준비를 다 해서 바람이를 끌고 가겠습니다."

새부가 꼼짝도 않자 운이 아버지가 애타게 말했다. 새부는 고개를 저었다.

"피하지 않겠습니다. 제 일이니 제가 관아에 갈 겁니다."

"왕자 마마, 시중 어른의 지난 세월을 헛되이 하시렵니까?"

집으로 가려는 새부에게 운이 아버지가 절규하듯 말했다. 새부는 터질 듯한 마음으로 운이 아버지를 보았다.

"작은아버지, 왕자 이전에 전 아버지의 아들입니다. 아버지를 버려 두고는 피하지도 떠나지도 않을 겁니다."

새부는 집으로 걸었다. 운이 아버지가 어쩔 줄 몰라하며 따라왔다. 얼마 가지 않아 새부는 달려오는 병사들과 맞닥뜨렸다. 병사들이 다짜고짜 새부를 오랏줄로 꽁꽁 묶고 집 앞까지 끌고 갔다. 놀랍게도 아버지도 오랏줄에 묶인 채 집 앞에 서 있었다. 새부를 보는 아버지의 눈에 깊은 절망이 어렸다. 새부도 발 밑이 꺼지는 듯한 암담함을 느꼈다. 아버지까지 이런 변을 당할 거라고는 상상조차 해 본 적이 없었다. 새부는 낭장을 바라보며 소리쳤다.

"대체 왜 이러십니까? 아버지도 나도 잘못한 것이 없습니다."

"너희 죄가 무엇인지는 관아에서 밝힐 것이다. 난 진장 어른의 명대로 너희를 끌고 가는 것뿐이다. 자, 가자."

낭장이 말에 올라타며 소리쳤다. 병사들이 아버지와 새부를 잡아끌었다. 어느새 마을 사람들이 길에 나와 아버지와 새부를 지켜보고 있었다. 어쩌면 그 사람들 속에 초희가 있을지도 모른다. 하지만 새부는 마을 사람들 쪽을 쳐다보지 않았다. 오직 앞만 보면서 침착하게 걸었다. 그러면서 무슨 일이 있어도 아버지만큼은 이 곤경에서 벗어나게 해야 한다고 어금니를 악물면서 다짐하고 또 다짐했다.

5

늦은 오후에 다복이는 마을 어귀로 들어섰다. 샘골로 아버지의 심부름을 갔다 돌아오는 길이었다. 늦어도 신시(申時)에는 돌아올 작정이었는데, 벌써 유시(酉時)가 가까워 오고 있다. 아버지는 사정도 모르고 잔소리부터 해 댈 터였다. 서둘러 집으로 발걸음을 옮기던 다복이는 맞은편에서 급히 달려오는 또복이를 보았다.

"형, 왜 이제 와? 큰일났어."

또복이가 넘어질 듯 달려와 숨 넘어가는 소리로 말했다.

"큰일? 아버지가 또 뭐라 하셔?"

또복이가 괜히 호들갑을 떠는 것이라 생각한 다복이는 여유 있게 되물었다.

"지금 아버지가 문제가 아냐. 새부 형이 죽게 생겼다니까."

또복이가 사색이 다 된 얼굴로 소리쳤다. 다복이가 눈을 치뜨며 되물었다.

"그게 무슨 소리야? 새부가 죽게 생겼다니?"

또복이는 낭장이 새부와 새부 아버지를 잡아간 일을 자세히 말했다.

"마을 사람들이 다 수군거려. 무경이 짓이 분명하다고. 사람들 눈이 있으니까 읍사로는 잡아가지 못하고, 진장한테 새부 형을 모함했을 거래. 그러니까 새부 형 아버지까지도 잡혀가신 거지."

"무경이 이 자식을 그냥……."

다복이가 주먹을 불끈 쥐고 부르르 떨었다.

"진장이 잡아오라고 명을 내린 걸 보면 예삿일이 아닌 것 같은데 어쩌지, 형?"

또복이가 침울한 얼굴로 말했다.

"아저씨는 뭐 하고 계서?"

다복이는 어려서부터 새부의 집에 드나들면서 운이 아버지를 아저씨라 불렀고, 친척 아저씨처럼 가까이 지내 왔다.

"탄원서에 수결을 받고 있어. 너르실 어르신과 새부 형이 모함을 받은 것이 분명하니 선처해 달라는 탄원서야. 아버지도 거기다 수결했어. 그걸 가지고 박평진에 갈 거래. 마을 사람들이 아마 다 수결했을 거야. 지금쯤 떠났을지도 몰라."

"난 아저씨한테 갈 테니까, 넌 집에 가서 아버지한테 얘기해. 심부름 제대로 다 했다고 말이야. 알았지?"

다복이는 정신없이 새부의 집으로 달려갔다. 숨을 헉헉거리며 새부의 집 앞에 이르렀을 때 막 말을 끌고 나오는 운이 아버지와 마주쳤다. 운이와 운이 어머니, 그리고 초희가 어두운 얼굴로 따라 나오고 있었다.

"박평진으로 가시는 거지요? 저도 같이 갈게요."

인사치레를 할 겨를도 없이 다복이는 단박에 그 말부터 했다. 운이 아버지가 고개를 끄덕였다.

"안 그래도 네 생각을 했는데, 마침 잘 왔다. 운이야, 바람이를 데려오너라."

운이가 급히 안으로 들어갔다.

"새부가 잡혀간 게 언제쯤입니까?"

다복이가 운이 아버지에게 물었다.

"신시쯤이었다. 아마 지금쯤 관아에 도착했을 거다. 하지만 곧 관아 업무가 끝날 시간이니 오늘 문초를 받지는 않을 것 같구나. 저녁 늦게라도 꼭 진장을 만나 탄원서를 드려야 한다. 안 그러면 낭장이 중간에서 또 무슨 짓을 할지도 몰라. 업무 시간이 지났다고 진장이 만나 주지 않을까 봐 걱정이 되는구나."

"솔말 만석이 형이 박평진에서 군역을 살고 있는데, 관사(官舍) 위병이에요. 그 형한테 부탁하면 발벗고 나서서 도와 줄 겁니다. 만석이 형, 아저씨도 아시지요?"

"알다마다. 어르신께서 그 집도 많이 도와 주셨지. 만석이가 관사 위병이라니 정말 다행이구나."

그 때 운이가 바람이를 끌고 나왔다. 운이 아버지가 말에 올라타면서 운이 어머니에게 말했다.

"어르신과 도련님이 풀려날 때까지 박평진에 있을 작정이오. 연락할 일이 있으면 다복이를 보내리다."

다복이가 훌쩍 말에 올라타자 운이가 나지막이 말했다.

"오라버니……."

그제야 다복이는 운이를 보았다. 금방이라도 눈물을 쏟을 듯한 얼굴로 운이 옆에 서 있는 초희도 보았다. 다복이는 다시 운이를 보며 결의 어린 얼굴로 말했다.

"다녀올게."

운이가 조용히 고개를 끄덕였다.

다복이는 운이 아버지와 함께 박평진으로 말을 달렸다. 박평진은 변경 읍성(邑城)으로, 관아는 성 안에 있다. 성문은 술시(戌時)까지 열려 있는지라 조금 여유가 있었지만 다복이도 운이 아버지도 마음이 급해 최대한 속력을 내어 말을 달렸다. 해가

지고 사방에 어둠이 짙게 깔릴 무렵 두 사람은 박평진 성 안 관아에 이르렀다.

다복이가 말에서 내려 정문으로 다가갔다. 정문을 지키는 병사들 중 하나는 다행히 다복이와 안면이 있는 사람이었다. 다복이는 그 병사에게 솔말 만석이를 불러 달라고 부탁했다. 얼마 뒤 만석이가 나왔다. 만석이가 놀란 얼굴로 물었다.

"이 저녁에 네가 여긴 웬일이냐? 운이 아버지는 또 어쩐 일이세요?"

"진장 어른을 뵈러 왔네. 업무 시간이 지난 줄은 알지만 화급을 다투는 일일세."

"진장 어른은 아침에 출타하셔서 아직 안 들어오셨습니다. 오늘 좀 늦는다고 하셨어요. 그래서 낭장도 아직 퇴청을 않고 관아에 있습니다. 그런데 무슨 일로 진장을 만나려 하세요?"

다복이가 얼른 상황을 설명했다. 만석이의 눈이 휘둥그레졌다.

"진장 어른은 그런 명을 내리신 적이 없어. 역모죄라면 모를까 이 곳 관아까지 양민을 잡아올 이유가 없잖아."

"그럼 어르신과 도련님이 잡혀 오는 걸 자네는 못 보았나?"

"못 보았습니다. 저는 거의 관사에 있어서 관아에서 일어나는 일은 잘 모르거든요. 게다가 낭장이 제멋대로 꾸민 일이니,

다른 병사들에게도 입을 다물라고 했을 거예요. 어쨌거나 너르실 어르신이 곤경에 처했는데 가만있을 순 없지요. 절 따라오세요."

만석이는 정문을 지키는 병사들에게 무어라 얘기하고는 다복이와 운이 아버지를 관아 안으로 안내했다. 말은 마구간에 묶어 두고 관아 건물 안쪽에 있는 관사의 어느 방으로 두 사람을 데려갔다. 방에는 이미 불이 밝혀져 있고, 방 가운데 탁자와 의자가 있었다. 만석이가 말했다.

"진장 어른이 오실 때까지 여기서 기다리세요. 저는 가서 낭장이 무얼 하는지 살펴보고 오겠습니다."

다복이는 방 안을 서성이며 만석이가 다시 돌아오기만 초조하게 기다렸다. 한참 뒤에 만석이가 돌아왔다. 탁자 앞에 앉아 있던 운이 아버지가 벌떡 일어났다.

"알아봤나?"

"어르신과 새부는 아무래도 관아 뇌옥에 갇혀 있는 듯합니다. 옥사를 지키는 병사들이 접근을 못 하게 하여 확인하지는 못했습니다. 병사들은 오늘 잡혀 온 사람도 없고, 뇌옥에 갇혀 있는 사람도 없다고 시치미를 떼더군요. 참, 호장 아들이 낭장의 처소에 와 있습니다. 조금 전에 왔다고 하더군요."

운이 아버지의 얼굴이 굳어졌다. 다복이가 버럭 소리쳤다.

"진장 어른은 언제 오셔? 왜 여태 안 오시는 거야?"

"곧 오실 테니 기다려 봐. 설마 그 사이에 낭장이 무슨 일을 벌이겠냐? 호장 아들하고 둘이서 음모나 꾸미는 정도겠지. 난 나가 봐야겠다. 진장 어른이 돌아오시면 곧장 이리로 모시고 올게."

6

관솔불이 활활 타며 어두운 옥사 안을 비추고 있다. 아직 초저녁일까, 아니면 깊은 밤중일까. 새부는 옥 바깥쪽을 내다보며 시간을 가늠해 보려 애썼지만 전혀 짐작이 가지 않았다. 그동안 시간이 꽤 흐른 것도 같고 아닌 것도 같았다. 하긴 시간을 안다고 해서 이 암담한 처지가 나아지는 것은 아니다.

관아에 끌려온 뒤 새부는 내내 옥에 갇혀 있었다. 아까 관아에 도착했을 때는 아직 업무 시간이 끝나기 전이었다. 그래서 새부는 이내 진장을 대면하게 될 거라고 생각했다. 어떤 죄목으로 끌려왔는지는 몰라도, 진장이 현명한 판단으로 아버지와 자신의 무고함을 밝혀 줄 것이라 기대했다.

그러나 병사들은 아버지와 새부를 곧장 옥사로 끌고 갔다. 옥사의 뇌옥은 나란히 세 칸인데 모두 비어 있었다. 병사들은 아버지를 맨 안쪽 옥에, 새부를 바깥쪽 옥에 가두었다. 그러고는 지금껏 아무도 얼씬거리지 않았다. 옥사 문 앞에 옥문 열쇠를 허리춤에 찬 옥졸 하나가 지키고 있을 뿐이다.

정말 진장의 명으로 이 곳에 잡혀 온 것일까? 갑자기 그런 의심이 들었다. 정말 진장의 명이었다면 잠깐이라도 문초를 받은 뒤에 옥에 갇혔을 것이다. 아무리 업무가 끝난 시간이어도 그건 절차였다. 3년 전에 이 곳에서 군역을 살았기 때문에 새부도 그런 기본적인 절차쯤은 알고 있었다.

'하지만 낭장 마음대로 이런 일을 벌일 수 있는 걸까? 만약 그렇다면……?'

터질 듯한 불안감이 마음을 옥죄었다. 침으로 콕콕 찌르는 것처럼 머리가 아파 왔다. 새부는 두 손으로 머리를 감싸고 엄지손가락으로 관자놀이를 지그시 눌렀다. 두통이 조금 가라앉는 듯했다.

발소리가 들리고 인기척이 났다. 새부는 고개를 들었다. 병사 둘이 옥문을 열고 옥 안으로 들어왔다. 병사들은 다짜고짜 새부를 잡아 일으키더니 두 팔을 뒤로 돌려 손목을 단단히 묶고 윗몸을 다시 오랏줄로 묶었다. 그런 다음 새부를 옥 밖으로 끌어 냈다.

옥사 문을 나서면서 새부는 아버지가 갇혀 있는 옥 쪽을 바라보았다. 옥 안쪽은 당연히 보이지 않았고, 기척조차 느낄 수 없었다. 아버지가 보는 앞에서 끌려가지 않아 그나마 다행이라는 생각이 들었다. 만약 그랬다면 아버지는 피를 말리며 새부 걱정을 할 터였다.

병사들이 창고 같은 방으로 새부를 끌고 갔다. 불빛이 그리 밝지 않은 그 방 안쪽에 누군가 서 있었다. 병사 하나가 말했다.

"도련님, 데려왔습니다."

"알았다. 너희는 잠깐 나가 있어라."

무경이였다. 병사들이 나가자 무경이가 새부 앞으로 다가왔다. 새부는 치솟는 분노를 억누르며 무경이를 쏘아보았다. 무경이가 입을 열었다.

"꼭 닷새 만에 다시 보는구나, 새부야. 그 동안 어떻게 지냈어? 난 분하고 또 분해서 죽을 맛이었거든. 한 가지만 물어 보자. 어떻게 너 따위가 감히 많은 사람들 앞에서 날 망신시킬 수 있는 거지?"

"그건 네가 자초한 일이다."

순간 무경이가 손을 들어 새부의 뺨을 후려치고 또 후려쳤다. 모욕감과 분노가 새부의 마음을 뒤흔들었다. 새부는 눈을 부릅뜨고 또박또박 말했다.

"그래. 더도 말고 덜도 말고, 지금껏 살아온 대로 앞으로 평생 그렇게만 살아라."

무경이가 잠깐 의아한 표정을 짓더니 이내 얼굴을 일그러뜨리며 새부를 노려보았다.

"무슨 뜻이냐?"

"이젠 고려말도 못 알아듣니? 내가 쇠귀에 경을 읽었구나."

"이게 정말……."

무경이가 다시 새부의 뺨을 치고 또 쳤다. 뺨이 화끈거렸고, 입술이 터졌는지 입 안이 찝찔했다. 새부는 눈을 감았다 뜨면서 천천히 숨을 골랐다. 무경이가 새부 뒤쪽으로 가더니 발길로 오금을 힘껏 걷어찼다. 다리가 절로 꺾이면서 바닥에 무릎이 세차게 부딪혔다. 심한 통증이 느껴졌다.

"일어날 생각 마라. 네가 일어나면 난 또 널 무릎 꿇릴 거니까."

새부는 바닥으로 눈길을 떨구었다. 이렇게 꽁꽁 묶인 몸으로는 일어서는 것도 쉽지 않았다. 이제 무경이가 무슨 짓을 하건 감당하고 견디는 것밖에는 달리 도리가 없다는 생각이 들자 분노보다 슬픔이 마음을 더 아리게 했다.

무경이가 잠시 방 안을 서성이더니 멈추어 섰다.

"너 그거 아니? 상대가 꺾이지 않으려고 버티면 버틸수록 기어이 꺾고 싶어지는 거. 어렸을 때부터 넌 늘 그랬어. 지금까지 난 한 번도 널 제대로 꺾지 못했지. 그래서 말인데, 이젠 나한테 꺾여 줘야겠다. 살아서 꺾이든 죽어서 꺾이든 그건 네가 선택할 일이지만."

무경이가 잠시 뜸을 들이더니 다시 입을 열었다.

"너, 무예 실력이 대단하더구나. 내 호위 무사가 될 생각 없니? 네가 내 뜻을 받아들이면 지금 당장 네 아버지와 널 이 곳에서 나가게 해 주마. 너, 초희 좋아하지? 초희하고 혼인도 시켜 주마. 네 아버지하고 너, 개경으로 간다고 들었다. 여기서 살 수 없는 어떤 사연이 있는 모양인데, 내 호위 무사가 되기만 하면 여기서 전보다 더 편하게 살 수도 있다. 어떠냐? 나하고 화해하고 내 호위 무사가 되지 않겠니?"

새부는 갑자기 속이 울렁거리면서 토할 것 같은 기분이 들었다. 무경이가 재촉했다.

"난 곧 관아를 나가야 한다. 내가 간 뒤에 후회하지 말고 어서 결정해라. 네가 거절하면 낭장이 널 문초할 거다. 너도 군역을 져 봤으니 낭장이 얼마나 모진 사람인지 잘 알겠구나. 낭장이 문초하면 넌 살아 남지 못해. 개똥밭에 굴러도 이승이 좋다는데, 살고 싶지 않니?"

새부는 가까스로 울렁거리는 속을 가라앉히고는 무경이를 똑바로 쳐다보았다.

"그래. 살려면 무슨 짓인들 못 하겠니. 그런데 어쩌냐? 난 너그럽지 못해서 지난 일을 잊을 수도 용서할 수도 없거든. 아니 지난 일들은 다 제쳐 두고라도, 지금 내가 당한 만큼만 네가 당해 준다면, 네가 나처럼 이렇게 묶여서 내 속이 후련해질 때까지 나한테 얻어맞아 주고, 네 아버지가 우리 아버지처럼 옥에 갇혀 있어 준다면, 그 땐 나도 생각해 보마."

무경이가 새부를 빤히 내려다보더니 입술을 비틀며 피식 웃었다.

"거절 한번 멋지게 하는구나."

그 말과 함께 무경이가 발길로 새부의 가슴을 힘껏 걷어찼다. 가슴이 으스러지는 것처럼 아팠다. 다시 무경이가 발길질을 했다. 새부는 바닥에 나뒹굴었다. 연거푸 무경이의 발길이 날아들었다. 새부는 고통스럽게 몸을 뒤척이며 이를 악물고 아픔을 견뎠다. 이윽고 발길질을 멈추면서 무경이가 말했다.

"네가 한 어리석은 선택, 곧 후회하게 될 거다."

무경이가 밖으로 나가면서 소리쳤다.

"낭장께 끌고 가라."

병사들이 들어와 새부를 잡아 일으켰다. 그러고는 사방에 불이 훤히 밝혀진 널찍한 방으로 끌고 갔다. 한쪽에 형구들이 놓인 그 곳에서 낭장이 형리 둘을 거느리고 새부를 기다리고 있었다. 병사들이 낭장 앞에 새부를 꿇어앉혔다. 낭장이 물었다.

"네가 무슨 죄로 여기 끌려왔는지 아느냐?"

"모릅니다. 아버지도 나도 잘못한 것이 없습니다."

"너희가 무엇을 잘못했는지, 내가 차근차근 일러 주마. 너도 알다시피 여긴 여진땅과 맞닿아 있는 변경이다. 성 북문 너머에 사는 여진인들은 우리에게 조공을 바치고 있지만, 실제로는 거란의 간섭을 받고 있다. 그래서 그들 중에는 거란의 첩자 노릇을 하는 자들이 제법 있다. 특히 보름마다 서는 장날에 이곳 성 안으로 들어와 고려인과 거래하는 여진인들 중에 그런 첩자가 많지. 고려인 중에도 그런 여진 첩자와 손을 잡고 역모를 꾀하는 자들이 있다."

낭장이 잠시 말을 끊었다. 새부는 놀란 눈으로 낭장을 쳐다보았다. 역모. 무경이와 낭장의 모함이 무엇인지 이제 분명해졌다. 새부는 침착하려 애쓰면서 낭장의 다음 말을 기다렸다.

"너희는 외지에서 온 터라 신분이 확실치 않다. 오래 전에 죽은 설 의원의 친척이라고 했지만 누가 그걸 믿겠느냐? 네 아비가 애써 고을 사람들의 인심을 얻는 것도 수상쩍다. 뭔가 특별한 목적이 없다면 뭐 하러 땅까지 사 주면서 인심을 얻으려 하겠느냐? 정작 네 아비는 땅을 소유하지도 않았지. 네가 무예 수련을 하고 글공부를 하는 것도 마찬가지다. 그렇게까지 열심히 글공부를 하고 무예 수련을 하는 것은 다 남다른 목적이 있기 때문이 아니겠느냐?"

"글공부를 하고 무예 수련을 하는 것은 수신(修身)을 위해서이고, 아버지가 고을 사람들을 도운 것은 그것이 가진 사람의 도리이기 때문입니다. 남다른 목적 같은 건 없습니다."

새부는 낭장을 쳐다보며 당당하게 말했다. 낭장이 비죽 웃었다.

"그렇게 잡아뗀다고 될 일이 아니다. 너 신라 잔당에 대해 들어 본 적이 있느냐? 네 아비가 너한테 자주 얘기했을 텐데?"

새부의 심장이 쿵 소리내며 내려앉았다. 낭장이 사실을 알고 말한 것은 분명 아닌데도 마음을 조여 오는 압박감을 떨치기가 쉽지 않았다. 낭장이 말을 이었다.

"신라가 망한 지 사십여 년이 되어 간다만 아직도 고려에 저항하는 신라 잔당이 나라 곳곳에 남아 있다고 들었다. 고려에 끝까지 항복하지 않았던 신라의 태자와 태자를 따르던 무리가 바로 그들이지. 여러 가지 정황으로 미루어 보아 네 아비는 그런 신라 잔당이 분명하다. 네 아비는 변방을 어지럽혀 고려 조정을 혼란시킬 목적으로 여진 첩자와 내통했다. 또한 여진 첩자한테 그 대가로 받은 최상품의 모피와 말들로 재산을 불려 역모 자금도 마련했다. 그리고 이젠 개경으로 가 더 큰 역모를 꾀할 준비를 하고 있다. 아니 그러냐?"

"아버지는 여진 첩자와 내통한 적이 없습니다. 물증도 없이 어찌 그런 억울한 말씀을 하십니까?"

"네가 날 바보로 아느냐? 어찌 물증도 없이 역모 죄인을 잡아 왔겠느냐? 네 아비와 내통한 여진 첩자가 죄를 다 자백했다. 네 아비한테 이 곳 사정을 소상히 알아내어 거란 쪽에 알렸다 하더구나. 그 첩자가 거란 쪽과 틀어져 우리에게 자백하고 도움을 청한 것이다."

낭장이 거짓말을 하고 있다는 것을 새부는 알아차렸다. 새부는 소리쳤다.

"그 여진 사람과 대질하게 해 주십시오. 결백을 밝히겠습니다."

"대질은 내일 진장 앞에서 네 아비가 할 것이다. 지금 필요한 건 네 자백이다. 어떠냐? 오라를 풀어 줄 테니 이 문서에 수결하겠느냐?"

낭장이 새부 앞으로 문서 한 장을 내밀었다. 새부는 낭장을 쳐다보았다.

"네 아비와 네가 신라 잔당이며 여진 첩자와 내통했다는 내용을 상세히 적은 문서다. 내가 대신 쓴 것이니 넌 그저 수결만 하면 된다. 하겠느냐?"

아무래도 낭장은 진장에게 알리지도 않고 새부와 아버지를 잡아 온 듯했다. 어차피 내일이면 진장에게 사실을 알려야 하니, 그 전에 수결을 받으려는 속셈이 분명했다. 수결은 진장도 어찌할 수 없는 물증이 될 터였다. 새부는 단호하게 고개를 저었다.

"없는 죄를 어찌 자백하라 하십니까? 하지 않겠습니다."

"너, 주리형이 어떤 건지 아느냐? 나라에서는 그런 악형을 금하고 있다만 자백을 받아 내는 데는 주리형보다 빠른 것이 없다. 쓸데없는 고집을 부려 봤자 네 몸만 망가질 뿐이다. 수결만 하면 이대로 곱게 옥으로 돌려보내 주마. 어차피 죽을 목숨, 고통 없이 죽는 것이 낫지 않느냐?"

낭장이 달래듯이 말했다. 새부는 멍하니 낭장의 손에 들려 있는 문서를 쳐다보았다. 무경이한테 얻어맞고 발길로 채인 것도 모자라 이젠 악형까지 당해야 한다……. 새부의 마음 속에서 격랑이 일었다.

저 혼자만의 일이라면, 낭장 말대로 어차피 죽어야 하는 거라면 새부도 악형 같은 걸 받지 않고 깨끗하게 죽고 싶었다. 하지만 역모죄는 삼족을 멸한다고 했다. 아버지는 물론이고, 아버지와 가깝게 지낸 죄없는 사람까지 화를 입을 수 있다. 수결을 하지 않고 버티면 자신은 악형을 받다 죽을지도 모르지만 아버지는 화를 면할 수 있다. 아침이 오고 진장이 사실을 알게 되면 아버지는 풀려날 수 있을 것이다. 아버지만 살릴 수 있다면 참담한 악형도 견딜 수 있을 것 같았다.

"오라를 풀어 주랴? 수결하련?"

낭장이 다시 한 번 부드럽게 말했다.

"하지 않겠습니다."

새부는 고개를 저었다.

"하지 않겠다? 뜨거운 맛을 보면 생각이 달라질 거다."

병사들이 새부를 형틀에 앉혔다. 양 무릎을 묶고 두 발목도 묶은 다음, 다리 사이에 긴 주릿대를 서로 엇갈리게 넣었다. 그런 다음 힘주어 주릿대를 눌렀다.

새부는 터져 나오는 비명을 삼키면서 몸을 뒤틀었다. 무릎이 끊어지는 듯한 통증이 느껴지면서 무시무시한 고통이 온몸을 후려쳤다. 아무리 이를 악물어도 고통을 견디기가 힘들었다. 눈앞이 아뜩해졌다. 영원할 것만 같던 육신의 고통이 어느 한 순간 잠깐 멈추었다. 낭장의 목소리가 들렸다.

"어떠냐? 죽을 만큼 고통스럽지? 자꾸 주리형을 받다 보면 무릎이 결딴날 거다. 네 발로 형장까지 걸어가지도 못해. 그래도 고집을 부릴 테냐?"

"수결하지 않겠습니다."

새부는 힘겹게 숨을 내쉬며 겨우 말했다.

병사들이 다시 주리를 틀었다. 새부는 온몸을 떨면서 뒤로 결박당한 두 주먹을 꽉 움켜쥐었다. 손톱이 살 속을 파고들었다.

"수결하겠느냐?"

낭장이 다시 물었다. 새부는 고개를 저었다. 다시금 온몸을 찢는 듯한 고통이 새부를 엄습했다. 고통이 너무 지독하여 숨이 멎을 것만 같았다.

"수결할 테냐?"

낭장의 말이 먼 곳에서 들리는 것처럼 아득하게 들렸다. 새부는 고개를 저었다.

"어린놈이 어찌 이리 지독하단 말이냐? 좋다, 네가 이기나 내가 이기나 어디 한번 해 보자."

병사들이 다시 주릿대를 힘껏 조여 비틀었다. 새부는 있는 힘을 다해 비명을 참고 고통을 참았다. 정신이 가물거렸다.

"이게 무슨 고생이냐? 그만 수결하자꾸나."

낭장이 따뜻한 목소리로 말했다. 홀연 그 따뜻한 목소리만이 자신을 고통에서 구해 줄 것 같은 착각이 들었다. 새부는 하마터면 고개를 끄덕일 뻔했다. 더 이상 이런 혹독한 고통은 겪고 싶지 않았다. 순간 아버지의 얼굴이 떠올랐고, 새부는 남은 힘을 다해 고개를 저었다.

또다시 고통이 새부를 덮쳤다. 새부는 외마디 비명을 질렀다. 고개가 절로 뒤로 꺾였다. 온몸을 경련으로 뒤틀면서 새부는 그만 정신을 잃었다.

7

다복이는 쉴새없이 방 안을 서성였다. 밤은 깊어 가는데 진장은 아직 돌아오지 않았다. 아까 다녀간 만석이 말로는 무경이는 관아를 떠났고, 낭장은 옥사 쪽에 있다고 했다. 낭장이 지금 새부 아버지와 새부에게 몹쓸 짓을 하고 있는 건 아닌지, 다복이는 걱정이 되어 머리에 쥐가 날 지경이었다.

"다복아, 제발 가만히 좀 있어라. 너까지 그러니 내가 더 힘들다."

탁자 앞에 앉아 있던 운이 아버지가 면박을 주었다. 다복이가 퉁명스레 대꾸했다.

"나도 힘들어서 그래요. 가만히 있을 수가 없다고요."

그 때 바깥에서 인기척이 나더니 만석이의 목소리가 들렸다.

"다복아, 진장 어른 오셨다."

운이 아버지가 얼른 자리에서 일어났다. 진장과 만석이가 방으로 들어왔다. 운이 아버지와 다복이가 절을 하면서 진장을 맞았다. 진장이 무어라 입을 떼기도 전에 다복이가 황급히 말했다.

"진장 어른, 제발 도와 주십시오."

"위병한테 대강 얘길 듣긴 했다만, 잡혀 온 젊은이가 새부라고 했느냐?"

"예, 새부와 너르실 어르신입니다. 진장께서도 새부를 기억하시지요? 삼 년 전 저하고 여기서 군역을 살았습니다. 글을 잘해서 진장께서 가끔 새부를 불러 문서 정리하는 일을 시키곤하셨지요."

"새부. 기억하다마다. 남다른 데가 많아서 눈여겨보았지. 내가 아꼈던 젊은이인데, 대체 낭장이 그 아이와 부친을 왜 잡아 왔단 말이냐?"

"아버님과 새부는 모함을 당했습니다. 호장 아들이 낭장을 시켜 새부한테 앙갚음을 하려는 겁니다."

다복이는 저잣거리의 대련이며, 새부와 무경이에 얽힌 일들을 다 이야기했다. 진장이 양미간을 찌푸렸다.

"역모 같은 큰 죄가 아니고서야 감히 내 명도 없이 양민을 잡아 올 수는 없다. 낭장이 대체 무슨 배짱으로 그런 일을 저지른단 말이냐?"

"여기 마을 사람들 모두가 수결한 탄원서가 있습니다. 부디 선처해 주십시오."

운이 아버지가 진장 앞으로 탄원서를 내밀었다. 진장이 탄원서를 펼쳐 읽었다.

"너르실 어른이 덕망이 높다는 소문은 익히 들었지만 마을 사람 모두가 수결하다니, 정말 대단하구나. 호장이 그 어른의 반만이라도 인심을 얻었으면 얼마나 좋았을꼬."

진장이 혼잣말을 하더니 만석이에게 물었다.

"낭장은 지금 어디 있는가?"

"옥사 쪽에 있습니다. 아무래도 문초를 하고 있는 듯합니다."

"문초라니, 제멋대로 양민을 잡아들인 것도 부족하여 문초까지 한단 말이냐? 대체 누가 윗사람인지 모르겠구나."

진장의 두 눈썹이 노여움으로 꿈틀거렸다.

"낭장에게 갈 것이니 어서 앞장서라."

"예, 진장 어른."

진장과 만석이가 방을 나갔다. 다복이가 근심 어린 얼굴로 운이 아버지에게 물었다.

"어르신과 새부, 별일 없겠지요?"

"별일 없기를 빌어야지. 진장 어른이 가셨으니 기다려 보자꾸나."

운이 아버지가 잠긴 목소리로 대답했다.

8

누군가 얼굴에 찬물을 끼얹는 바람에 새부는 눈을 떴다. 의식이 천천히 돌아오면서 육신의 통증도 되살아났다. 악형을 받다 한순간 정신을 잃었던 일도 기억났다. 다시 악형이 되풀이되리라. 하지만 이미 기진하여 더 이상 악형을 견뎌 낼 것 같지 않았다. 절망감에 새부는 다시 눈을 감았다.

"고개를 들고 여기 누가 와 있는지 보아라."

낭장이 소리쳤다. 새부는 반사적으로 고개를 들고 낭장이 가리키는 곳을 보았다. 순간 새부는 정신이 번쩍 들었다. 아버지가 온몸이 꽁꽁 묶인 채 무릎을 꿇고 앉아 있었다. 아버지의 표정은 참담했고, 두 눈엔 슬픔이 가득했다. 새부는 차마 그런 아버지를 볼 수 없어 고개를 돌렸다. 날카로운 칼에 베인 것처럼 마음이 아팠다.

"네가 고집을 부리니 어쩌겠느냐? 네 아비한테서 수결을 받는 수밖에. 헌데 네 아비도 수결을 않고 악형을 받겠다는구나. 너야 아직 젊지만 네 아비는 예순이 넘은 노인이다. 악형을 견뎌 낼지 모르겠구나."

낭장의 말이 끝나기가 무섭게 아버지가 소리쳤다.

"그 아인 내버려 두시오. 여진 사람과 거래는 내가 다 했소. 그 아인 여진 사람을 만난 적도 없으니 그만 옥으로 돌려보내 주시오."

새부는 아버지를 보았다. 아무리 심한 악형을 받아도 아버지는 결코 뜻을 굽히지 않을 터였다. 하지만 그럴수록 형은 가혹해지고, 결국 아버지의 몸은 만신창이가 되고 말 것이다. 새부의 두 눈에 눈물이 고였다. 자신이 또다시 악형을 당한다면 어떻게든 견뎌 보겠지만 아버지의 고통을 지켜보는 일은 도저히 견뎌 낼 수 없을 것 같았다.

"넌 효자라고 들었다. 네 아비는 마흔이 넘어 너를 얻어 애지중지 길렀다지? 그런 아비가 네 눈앞에서 주리질을 당하고 숨이 끊어지는 것을 보고 싶진 않겠지? 어떠냐? 수결하겠느냐?"

아버지가 새부를 보며 고개를 저었다. 괜찮으니 내 걱정은 마라, 그런 뜻이었다. 새부의 가슴 속에서 피눈물이 흘렀다. 새부가 대답을 않자 낭장이 험악한 얼굴로 외쳤다.

"아비가 눈앞에서 죽어 가는 꼴을 봐야 정신을 차릴 모양이구나. 여봐라, 이 자를 어서 형틀에 묶고 주리를 틀어라."

병사들이 다가가 아버지를 잡아 일으키려 했다. 순간 새부의 가슴 속에서 걷잡을 수 없는 분노가 치솟았다. 이젠 새부도 그 분노를 도저히 억누를 수 없었다. 새부는 병사들에게 소리쳤다.

"내 아버지한테 손대지 마라. 난 신라의 왕자다. 신라의 마지막 태자가 내 친아버지시다. 지금까지 난 한 번도 역모를 꾀한 적이 없다만 앞으로 신라를 다시 일으킬 생각을 하고 있으니 역모는 역모겠구나. 이 자리에서 역모죄로 날 죽여도 좋다. 허나 내 아버지는 안 된다. 내 아버지는 망해 가는 나라를 사랑하고 끝까지 충성을 다하신 분이다. 너희가 어찌 감히 그런 분을 욕보이려 하느냐. 내 아버지한테 손끝 하나라도 대면 죽어서도 용서하지 않겠다."

토하듯 말을 내뱉고 나서 새부는 눈을 감았다. 방 안에 얼어붙은 듯한 침묵이 흘렀다. 낭장도 병사들도 아무도 입을 열지 못했다. 문득 노기 어린 목소리가 그 침묵을 깨트렸다.

"이게 무슨 짓이냐!"

낭장이 놀라 돌아보았다. 진장이 위병 하나를 거느리고 뒤쪽에 서 있었다. 낭장의 얼굴이 낭패감으로 일그러졌다.

"어찌 내 명도 없이 양민을 잡아 오고 문초까지 하는가? 조정에서 파견한 장수를 이리 업신여겨도 되는 것인가?"

"당치 않습니다. 제가 어찌 감히 상관을 업신여기겠습니까?

다만 사안이 중대하여 일단 문초하고 내일 진장께 보고하려 했습니다."

"상관을 무시할 만큼 중대한 사안이란 게 대체 뭔가?"

"여진 첩자와 내통하여 역모를 꾀한 듯하여……."

"똑바로 말하게. 여진 첩자와 내통했다는 확실한 증거라도 있는가?"

"사실은 그게, 심증은 가는데 물증이 없는지라 문초를 하여 자백을 받아 내려 했습니다."

"그래서 형률에도 없는 주리형으로 사람을 초주검을 만들었나?"

"허나 저 자가 죄를 자백했습니다. 여진 첩자와 내통한 건 확실치 않지만 신라 왕자라고 했습니다. 진장께서도 들으셨는지 모르지만, 분명 제 입으로 신라 왕자라고 했습니다. 그것만으로도 이미 큰 역모가 아니겠습니까?"

"악형을 받아 제 정신이 아닌 상태에서 한 말을 믿으라는 건가? 신라는 이미 사라진 나라고, 신라의 왕족과 신하들은 고려의 권신이 되었네. 비록 신라의 태자가 고려에 승복하지 않았다 하나 이미 금강산에 들어가 속세를 버렸네. 더구나 그런 태자에게 아들이 있다는 얘기는 개경에 있을 때도 듣지 못했네. 이 일은 내일 다시 조사할 것이니, 이들을 일단 옥에 가두고 자네는 퇴청하게."

낭장은 미심쩍은 표정이었지만 진장의 굳은 표정을 보고는 순순히 대답했다.

"그리하겠습니다, 진장 어른."

병사들이 아버지와 새부를 묶은 오라를 풀었다. 그런 다음 한 병사가 새부를 들쳐업었다. 병사들이 옥사로 가서 아버지와 새부를 같은 옥에 가두었다. 새부는 죽은 듯이 옥바닥에 누웠다. 병사들이 가 버리자 아버지가 말했다.

"새부야, 다리를 좀 만져 봐야겠다. 아프더라도 참아라. 지금 조치를 취해야 빨리 회복할 수 있다."

새부는 눈을 뜨고 아버지를 쳐다보며 고개를 저었다. 더 이상 고통스러운 것은 싫었다. 지금은 그냥 이대로 잠들고 싶었다. 아버지는 새부의 마음을 헤아린 듯 고개를 끄덕였다.

"그러자. 나중에 하자. 잠을 좀 자는 것이 좋겠구나."

아버지가 한숨을 내쉬며 말했다. 새부는 눈을 감았다. 이제 아버지와 나는 어떻게 되는 걸까. 그런 생각이 머리를 스쳐 갔다. 내일 아침 진장이 문초를 한다 해도 이젠 쉽게 풀려날 수 없을 것 같았다. 새부가 신분을 밝혔으니 낭장이 집요하게 파고들 것이다. 새부 또한 이미 밝힌 일을 군이 부인하고 싶지 않았다.

머리가 깨질 듯이 아팠다. 몸도 여전히 욱신거렸고, 오슬오

슬 추웠다. 새부는 아무 생각도 하지 않으려 애썼다. 눈을 감고 이대로 있다 보면 어느 순간 잠이 들지도 모른다.

"어르신."

갑자기 말소리가 들렸다. 새부는 눈을 떴다. 옥문 앞에 누군가 와 있었다.

"만석입니다. 어르신께서 저희 어머니 병도 낫게 해 주시고 땅도 사 주셨지요. 저를 기억하시지요?"

"그래, 만석아. 여기서 군역을 사나 보구나."

"예. 진장 어른이 이걸 주셨습니다. 약술인데 새부에게 주십시오. 이걸 마시면 통증이 가라앉고 편히 잠들 수 있을 거라 하셨습니다."

만석이가 창살 사이로 작은 술병을 내밀었다. 아버지가 술병을 받았다.

"진장께 감사하다고 전해 주려무나."

만석이가 옥사 입구 쪽을 흘깃 보더니 목소리를 낮추어 말했다.

"다복이와 운이 아버지가 관아에 와 있습니다. 그러니 너무 걱정하지 마십시오. 그럼 전 이만 가 보겠습니다."

만석이가 돌아간 뒤 아버지가 새부를 일으켜 술을 마시게 했다. 새부는 술을 다 마신 다음 도로 옥 바닥에 누웠다.

천천히 취기가 돌기 시작했다. 두통도 통증도 서서히 가라앉았다. 뒤이어 깊은 잠이 몰려왔다.

9

만석이가 방으로 들어왔다. 다복이가 황급히 물었다.

"어떻게 됐어, 형? 진장 어른은 어디 계셔?"

"곧 이리 오실 거다. 낭장은 퇴청했고, 어르신과 새부는 옥에 있어. 방금 옥사에 다녀왔다. 새부가 힘들어해서 약술을 갖다 주었어. 주리형을 당했거든."

"주리형이라니? 대체 무경이가 무슨 모함을 한 거야? 죄 없는 사람한테 주리질까지 했다면 그만한 구실이 있어야 할 거 아냐?"

다복이가 부르르 떨며 소리쳤다.

"언뜻 들었는데 여진 첩자와 내통한 역모죄라고 하더라."

순간 다복이도 운이 아버지도 얼굴이 백지장처럼 창백해졌다.

"역모죄라니, 말도 안 돼."

다복이가 떨리는 목소리로 중얼거렸다.

"게다가 낭장이 어르신까지 주리질을 하려 하니까 새부가 어르신을 구하려고 실토했어. 자기가 신라 왕자라고 말이야.

나도 분명히 들었다."

"신라 왕자라니 그게 무슨 소리야?"

"나도 모르지. 진장 어른은 새부가 악형 때문에 헛소리를
한 거라고 하셨어."

다복이는 저도 모르게 고개를 저었다. 역모죄로 문초를 받
고 있는데, 그런 엄청난 말을 아무렇게나 내뱉을 수 있을까. 더
구나 아버지를 구하려고 실토한 말이라면 그건 절대 헛소리일
수가 없다. 새부는 분명 남다른 데가 있다. 주변의 동무들과는
많이 다르다. 그렇다면 새부는 정말 왕자인 걸까? 이미 오래 전
에 사라져 버린 신라라는 나라의 왕자······.

다복이는 의혹 어린 얼굴로 운이 아버지를 돌아보았다. 운
이 아버지는 침통한 표정으로 입을 굳게 다물고 있었다. 만석
이가 말했다.

"아무튼 일이 복잡하게 됐다. 역모죄로 얽어 넣었으니 아무
리 진장 어른이라도 어르신과 새부를 쉽게 풀어 주지는 못하실
것 같다."

"그럼 어르신과 새부는 이제 어떻게 되는 거야?"

"진장 어른한테 무슨 계획이 있으신 것 같더라. 옥사 밖을
지키는 병사들이랑 옥졸한테 술이랑 안주를 주고 오라고 해서
서 방금 주고 왔다."

그 때 바깥에서 인기척이 나더니 진장이 들어왔다. 진장이 탁자 앞에 앉으면서 모두 앉으라고 했다. 다복이는 자리에 앉으면서 잔뜩 긴장한 얼굴로 진장을 바라보았다. 진장이 말했다.

"너르실 어른과 새부를 오늘밤 옥에서 빼내야 한다. 내일이면 나도 손을 쓸 수가 없다."

다복이는 진장의 말을 금방 알아들었다.

"아저씨와 제가 그 일을 하겠습니다. 방법만 일러 주십시오."

다복이의 말에 운이 아버지와 만석이도 같이 고개를 끄덕였다.

"옥에서 빼내는 건 그리 어려운 일이 아니다. 약이 든 술을 마셨으니, 얼마 뒤에 병사들과 옥졸 모두 곯아떨어질 것이다. 너희는 옥으로 가서 두 사람을 빼내 오기만 하면 된다. 중요한 건 이 모든 일을 책임질 사람이다."

"제가 책임지겠습니다."

다복이와 운이 아버지와 만석이가 동시에 말했다. 진장이 운이 아버지를 보았다.

"자네는 처자식도 있으니 굳이 책임질 것까진 없네. 일단 일이 끝나면 자네는 집으로 돌아가게. 성문이 닫혔을 테니, 통행증을 써 주겠네. 모레 밤에는 너르실 어른과 새부, 다복이까지 모두 이 곳을 떠나야 하네. 자네는 우선 꼭 필요한 짐부터 챙겨서 모레 아침 일찍 다시 오게. 혹시라도 누가 물으면 관아에 조사 받을 일이 있어서 간다고 하면 될 걸세."

그런 다음 진장은 만석이를 보며 말했다.

"다복이가 네 도움을 받아 어르신과 새부를 빼내 달아난 것으로 해야겠다. 대신 너는 약간의 처벌을 받아야 한다. 단 내막도 잘 모르고, 그냥 너르실 어른의 은혜를 갚을 마음에서 저지른 일로 쳐서 큰 처벌은 내리지 않겠다. 넌 내 소관이니 낭장이 이 일로 또다시 너를 다그치는 일 따위는 없을 것이다."

"너르실 어른의 은혜를 갚을 수만 있다면 큰 처벌을 받아도 괜찮습니다."

"결국 다복이 네가 이 모든 책임을 져야 할 것 같구나. 지금이 순간부터 넌 집으로 돌아가지 못한다. 식구들과 영영 이별해야 한다. 그래도 괜찮겠느냐? 후회하지 않겠느냐?"

"후회 같은 건 안 합니다. 어르신과 새부를 구할 수만 있다면 제 목숨도 버릴 수 있습니다."

"네 식구들이 이 일로 곤욕을 치르지는 않을 것이다. 이 일은 관아 소관이라 호장이 참견할 수 없고, 낭장은 내가 철저히 단속할 것이다. 헌데 새부가 너한테 그렇게 소중한 동무냐? 식구들과 목숨까지 버릴 만큼?"

"새부는 제 대장입니다. 대장이 위험에 빠졌는데 당연히 목숨 바쳐 구해야지요. 제가 위험에 빠져도 새부는 반드시 절 구해 줄 겁니다."

"부럽구나. 이 나이를 살았어도 내게는 목숨 바쳐 구하고 싶은 벗도, 제 목숨 바쳐 날 구해 줄 벗도 없거늘……."

진장은 잠시 무언가 생각하더니 만석이를 돌아보며 말했다.

"지금쯤 모두 곯아떨어졌을 것이다. 네가 앞장서서 너르실 어른과 새부를 빼내 별채로 오너라. 다른 병사들 눈에 띄지 않도록 각별히 조심해야 한다."

관사 별채는 진장이 식구들을 데리고 부임해 올 경우에 대비하여 지어 놓은 작은 집이다. 진장은 식구들을 개경에 두고 혼자 부임해 왔기 때문에 별채는 몇 년째 쓰지 않고 비어 있다.

만석이가 다복이를 돌아보며 고개를 끄덕이고는 나지막하지만 힘이 실린 목소리로 대답했다.

"알겠습니다, 진장 어른."

10

밤의 적막이 별채를 감쌌다. 사방은 괴괴하고, 방 안의 촛불은 그 괴괴함을 견디기 버겁다는 듯 쉴새없이 몸을 떨었다. 새부도 아버지도 다복이도 저마다 생각에 잠긴 채 말이 없다. 세 사람은 지금 진장을 기다리는 중이다. 저녁 무렵 잠깐 들른 만석이가 진장이 이 곳에 올 거라고 말해 주었다.

오늘 아침 새부는 이 방에서 눈을 떴다. 머리맡에 앉아 있는 아버지의 근심 어린 얼굴이 보였고, 다복이도 보였다. 새부는 처음에는 꿈을 꾸는 줄 알았다. 하지만 이내 진장의 명으로 다복이와 운이 아버지와 만석이가 아버지와 자신을 옥에서 빼냈다는 사실을 알았다. 운이 아버지는 간밤에 집으로 돌아갔고, 다복이가 타고 온 바람이는 별채 헛간에 숨겨 놓았다고 했다.

하루 종일 이 곳 별채에는 아무도 얼씬거리지 않았다. 만석이가 끼니를 갖다 주고 소식을 전해 주러 몇 번 들렀을 뿐이다. 만석이는 낭장이 문책을 받고 한동안 근신하는 것으로 일단 이번 일이 마무리되었다고 했다. 새부의 짐작대로 여진 첩자가 자백했다는 것은 사실이 아니었다. 진장은 역모죄에 대한 물증이 전혀 없고, 또 너르실 사람들의 탄원서를 참작하여 아버지와 새부가 모함을 받았다는 결론을 내렸다고 한다. 무엇보다 진장은 낭장이 보고도 하지 않고 독단으로 일을 처리한 것에 대해 호되게 질책했으며, 낭장도 더 이상 항변하지 못했다고 한다. 만석이가 받은 처벌은 다음 달부터 한 달 동안 성 쌓는 노역을 하는 것이라 했다.

그런 다음 진장은 박평진 곳곳에 방을 붙이게 했다. 간밤에 탈옥한 두 사람의 무고함이 밝혀졌으니, 다복이까지 세 사람 모두 관아에 자수하여 절차를 밟은 다음 다시 선량한 양민으로 돌아가라는 내용의 방이었다.

진장의 권한으로 우선 한 고비는 넘겼지만 낭장이 결코 순순히 승복하지 않으리라는 것은 아버지도 새부도 잘 알고 있었다. 진장에게까지 화가 미치지 않게 하려면 한시 바삐 이 곳을 떠나야 한다는 것 또한 알고 있었다. 진장이 이 곳으로 오는 것도 그 일을 의논하기 위해서일 터였다.

갑자기 다복이가 일어났다. 새부가 다복이를 쳐다보았다.

"잠깐 바람 좀 쐬고 올게."

꼭 나가야 할 때 말고는 새부도 아버지도 다복이도 하루 종일 방에만 있었다. 활달한 다복이로서는 몹시 답답한 일이었을 것이다. 새부는 고개를 끄덕였다.

다복이가 방을 나가자 새부는 고개를 돌려 아버지를 보았다. 아버지는 깊은 생각에 잠긴 얼굴로 돌부처처럼 앉아 있었다. 아버지에게 무언가 말해야 할 것 같은데 입이 떨어지지 않았다. 아버지도 분명 새부에게 할 말이 있을 터인데, 지난 일에 대해서도 앞일에 대해서도 한 마디 하지 않았다. 하루 종일 아버지는 새부의 다친 몸을 치료해 주고, 몸이 좀 어떠냐는 말만

했을 뿐이다. 이제 몸은 웬만큼 추슬렀지만 마음은 옥에 갇혀 있을 때처럼 암담하고 착잡했다.

문득 아버지가 고개를 들고 새부를 보았다. 아버지의 표정이 전에 없이 비장했다. 아버지가 마침내 '할 말'을 하려는 것임을 새부는 깨달았다.

"왕자 마마, 임금이 있으면 신하는 어디서든 구할 수 있지만 임금 없는 신하는 그다지 쓸모가 없습니다. 이 늙은 신하가 무엇이라고 마마 자신을 그렇게 함부로 내던진단 말입니까? 부디 자중자애하셔야 합니다."

아버지의 목소리는 나직했으나 말투는 준엄했다. 새부는 가물거리는 촛불을 바라보며 잠시 침묵하다가 다시 아버지를 보았다. 오늘 내내 아버지에게 하고 싶었던 말을 이제는 해야 할 것 같았다.

"아버지, 큰 뜻을 이루려면 강해야 한다는 것을 저도 잘 알고 있습니다. 아버지가 어떤 고초를 겪으시건 저 혼자 인제현으로 떠났어야 했고, 아버지가 제 눈앞에서 아무리 모진 악형을 받으신다 해도 꿋꿋이 버티면서 제 신분을 밝히지 말았어야 했습니다. 그런데 전 그럴 수가 없었습니다. 똑같은 일이 되풀이된다 해도 제 선택은 마찬가지일 겁니다. 그 선택으로 오랜 세월 준비해 온 과업이 허사가 된다 해도 전 다른 길을 택할 수 없습니다. 그건 어쩔 수 없는 제 한계인지도 모르겠습니다."

'한계'라는 말이 주는 쓸쓸한 울림이 새부의 가슴 속에 황량한 바람을 일으켰다.

이번에는 아버지가 오래 침묵했다. 새부도 방 저편 어둠을 바라보며 침묵했다. 이윽고 아버지가 입을 열었다.

"새부야, 어린 널 데리고 대왕 마을을 떠나기 전날 밤에 태자 전하와 이별의 술을 나누어 마셨다. 그 때 난 전하께, 왕자가 이다음에 어떤 사람이 되기를 바라시느냐고 물어 보았다. 그랬더니 전하가 대답하시더구나. 세상 모든 것을 진정으로 사랑할 줄 아는 사람이 되었으면 좋겠다고……. 어렸을 때 넌 다복이를 도우려고 무경이 패거리에게 몰매를 맞고 온 적이 있다. 그 때 난 네 머리맡에서 밤을 꼬박 지새면서 여러 가지 생각을 했다. 네가 대견하면서도 한편으로는 염려가 되더구나. 너더러 혼자 인제현으로 떠나라고 했지만, 난 네가 결코 혼자 떠나지 않으리란 걸 이미 알고 있었다. 네가 날 버리고 떠날 만큼 강한 왕자가 되기를 바랐다만, 어쩌면 그건 내 지나친 욕심일 수도 있겠구나……."

아버지의 가라앉은 목소리가 새부에게는 빈 들판에 부는 바람 소리처럼 느껴졌다. 다시금 적막함이 방 안을 감쌌다. 문득 바깥에서 인기척이 나더니 다복이의 목소리가 들렸다.

"진장 어른께서 오셨습니다."

진장과 다복이가 방으로 들어왔다. 아버지와 새부는 자리에서 일어나 진장을 맞았다. 모두 자리에 앉자 진장이 먼저 입을 열었다.

"몸은 좀 어떠십니까, 왕자 마마."

다복이가 눈을 크게 뜨고 진장과 새부를 번갈아 바라보았다. 새부는 당혹해하며 아버지를 보았다. 아버지가 고개를 끄덕였다. 간밤에 옥을 빠져 나온 뒤 아버지는 진장과 만났다고 했는데, 그 때 지난 일들을 다 이야기한 모양이었다.

"몸은 이제 괜찮습니다. 진장 어른, 절 그냥 군역 살던 새부로 대해 주십시오. 그게 편합니다."

"선친께서도 신라의 장수셨습니다. 비록 뜻한 바 있어 고려의 장수가 되셨지만 가끔 태자 전하의 말씀을 하시곤 했습니다. 모르면 몰라도 전하의 핏줄임을 알았는데 어찌 군역 살던 병사로 대하겠습니까? 적장을 사로잡아도 장수 대접은 해 주는 법입니다."

진장의 말에는 그의 강직한 성품이 그대로 묻어 있었다. 새부는 문득 진장에게 아직 감사의 인사를 못 했다는 사실을 깨달았다.

"진장 어른께 큰 은혜를 입었습니다. 이 은혜, 마음 깊이 새겨 두겠습니다."

새부가 깍듯하게 치하하자, 진장이 새부를 똑바로 바라보며 물었다.

"왕자 마마, 제가 왜 위험을 무릅쓰고 마마를 도왔는지 아십니까? 저는 고려의 신하입니다. 마마가 신분을 실토했으니, 경위야 어찌 됐건 사실 여부를 철저히 조사하여 개경의 조정에 알리는 것이 신하된 자의 도리입니다. 그런데도 저는 그렇게 하지 않았습니다. 혹시라도 이 일이 알려지면 저 또한 역모에 연루될 수 있는데도 저는 마마를 구했습니다. 제가 무엇 때문에 그리했을 거라고 생각하십니까?"

솔직히 새부도 그 점이 의아했다. 이미 자신의 신분을 말해 버린 터라 진장이 아버지와 자신을 이처럼 구해 줄 거라고는 꿈에도 생각지 못했다. 진장의 강직한 성품을 알기에 더욱 그랬다.

"사실은 저도 그것이 궁금합니다."

새부가 되묻자 진장이 대답했다.

"위병을 데리고 문초장으로 갔을 때 제겐 오직 낭장의 월권을 막아 위계질서를 바로잡아야 한다는 생각뿐이었습니다. 이곳 박평진은 예사 관아가 아니라 변경의 방어진(防禦陣)입니다. 다른 관아보다 위계질서가 한층 엄해야 하는 곳입니다. 더구나 낭장은 평소에도 가끔 월권을 하는지라 이번 기회에 아주 그 버릇을 고쳐 놓을 작정이었지요."

진장은 잠시 말을 끊었다가 계속 이었다.

"제가 막 옥사에 이르렀을 때, 낭장은 시중 어른에게 악형을 가하려 하고 있었습니다. 마마는 그걸 막으려고 신분을 실토하였지요. 그 실토가 불러 올 엄청난 파장을 알면서도 마마는 단지 시중 어른이 고통받는 걸 지켜볼 수가 없어서 무모한 선택을 하였습니다. 순간 전 뒤통수를 세게 얻어맞은 듯한 느낌이 들었습니다. 뒤이어 떠오른 생각은 낭장의 월권도, 왕자라는 놀라운 신분도 아니었습니다. 어떤 이유에서건 한 사람이 다른 사람을 위해 자신의 모든 것을 내놓았다면, 그 사람이 비록 대역죄인이라 해도 저는 그 사람을 도와 주어야 한다는 생각이 들었습니다. 그건 이 세상에서 저를 버티게 해 주는 제 소신이기도 하지요. 결국 저는 스스로를 위해, 소신대로 마마를 도왔을 뿐입니다."

진장이 말을 마쳤다. 새부는 방바닥에 눈길을 떨군 채 진장의 말을 되새겨 보았다. '이 세상에서 나를 버티게 해 주는 내 소신'이라는 말이 귓가에 맴돌았다. 한동안 침묵이 흐른 뒤에 진장이 말했다.

"이제 어찌 하시렵니까? 이 곳도 안전한 곳은 아닙니다. 일단 낭장을 몰아세워 근신하게는 했으나 낭장은 벌써 부하들을 시켜 은밀히 박평진 산 속을 뒤지고 있습니다. 지금쯤 호장도 사실을 알았을 테니, 사병을 풀어 온 고을을 감시하고 있을지도 모릅니다. 마마가 실토한 것을 낭장은 사실이라 믿고 있습니다. 마마를 잡기만 하면 개경 조정에 공도 세우고, 눈엣가시 같은 저를 개경으로 돌려보낼 수도 있겠다 싶어, 지금 마마를 찾는 일에 혈안이 되어 있습니다."

새부는 양미간을 찡그리며 앞일을 헤아려 보려 애썼다. 자신의 신분을 안 다음부터는 자신이 가야 할 길은 오직 하나, 인제현으로 뻗어 있는 그 길뿐이었다. 하지만 이제 그 길은 짙은 안개에 싸여 한치 앞도 가늠할 수가 없었다.

"인제현으로 갈 계획이었다는 말을 들었습니다. 설사 천운으로 인제현까지 간다 해도 그 곳에선 더 이상 뜻을 펼치기가 쉽지 않을 겁니다. 개경의 폐하께서는 이제는 신라가 고려 백성의 뇌리에서 완전히 잊혀지기를 바라고 계십니다. 고려에 끝까지 저항했던 신라의 마지막 태자에 대해서는 더더욱 그렇지요. 그래서 지금까지 광군을 시켜 대왕 마을 일대를 엄격히 단속하게 했고, 앞으로 단속은 더 심해질 겁니다. 차라리 성 너머 여진 부락으로 가는 것이 어떻겠습니까? 성 너머에는 광활한 옛 발해 땅이 있습니다. 비록 지금은 요나라 땅이 되었고, 그 곳에 흩어져 사는 여진 사람들이 거란의 간섭을 받고는 있지만 그래도 그 곳은 자유로운 땅입니다. 뜻이 간절하다면 어디선들 그 뜻을 이루지 못하겠습니까?"

진장이 동의를 구하듯 새부를 바라보았다. 새부는 머릿속이 복잡하여 선뜻 뭐라고 말할 수가 없었다. 아버지도 아무 말이 없었다. 진장이 계속 말했다.

"그래도 굳이 인제현으로 가시겠다면 내일 밤 관아를 무사히 벗어나게 해 드리겠습니다. 하지만 그 다음의 안전은 장담할 수 없습니다. 여진 부락으로 가시겠다면 내일 밤 암문(暗門)으로 성을 나가시면 됩니다."

암문은 북쪽 성벽에 있는 작은 쪽문으로 진장과 낭장 그리고 몇몇 군관들만 비밀리에 드나들 수 있었다.

"인제현이든 여진 부락이든 원하시는 곳으로 보내 드리겠으니, 마마가 선택하십시오."

진장이 못박듯 말했다. 아버지가 비로소 입을 열었다.

"마마께서 어떤 선택을 하시든, 신 또한 그대로 따르겠습니다."

새부는 촛불을 바라보며 생각에 잠겼다. 진장도 아버지도 새부에게 선택하라고 하지만 선택의 여지는 거의 없어 보였다. 혼자 몸이라면 가다가 잡혀 죽는 한이 있어도 인제현으로 가고 싶었다. 하지만 아버지가 있고, 자신 때문에 모든 것을 버린 다복이도 있다. 게다가 위험을 무릅쓰고 자신을 도와 준 진장까지 곤경에 빠뜨릴 수는 없었다.

결국 하늘이 내게 허락한 것은 이미 사라져 버린 나라에 대한 가슴아픈 그리움뿐인 것일까. 새부는 입술을 깨물었다. 울컥 가슴 속에서 뜨거운 무언가가 치밀었다. 그뿐이라면, 좋다. 나는 목숨이 다하는 날까지 그 나라를 지치지 않고 그리워하겠다. 이룰 수 없는 꿈이기에 더 간절히 잃어버린 제국을 꿈꾸겠다. 이룰 수 없는 줄 뻔히 알면서도 마치 이룰 수 있는 것처럼 나를 다잡고 또 다잡으면서 나는 꿈꾸고 그리워할 것이다. 그러다 어느 날엔가는 나 또한 춥고 광활한 저 대륙에서 한 점 바람으로 스러지겠지만, 어쩌면 내가 살았던 흔적조차 남지 않을지도 모르지만, 내가 꾸었던 꿈만은 남을 것이다. 이미 친아버지 태자 전하가 꾸었던 그 찬란한 제국의 꿈만은…….

마침내 새부가 입을 열었다.

"여진 부락으로 가겠습니다."

진장이 고개를 끄덕였다.

"불편하시겠지만 내일 하루만 더 이 곳에 계십시오. 내일 밤 만석이가 암문까지 안내해 드릴 겁니다. 제게 부탁할 일이 있으면 말씀하시지요."

아버지가 말했다.

"내일 밤 다복이가 타고 갈 말이 필요합니다. 관아의 말 한 필을 빌려 주시면 다음 여진 장날 때, 여진 사람을 시켜 돌려보내겠습니다."

"내일 만석이한테 말을 딸려 보내지요. 저는 이만 관사로 돌아가야겠습니다. 이제 두 번 다시 만날 수는 없겠지만, 마마를 오래 기억할 것 같습니다. 부디 저 넓은 대륙에서 뜻을 이루십시오."

"감사합니다, 진장 어른. 진장 어른께서 베풀어 주신 은혜, 잊지 않겠습니다."

모두 일어서서 진장을 배웅했다. 다시 자리에 앉자 아버지가 말했다.

"일단 내가 거래하는 여진 사람의 부락으로 가야겠다. 당분간 그 곳에 머물면서 여진 부락들의 사정을 알아본 다음에 어느 곳으로 갈지 정하자꾸나. 내일 아침 운이 아범이 온다고 하니, 내 말이며 꼭 필요한 것들을 잘 챙겨 올 거다. 더 필요한 것은 여진 장이 설 때 여진 사람을 통해 운이 아범과 연락을 취하면 될 게다."

아버지의 말은 담담했지만 표정은 처연했다. 새부는 가라앉은 눈빛으로 아버지를 바라보다 다복이를 보았다. 새부와 눈이 마주치자 다복이의 표정이 굳어졌다.

"왜 그래, 다복아? 나한테 뭐 할 말 있어?"

"이제부터 어떻게 불러야 하는지……. 왕자님이라니……."

"그러지 마, 다복아. 내 신분이 어떻든 난 새부고, 넌 내 동무야. 나 때문에 넌 식구들과 생이별했잖아. 네가 그렇게 서먹해하면 난 정말 마음이 편치 않을 거다."

"그래라, 다복아. 예전하고 똑같이 대하면 된다."

아버지가 거들자 그제야 다복이도 얼굴을 폈다.

"사실은 나도 불편한 건 싫어. 대신 이제부턴 대장이라고 부를게. 처음부터 넌 내 대장이었으니까."

새부는 희미하게 웃으며 고개를 끄덕였다.

"이제는 조금이라도 따뜻한 곳으로 갈 줄 알았는데 더 추운 곳으로 가는구나. 겨울이 다해야 봄이 오듯, 우리도 추운 곳의 끝까지 가야만 따뜻한 곳으로 돌아갈 수 있나 보다."

아버지가 탄식하듯 말했다. 새부는 말없이 촛불만 바라보았다. 눈물 같은 촛농이 초를 타고 주르륵 흘러내렸다.

11

달도 없는 캄캄한 밤, 북쪽 성벽에 있는 암문이 소리 없이 열렸다. 한 사람이 말을 끌고 성 밖으로 나왔고, 뒤이어 두 사람이 더 나왔다. 암문이 도로 소리 없이 닫혔다. 세 사람은 말을 끌고 어둠에 몸을 내맡긴 채 조용히 걸었다. 한참을 걸어 성벽에서 꽤 멀리 떨어진 곳까지 왔을 때 아버지가 말했다.

"이젠 말을 타도 되겠다. 여진 부락은 저쪽으로 한참을 가야 한다."

아버지가 손을 들어 어둠 저편을 가리켰다. 새부는 반사적으로 아버지가 가리키는 쪽을 바라보았으나 보이는 것은 끝없이 펼쳐진 어둠뿐이었다. 아버지와 다복이가 말을 탔다. 새부도 바람이의 등에 올라앉으면서 뒤를 돌아보았다. 아득히 멀어진 성벽은 어둠에 묻혀 버려, 아무것도 보이지 않았다.

지금 떠나면 다시는 돌아오지 못한다. 너르실도, 박평진도, 한 번도 가 본 적이 없는 인제현 대왕 마을도 이제 영원히 마음에 묻어야 한다. 초희를 마음에 묻었듯이. 초희의 얼굴이 어둠을 헤치고 돋아나는 달처럼 떠올랐다가 이내 스러졌다. 회한이 새부의 마음을 아프게 할퀴고 지나갔다. 부디 무사하기만을 바란다는 초희와 운이의 작별 인사를, 오늘 아침 아버지의 말에다 짐을 잔뜩 싣고 별채로 온 운이 아버지가 전해 주었다. 생각하면 운이도 가여웠다. 운이는 다복이와 맺어져 행복하게 살줄 알았는데, 더 이상은 인연이 아닌 모양이었다.

지금 당장은 어렵겠지만 언젠가는 초희도 운이도 지난 일들은 다 잊고 행복하게 살았으면 싶었다. 하지만 자신은 초희를 오래 그리워할 것 같았다. 이미 사라져 버린 신라를 가슴 저미게 그리워하듯이 초희가 사는 고려 땅 또한 오래오래 그리워할 것 같았다. 친아버지 태자 전하는 끝내 고려에 승복하지 않았으나 새부에게 고려는 신라처럼 사랑할 수밖에 없는 나라였다. 다시금 회한이 새부의 마음을 뒤흔들었다.

"그만 가자꾸나."

아버지가 조용히 말했다. 새부는 고개를 끄덕이며 말고삐를 잡아당겼다.

세 마리 말은 힘차게 달려 어둠 저편으로 아스라히 사라졌다.

제4부

초원의 별

1

강물이 흐른다. 마음 가득 하늘을 품고 강물은 묵묵히 제 갈 길로 흘러간다. 이 강은 송화강의 지류인 아스 강인데, 한자로 는 아십하(阿什河), 여진말로 아스허(만주 하얼빈의 옛이름)라고 부른다. 아스허는 강 이름일 뿐만 아니라 이 일대의 지명이기 도 하다.

이 곳 송화강 유역의 넓은 초원 아스허에 여진인들이 흩어 져 살고 있다. 그들은 비옥한 이 일대 땅에 농사를 짓고, 사냥 과 유목으로 살아간다. 농사를 짓는지라 여진 사람들은 다른 유목민들과는 달리 집을 짓고 한 곳에 정착하여 살아간다. 또 한 요나라의 힘이 미치지 않아, 이 곳 여진 부락들은 자유롭다. 지난 일 년 동안 살던 여진 부락을 떠나 아버지와 새부와 다복 이가 이 곳까지 온 것도 바로 그 자유 때문이다.

새부는 바람이에게 물을 먹이고 맑은 강물에 얼굴을 씻었 다. 그런 다음 아버지와 다복이처럼 강가에 편히 앉았다. 짐을 실은 세 마리 말이 강변을 어슬렁거렸다.

새부는 아버지와 다복이를 돌아보았다. 옷차림만 봐서는 세 사람 모두 영락없는 여진 사람이다. 머리 모양만큼은 여전히 고려 사람이지만 여진 사람이 쓰는 모자를 쓰고 있어서 겉으로는 잘 분간이 되지 않았다. 세 사람 다 여진말도 꽤 하고, 여진 풍속도 웬만큼 익혔다. 일 년 남짓 여진 부락에서 사는 동안 절반 이상은 여진 사람이 되어 버렸다. 이제 세 사람을 여진 사람과 구별해 주는 것은 각자의 이름뿐이다.

지난 일 년 동안 새부는 품 속에 늘 작은 가죽 주머니를 넣고 다녔다. '김준'이라는 이름과 '애신각라'라는 글귀가 쓰인 문서가 든 가죽 주머니. 새부는 이따끔 그 문서를 보면서 자신이 누구인지, 무엇을 해야 하는지 생각해 보곤 했다.

여기까지 오는 동안 새부는 두 여진 부락을 거쳤다. 첫 번째 부락은 아버지와 거래하던 여진 사람의 부락이었다. 그 곳에서는 한 달 가까이 묵었는데, 그 곳에 닿은 다음 날부터 새부는 자리에 누워 심하게 앓았다. 악형의 후유증에다 깊은 상실감으로 인한 마음의 병이 겹쳤기 때문이다. 설 의원이 애써 다스려 놓은 어린 시절의 병마가 느닷없이 되살아난 듯 새부는 좀처럼 병을 떨치고 일어나지 못했다. 아버지가 침을 놓고 다복이가 약을 달여 주었다. 새부는 보름 가까이 자리에 누워 있다 겨우 일어났다.

그 사이에 여진 사람이 두 번 박평진에 다녀왔다. 운이 아버지를 만나 진장에게 빌린 말을 돌려주고, 나머지 짐들도 받아

왔다. 운이네도 다복이네도 다행히 별일은 없다고 했다. 운이 아버지는 호장이 불러 몇 번 읍사에 갔지만, 호장이 무엇을 물어도 다 모르는 일이라고 잡아뗐고, 그 뒤로는 호장도 더 이상 귀찮게 하지 않는다고 했다.

새부가 기력을 되찾자 아버지는 다시 짐을 꾸렸다. 그 곳은 박평진과 너무 가까워서 애초부터 오래 묵을 생각이 없었다. 또한 부락 사람들 중에는 거란의 첩자 노릇을 하는 사람도 더러 있어 그 또한 마음이 편치 않았다. 그 곳에서 북쪽으로 더가면 요나라 땅이었다. 예전에는 발해 땅이었던 그 광활한 대륙에 여진족이 요나라에 조공을 바치면서 살고 있었다. 비록고려를 떠나오기는 했지만 새부도 아버지도 고려의 적국인 거란의 간섭을 받으며 살고 싶지는 않았다. 의논 끝에 아버지와 새부는 요나라의 힘이 미치지 않는 먼 북쪽 송화강 유역으로 가기로 결정했다.

세 사람은 첫 번째 여진 부락을 떠나 북으로 말을 몰았다. 가는 도중에 혹시라도 거란 병사들을 만날지 몰라, 그 때 이미 고려 옷을 벗고 둥근 깃에 옷소매가 좁은 여진 옷을 입었다. 오후의 따가운 햇살을 피하기 위해 여진 사람이 쓰는 모자를 썼고, 검은 가죽신도 신었다.

다행히 도중에 거란 병사들을 만나지는 않았다. 새부 일행

은 여진 사람들이 도문강(圖們江 : 두만강)이라고 부르는 긴 강
을 건너 북쪽으로 한참 나아갔다. 가다가 여진 부락을 만나면
그곳에서 하룻밤 신세를 졌고, 부락을 만나지 못하면 노숙을
했다. 아직 우기(雨期)가 오기 전이어서 노숙도 할 만했다.

그러다 길에서 여진 사람 둘을 만났다. 그 중 한 사람이 아버
지와 나이가 비슷했는데 한문에 능통했다. 아버지는 그 사람과
필담으로 친해졌다. 그는 아버지가 의원 못지않은 의술을 지녔
다는 사실을 알고 반색했다. 자신들의 부락에 제대로 된 의원
이 없어 부락 사람들이 병이 나면 다른 부락까지 찾아가야 한
다면서 아버지에게 자신들의 부락으로 가자고 권했다.

아버지가 송화강 유역의 여진 부락을 찾아갈 거라고 대답하
자 그는 지금은 시기가 좋지 않다고 말했다. 곧 우기가 되는데,
비가 내리면 송화강의 강물이 범람해서 가는 도중에 큰 어려움
을 겪게 될 거라고 했다. 그러니 우선 자신들의 부락에 있다가
정 떠나고 싶으면 내년 봄에 가는 것이 어떻겠냐고 했다. 자신
이 송화강 유역의 한 여진 부락 추장을 조금 아는데, 소개장도
써 주겠다고 했다.

결국 아버지는 그 여진 사람의 권유를 받아들였다. 여진 사
람 중에 한자를 아는 사람은 많지 않았다. 여진말을 전혀 모르
는 세 사람이 여진 부락에서 살아가자면 한자를 아는 여진 사

람이 꼭 필요했다. 아무 연고도 없는 여진 부락을 무턱대고 찾아가는 것보다는 우선 여진말과 풍습을 익히는 것이 좋을 듯했다. 또 그 사람이 써 준다는 소개장도 도움이 될 것 같았다.

그 여진 사람의 부락에서 새부는 신라 청년 김준으로 살았다. 아명(兒名)을 쓸 때가 지난 데다 순 신라말인 새부를 한자로 통성명하기도 어려웠기 때문이다.

지난 일 년 동안 그 곳에서 살면서 새부는 무엇보다 여진말과 풍습을 익히려 애썼다. 친아버지 태자 전하는 단순히 잃어버린 나라를 되찾는 것이 아니라 임금과 신하와 백성이 다 함께 살 만한 새 나라를 열고 싶어했다고 아버지가 들려 주었다. 그래서 새부는 그 곳 여진 부락이 좀더 살 만한 부락이 되려면 무엇을 어떻게 개선하면 될까, 생각해 보곤 했다. 그리고 그 생각을 글로 기록해 두었다. 앞으로 어떤 부락에서 살든 그 기록이 도움이 될 것 같았다. 이제 태자 전하의 뜻을 이어가는 길은 어떤 사람들과 어울려 살건 그들과 더불어 좋은 세상을 만들도록 노력하는 것밖에는 없는 듯했다.

북녘의 겨울은 상상할 수 없을 만큼 춥고 길었다. 지난 겨울 아버지는 처음으로 병석에 누웠다. 새부가 기억하는 한 지금까지 아버지가 병석에 누운 적은 한 번도 없었다. 아버지도 처음 겪는 혹독한 추위와 오랜 세월 공들여 온 인제현에 대한 꿈이 사라져 버린 허탈감을 감당할 수 없었던 듯했다. 새부는 이제 자신이 아버지를 돌봐 드려야 한다는 사실을 깨달았다.

새부는 아버지가 읽던 의서(醫書)를 찾아 읽고, 또 아버지에게 물어 가면서 손수 침을 놓아 드렸다. 인체의 혈을 찾기란 쉬운 일이 아니었지만 아버지는 자리에 누운 채 새부에게 차근차근 혈 자리를 가르쳐 주곤 했다. 아버지가 일러 주는 약재를 다복이가 여진 사람들한테서 구해 오면 그걸로 약을 지었다. 새부의 정성 때문인지 아버지는 얼마 뒤에 예전의 건강을 되찾았다.

그 뒤에도 새부는 틈틈이 의서를 읽었다. 아버지가 부락의 아픈 사람을 치료해 줄 때는 옆에서 도우면서 모든 과정을 유심히 지켜보았다. 제 몸을 스스로 돌보고, 다른 사람들을 도와주려면 의술의 기본은 알아두어야 할 것 같았다.

돌이켜 보면 지난 1년 동안 새부는 너르실에 있을 때보다 더 열심히 노력하면서 살았다. 어쩌면 그것은 쓰러지지 않으려는 안간힘인지도 몰랐다. 시도도 하기 전에 꺾여 버린 인제현의 꿈이, 초희와 너르실의 모든 것들이 새부의 가슴 속에 채 삭이지 못한 슬픔으로 남아 있었다. 무언가에 몰두하고 애쓰지 않으면 그 슬픔에 짓눌려 다시는 일어서지 못할 것 같았다.

그래도 이 추운 북녘 땅이 고려보다 좋은 점은 한 가지 있었다. 그것은 끝없이 펼쳐진 넓은 벌판이었다. 두 번째 부락에서 일 년 가까이 있으면서 새부는 틈만 나면 다복이와 벌판으로 나가 말을 달렸다. 바람이를 타고 끝도 보이지 않는 아득한 지평선까지 달리고 또 달리다 보면 가슴 속에 늘 안개처럼 어려 있던 슬픔이 날아가 버리는 듯했다.

덕분에 새부도 다복이도 이제는 여진 사람 못지않게 말을 잘 탄다. 바람이 등에 앉기만 하면 새부는 이내 바람이와 한 몸이 될 수 있다.

새부는 하늘을 처다보았다. 흰 구름이 천천히 남쪽으로 떠가고 있었다. 저 구름은 머나먼 남쪽 너르실까지도 흘러갈 수 있으리라. 너르실은 지금 늦은 봄일 것이다. 산에도 들에도 마당의 산사나무에도 꽃이 활짝 피었겠지. 산사나무 흰 꽃이 눈앞에 어른거리면서 초희의 얼굴이 떠올랐다. 새부는 숨을 크게 내쉬었다.

아버지가 일어서서 말고삐를 잡으면서 말했다.

"가자. 해가 지기 전에 월리부에 닿으려면 부지런히 가야 한다."

월리부는 이 곳에 있는 제법 큰 여진 부락이라고 했다. 지난번 살던 부락을 떠날 때 아버지와 친하게 지냈던 그 여진 사람이 약속대로 소개장을 써 주었다. 아스허의 월리부 추장을 찾아가면 추장이 모든 편의를 봐 줄 것이라 했다. 여진족에게 부락 이름은 성씨(姓氏)나 마찬가지여서, 그들은 모두 '어느 부의 누구'로 통성명을 한다.

다복이도 일어서서 말고삐를 잡았다. 새부도 일어서서 바람이의 고삐를 잡았다. 세 사람이 강둑으로 올라와 말을 타고 얼마쯤 갔을 때였다. 저만치 앞쪽에서 한 남자가 어서 오라고 손짓하면서 소리쳤다.

"도와 주십시오, 도와 주십시오!"

그 남자 바로 앞에 한 사람이 쓰러져 있었고, 뒤에는 말 두 마리가 있었다. 세 사람은 급히 그 쪽으로 다가갔다. 아버지가 먼저 말에서 내리면서 물었다.

"무슨 일이오?"

"저는 나단부 사람이고 이분은 우리 부락 추장님이십니다. 이웃 부락에 다녀오는 길인데, 추장님이 갑자기 숨이 가쁘다면서 말에서 내리시더니 그대로 정신을 잃고 쓰러지셨습니다. 추장님은 지병이 있으셔서 가끔 이렇게 정신을 잃으십니다. 그래서 추장님을 말에 태워 부락으로 모셔 가려 했으나 저 혼자 힘으로는 안 되더군요. 어느 부락의 뉘신지는 모르겠지만 부디 좀 도와 주십시오."

아버지가 땅바닥에 죽은 듯이 누워 있는 추장의 맥을 짚었다. 그런 다음 늘 몸에 지니고 다니는 침을 꺼내 추장의 손바닥에 침을 놓았다. 추장의 눈꺼풀이 가늘게 떨렸다. 남자가 놀란 눈으로 아버지를 보며 말했다.

"의원이십니까?"

"아니오. 의술을 좀 알 뿐이오."

아버지가 품에서 비상 환약 한 알을 꺼내면서 옆에 서 있는 다복이에게 신라말로 말했다.

"물을 가져오너라."

다복이가 얼른 말에 실린 물병을 아버지에게 건넸다. 아버지가 추장의 입에 환약을 넣고 물을 먹였다. 조금 뒤 추장이 숨을 크게 내쉬더니 눈을 떴다. 추장이 자다 깬 사람처럼 자리에서 일어나며 남자에게 물었다.

"어찌 된 일이냐? 내가 또 정신을 잃었느냐?"

"예. 다행히 이분께서 도와 주셔서 지금 깨어나신 겁니다. 의술을 아신다 합니다."

추장이 아버지와 새부와 다복이를 둘러보더니 다시 아버지를 보며 말했다.

"고맙소. 나는 나단부 추장인데, 어느 부락 분이신지?"

추장은 온화해 보이는 노인으로, 나이는 아버지보다 많아 보였다. 아버지가 대답했다.

"우린 신라 사람으로, 정착할 곳을 찾아 막 이 곳에 도착했습니다. 내 이름은 김극수이고, 이쪽은 내 아들, 이쪽은 아들의 동무입니다."

"김준이라 합니다."

"최다복이라 합니다."

새부와 다복이가 추장에게 인사했다. 추장은 인사를 받으며 새부와 다복이를 찬찬히 바라보더니 아버지에게 되물었다.

"신라라면 저 남쪽 땅, 고려가 있기 전에 있던 나라 말이오?"

추장은 나이가 들어서인지 신라에 대해 조금 알고 있는 듯했다. 아버지가 고개를 끄덕이자, 추장이 말했다.

"신라는 몇십 년 전에 망한 것으로 알고 있는데, 아직도 신라 사람이라면 고려 땅에서 살기가 쉽지 않았겠소. 그래서 정착할 땅을 찾아 이 아스허까지 온 것이오?"

"그런 셈이지요."

"굳이 이 먼 곳까지 왔으면 연고라도 있는 게요?"

"거란의 간섭이 없는 곳을 찾다 보니 여기까지 오게 되었습니다. 지난 번 살던 부락 사람이 이 곳 월리부 추장에게 소개장을 써 주어서 월리부를 찾아가는 중입니다. 그럼 우린 이만 가 봐야겠습니다."

아버지가 말에 오르려 하자 추장이 아버지의 옷소매를 잡았다.

"이렇게 만난 것도 인연인데 우리 나단부로 가는 것이 어떻겠소? 월리부든 나단부든 어차피 낯선 곳이니, 대인에게는 살기 편한 곳이 낫지 않겠소?"

"그야 그렇지만……."

아버지가 선뜻 대답하지 못하고 망설였다. 추장이 덧붙여 설명했다.

"월리부 추장은 나이가 그렇게 많지 않은데도 벌써 부락 일을 아들 추영에게 맡기고 뒷전으로 물러나 있소. 말하자면 추영이 실질적인 추장인 셈이오. 추영은 아드님 또래인데 깐깐한 젊은이요. 물론 대인과 두 젊은이를 흔쾌히 받아들이겠지만 젊은 혈기에 이것저것 간섭이 많을 거요. 간섭받는 것이 싫어서 여기까지 왔다고 하지 않았소? 우리 나단부에 가면 아무 간섭도 받지 않고 자유롭게 살 수 있게 해 드리겠소."

아버지가 새부를 보았다. 월리부의 실질적인 추장이 새부 또래의 젊은이라는 사실이 마음에 걸리는 모양이었다. 아버지가 신라말로 새부에게 물었다.

"네 생각은 어떠냐? 네가 선택하는 대로 우린 따라가마."

새부는 잠시 생각해 보았다. 애초의 목적지가 월리부였으니, 어쨌거나 그 곳까지 가보고 싶기도 했다. 하지만 깐깐한 젊은 추장 밑에서는 자신보다 아버지가 더 불편할 것 같았다. 유순해 보이는 나단부 추장은 약속대로 아버지와 새부와 다복이가 나단부에서 자유롭게 살도록 배려해 줄 것 같았다.

"나단부로 가겠습니다."

새부가 여진말로 대답했다. 추장이 만족한 듯 환하게 웃었다. 문득 새부는 기분이 묘해졌다. 월리부를 찾아 여기까지 왔는데 갑자기 나단부로 방향이 바뀌었다. 역시 한치 앞을 모르는 것이 사람의 일인 듯했다.

추장이 아버지에게 말했다.

"우리 나단부는 여기서 그리 멀지 않소. 월리부는 한참을 더 가야 하오. 대인과는 어쩐지 좋은 말동무가 될 듯하여 기분이 좋소. 그런데 아드님은 친아들인지……?"

추장이 아버지와 새부를 번갈아 보면서 조심스레 물었다. 아버지가 대답했다.

"잘 보셨습니다. 사실 전 친아버지가 아닙니다. 제 주군이셨던 태자 전하의 아드님인데, 사정이 있어서 어릴 때부터 제가 맡아서 길렀지요. 신라의 왕자이십니다."

요나라의 간섭이 없는 자유로운 곳이니, 아버지는 이제는 신분을 밝혀도 된다고 생각한 듯했다. 추장이 고개를 끄덕였다.

"여기까지 올 수밖에 없었던 이유를 이제야 알 것 같소. 자, 가십시다."

2

나단부는 제법 큰 부락이었다. 추장을 따라 부락 안으로 들어가자 부락 사람들이 낯선 세 사람을 궁금하다는 눈빛으로 쳐다보았다. 추장은 부락 한가운데 있는 큰 집으로 갔다. 그 큰 집 앞에는 넓은 풀밭이 시원하게 펼쳐져 있었다. 추장이 말했다.

"여기가 내 집이오. 이 뒤편에 사위와 딸이 살던 집이 있소. 사위는 다른 부락 사람인데, 일이 있어서 몇 달 동안 식구들이 여기 와서 살았소. 얼마 전에 사위와 딸이 자신들 부락으로 돌아가고, 집이 비어 있소. 살림살이가 그대로 있고 작은 방도 세 개나 있으니 살기에 불편함이 없을 것이오. 우선 그 곳에 가서 짐을 풀고 잠시 쉬도록 하시오."

추장의 시종이 세 사람을 그 집으로 안내했다. 집 앞이 풀밭으로 툭 트여 있었다. 시종이 돌아간 뒤 세 사람은 집 안으로 들어갔다. 휭하니 넓은 방이 나왔다. 식사도 하고 둘러앉아 얘기도 나누고 손님도 맞을 수 있는 곳이었다. 안쪽에 작은 방이 두 개 있고, 맞은편에 작은 방이 하나 더 있었다. 작은 방마다 안쪽에 흙으로 만든 침상이 있었다. 집 밖 아궁이에서 불을 때면 침상 바닥이 따뜻해져 겨울을 편히 날 수 있을 것 같았다.

"네가 이 방을 쓰거라. 난 옆방을 쓰마."

안쪽에 있는 넓은 방을 보면서 아버지가 말했다.

"아버지, 저는……."

새부가 무어라 말하려 하자 아버지가 단호하게 말했다.

"이젠 내 뜻에 따라다오. 그래야 내 마음이 편하다."

"그리 하겠습니다."

새부는 잠시 아버지를 바라보다 대답했다.

세 사람은 각자의 방에다 짐을 풀고, 넓은 방 구석구석에 나머지 짐을 풀었다. 꼭 필요한 것만 가져와서인지 짐을 정리하는 데 그리 오랜 시간이 걸리지 않았다. 잠시 뒤 추장의 시종이 왔다.

"추장님께서 부르십니다."

세 사람은 다시 추장의 집으로 갔다. 시종이 널찍한 방으로 세 사람을 안내했다. 방 가운데 큰 모피가 깔려 있고 둥근 상이 있었다. 추장을 중심으로 모두 상 앞에 둘러앉자 시종이 차를 내왔다. 차를 마시면서 추장이 아버지에게 말했다.

"내게 침을 놓았다고 들었소. 그 덕분인지 기분이 한결 좋아진 듯하오. 정신을 잃었다 깨어나면 한동안은 기분이 좋지 않은데……."

"혹 마음 속에 삭이지 못한 노여움이나 슬픔이 있으신지요? 제가 보기에는 그 노여움과 슬픔으로 기의 흐름이 막혀 가끔 그렇게 정신을 잃으시는 듯합니다."

추장이 감탄하는 눈빛으로 아버지를 바라보았다.

"의술을 조금 아는 정도가 아니구려. 내게는 아들이 세 명 있었소. 특히 큰아들은 다음 추장감으로 나도, 부락 사람들도 큰 기대를 걸었던 재목이었소. 그런데 몇 해 전 어이없는 사고로 큰아들이 세상을 뜨고 말았소. 그리고 이 년 뒤에는 둘째마저 돌림병으로 세상을 떴소. 내 지병은 그 때부터 생긴 듯하오. 이제 남은 것은 늦둥이 막내뿐인데, 아직 철이 안 들어서 걱정이 많다오. 철없는 막내를 볼 때마다 먼저 간 두 아들이 더욱 아깝고 애석하여 속이 끓곤 한다오."

"그런 사연이 있으셨군요. 가끔씩 침을 놓고 약을 지어드리겠습니다. 마음 속의 화를 다스리는 데 도움이 될 겁니다."

"고맙소. 이렇게 대인을 만나 정말 다행이오."

"우리 또한 추장께서 베풀어 주신 호의에 감사하고 있습니다. 우리에게 집을 내주셨으니 그에 대한 사례를 하고 싶습니다."

추장이 얼른 손사래를 쳤다.

"무슨 그런 서운한 말씀을. 이제 우리 나단부 사람인데 당연히 집을 내드려야지요."

그 때 한 청년이 방으로 불쑥 들어왔다. 추장이 청년을 보며 말했다.

"마침 잘 왔다, 쿠르첸. 어서 이리 와서 앉아라. 내 아들 쿠르첸이오."

추장이 아버지에게 말했다. 쿠르첸이 상 앞으로 와서 앉으면서 아버지와 새부와 다복이를 흘끗 보았다.

"누굽니까, 이 사람들은?"

"이분은 신라에서 오신 김 대인이시다. 의술이 아주 뛰어나시다. 오늘부터 우리 부락에서 함께 살기로 했다. 이 젊은이는 신라의 왕자이고, 옆의 젊은이는 왕자의 동무다. 앞으로 아거나 대아거로 불러라."

여진말 아거(阿哥)는 귀공자에 대한 존칭인데, 왕자일 경우에는 대아거라 부른다. 쿠르첸이 새부를 빤히 바라보더니 피식 웃었다.

"왕자라니, 알지도 못하는 나라의 왕자가 나하고 무슨 상관이지? 진짜 왕자인지 아닌지 그것 또한 모르는 일이잖아? 여기서 대접받으려고 그딴 말을 한 모양인데, 나한테는 안 통해."

쿠르첸이 거만한 표정으로 말했다. 새부가 이내 대답했다.

"대접받자고 신분을 밝힌 것이 아니다. 다만 내 할 일을 잊지 말라는 뜻에서 내 아버지께서 그 말씀을 하신 것뿐이다. 네가 날 어찌 대하든 그건 네 마음이지만 오해는 말았으면 좋겠다."

"쿠르첸, 첫 대면에 너무 무례하구나. 좀더 예의를 갖추도록 해라."

추장이 나무랐다. 쿠르첸은 아무 대꾸도 없이 자리에서 벌떡 일어났다.

"바쁜 일이 있어서 저는 이만 나가 보겠습니다."

쿠르첸은 들어올 때처럼 휑하니 나가 버렸다.

"아거, 쿠르첸이 철이 없긴 하지만 나쁜 아이는 아닐세. 앞으로 두 사람이 잘 지냈으면 좋겠네."

추장이 새부에게 간곡하게 말했다. 새부 역시 처음 보는 쿠르첸에게 별다른 감정이 있을 리 없다. 첫인상은 거만해 보였지만 응석받이로만 자란 막내라면 그럴 수도 있겠다 싶었다.

"저도 그러고 싶습니다. 시간이 지나 서로 알게 되면 잘 지낼 수 있겠지요."

새부는 차분하게 대답했다.

"아무래도 집안일을 해 줄 사람이 필요할 것 같아서 내 적당한 사람을 알아보고 있소."

추장이 미소지으며 고개를 끄덕이더니 아버지에게 말했다.

"아닙니다. 그냥 우리가⋯⋯."

아버지가 거절하려 하자 추장이 손을 들어 뒷말을 막았다.

"내 호의니 거절하지 마시오. 그리고 내일 저녁에 십장들이며 부락 사람들을 모아놓고 잔치를 열 생각이오."

여진 부락에는 열 집에 한 사람씩 십장이 있고, 추장은 그 십장들과 의논하여 부락을 다스린다. 추장은 내일의 잔치가 나단부에 새 식구가 생겼음을 알리고 환영하는 잔치라고 덧붙여 말했다.

아버지가 다시 한 번 추장의 호의에 감사한 다음, 차를 마셨다. 마침내 정착할 곳에 이르렀구나, 그런 생각을 하면서 새부도 천천히 남은 차를 마셨다.

3

놀란 토끼처럼 후다닥 아린이 집 안으로 뛰어들었다. 저녁 준비를 하던 어머니가 돌아보며 혀를 찼다.

"좀더 조신하게 굴면 안 되겠니, 아린?"

"쿠르첸하고 맞닥뜨릴 뻔했다니까요. 쿠르첸이 날 볼까 봐 얼마나 달렸던지."

아린이 새삼 숨을 크게 내쉬었다. 어머니가 정색을 하고 아린을 보았다.

"너, 왜 그렇게 쿠르첸을 싫어하니? 쿠르첸만한 신랑감이 어디 있다고. 그렇게 자꾸 튕기다가는 쿠르첸이 돌아설지도 몰라. 그럼 너, 누구한테 시집갈래? 소소 이모처럼 평생 혼자 살거니?"

호칭은 이모지만 소소는 어머니보다 나이도 훨씬 많고, 혈연 관계도 아니다. 소소의 아버지는 발해 사람인데, 아린의 할아버지와 친했다. 그래서 어머니는 어렸을 때부터 소소와 자매처럼 지냈고, 소소는 자연스럽게 아린의 이모가 되었다. 소소는 젊었을 때 무척 예뻐서 청혼하는 남자들이 많았다는데, 다 거절하고 쉰다섯이 된 지금까지 혼자 살고 있다. 추장도 젊었을 때 소소를 무척 좋아했다고 한다. 그래서인지 지금도 소소를 누이처럼 아끼고 돌봐 준다. 요즘 어머니는 툭하면 소소를 들먹이며 아린에게 으름장을 놓는다.

"쿠르첸한테 시집가느니 차라리 혼자 사는 게 나아요. 하지만 걱정 마세요, 엄마. 난 무당의 예언을 믿거든요."

부락에는 용한 무당이 있다. 부락 사람들은 이런저런 일을 물으러 무당을 찾아가는데, 특히 혼기를 앞둔 처녀들은 한 번씩은 꼭 무당을 찾아간다. 자신의 짝이 어떤 남자인지 알고 싶어서이다. 사람들이 찾아가면 무당은 한동안 여러 개의 방울이 달린 긴 막대를 흔들다가 조용히 눈을 감고 침묵하면서 신의 말씀을 듣는다. 그런 다음 짤막한 노래로 앞날을 일러 준다. 노래는 대체로 알기 쉽지만 가끔은 뜻풀이가 까다로운 경우도 있다. 일 년 전, 무당이 아린에게 들려 준 노래는 이러했다.

초원의 별 같은 사내
한 나라의 시조로다.
귀하구나 처녀야
한 나라의 시조모일게.

무당의 노래를 다 이해할 수는 없었지만 한 가지 분명한 것은 초원의 별 같은 남자를 만난다는 사실이었다. 초원의 별 같은 사내라니, 생각만 해도 가슴이 떨렸다. 정말 그런 사람을 만날 수만 있다면 평생을 찾아다녀도 좋을 것 같았다.

"또 '초원의 별' 얘기로구나. 아린, 그런 뜬구름 잡는 말에 너무 매달리지 마. 네가 쿠르첸을 좋게 보고 초원의 별 같은 사내라고 생각하면 그 때부터 쿠르첸이 초원의 별이 되는 거야. 엄마 생각은 그래."

부락 처녀들은 예언이 이루어질 때까지 아주 친한 사람 말고는 아무에게도 그 이야기를 하지 않는다. 아린은 어머니한테만 그 이야기를 했다. 누구보다 어머니가 좋아할 것 같아서였다. 그런데 어머니는 번번이 아린의 기대에 찬물을 끼얹었다. 아린은 입을 비죽했다.

"쿠르첸은 절대 초원의 별이 아니에요. 난 알 수 있어요. 내가 사랑할 사람은 내가 알아볼 수 있다고요."

"아린, 엄마도 무당의 예언을 믿어. 내 앞날도 무당이 족집게처럼 알아맞혔으니까. 무당은 내게 명이 짧은 남자를 만날 거란 암시가 깃든 노래를 들려줬지. 네 아버지가 죽은 다음에야 난 비로소 그 노래를 제대로 해석했지만 말이다."

아린이 열 살, 남동생 다이샨이 여섯 살 때 아린의 아버지는 사고로 세상을 떠났다. 어머니는 새삼 그 일이 사무치는 듯 한숨을 내쉬더니 다시 말했다.

"아린, 예언은 해석을 잘 해야 한단다. 네 예언의 노래에서 중요한 대목은 '초원의 별'이 아니라 '한 나라의 시조', 바로 그 대목이야. 한 나라가 별거니. 우리 부락도 추장님을 모시고 우리끼리 잘 살고 있으니 말하자면 아주 작은 나라인 셈이지. 이런 부락이 여러 개 합쳐져 커지다 보면 한 나라가 되는 거지. 네가 쿠르첸과 혼인을 하면 네 아들이, 또 그 아들의 아들이 대를 이어 추장이 되잖니. 그러다 먼 훗날 네 후손 중에 잘난 추장이 나와 한 나라를 세울 수도 있어. 그럼 그 때 너와 쿠르첸은 한 나라의 시조와 시조모가 되는 거야. 엄마가 해석하기엔 노래 속의 네 신랑감은 쿠르첸뿐인 것 같구나."

"그럼 '한 나라의 시조' 라는 예언은 믿지 않을래요. '초원의 별 같은 사내' 라는 예언만 믿을 거예요."

"너하고 입씨름해 봤자 만날 그 타령이지. 몇 년 뒤엔 너도 분명히 알게 될 거다. 노래 속의 그 사내가 바로 쿠르첸이라는 걸. 그 때쯤이면 넌 쿠르첸의 아내가 되어 있을 테니까."

더 이상 그 문제로 어머니와 입씨름하고 싶지 않아 아린은 얼른 말머리를 돌렸다.

"내가 뭐 도울 일은 없어요?"

"가서 물이나 좀 길어 오렴."

아린은 항아리를 들고 재빨리 집을 나와 부락 우물로 갔다. 부락 여인 몇몇이 물을 긷고 있었고, 소소도 보였다. 아린은 소소 옆에 쭈그리고 앉아 물을 길으면서 소소가 손질하고 있는 물고기를 흘끗 보았다. 가까운 곳에 아스 강이 있긴 하지만 물고기는 육류만큼 흔한 음식 재료가 아니다. 게다가 물고기가 제법 많았다. 혼자 사는 소소에게 특별한 손님이라도 찾아온 걸까. 아린은 궁금한 생각이 들어 소소에게 물었다.

"이모, 집에 손님이라도 오셨어요?"

"우리 집이 아니고, 부락에 손님이 오셨다. 그래서 추장님이

이 물고기를 내주셨어. 아스 강에서 막 잡아온 거란다."

"추장님이 그렇게 마음 쓰시는 걸 보면 예사 손님이 아닌가
봐요."

"나이 드신 분 한 분과 청년 두 사람인데, 신라 사람이라고
하더구나."

"신라? 그런 나라도 있나요?"

"고려는 알지? 고려가 있기 전에 신라라는 나라가 있었어.
발해가 망한 몇 년 뒤에 신라도 망했지. 청년 중 한 사람이 신
라의 왕자라고 하던데, 아마도 그 신분 때문에 고려에서 살지
못하고 여기까지 온 모양이더라. 앞으로 추장님 따님이 살던
집에서 살 거라고 하는데, 내가 집안일을 맡아 하기로 했다. 추
장님이 특별히 부탁하셨거든."

그런 낯선 사람들의 집안일을 해 주려면 나이도 들고 혼자
몸인 소소가 적격이기는 했다. 하지만 소소는 좋고 싫은 것이
분명한 성격이다. 아무리 추장이 부탁했다고 해도, 마음이 내
키지 않는 일은 절대 하지 않는다. 아린이 궁금한 듯 바라보자
소소가 웃으며 말했다.

"추장님이 처음 부탁했을 때는 조금 망설였지. 하지만 집안
의 하녀들도 많은데 굳이 나한테 부탁하시는 건 추장님이 그만
큼 그분들을 소중하게 생각하기 때문이란 생각이 들더구나. 게

다가 나라를 잃고 낯설고 먼 곳까지 왔다는 게 남의 일 같지 않았어."

아린은 고개를 끄덕였다. 이제는 여진 사람이나 마찬가지라고 해도, 소소는 분명 발해 사람이다. 남의 일 같지 않다는 말 뜻을 아린은 알 것 같았다.

"그래서 하겠다고 했지. 그런 다음 그분들을 만났는데, 결정을 잘 했다 싶더구나."

까다로운 소소가 만나자마자 결정을 잘 했다는 생각을 하다니, 아린은 갑자기 호기심이 생겨 물었다.

"이모, 그럼 이제부터 이모 혼자서 집안일을 다 맡아 하는 거예요?"

"추장님 댁 하녀들이 가끔 와서 도와 주기로 했어. 오늘은 나 혼자서 하고."

"그럼 내가 조금 도울까요, 이모? 아무래도 낯선 분들이라 서먹할 텐데 혼자보다는 둘이 낫잖아요."

"그러려무나."

"이모, 잠깐만 기다리세요. 얼른 집에 갔다올 테니까."

아린은 항아리를 집에 가져다 놓고 이내 우물로 다시 왔다. 물고기가 담긴 바구니를 들고 소소와 함께 걸으면서 아린이 말했다.

"이모, 뭐 하나 물어 봐도 돼요?"

"뭔데?"

"이모는 왜 여태 혼자 살았어요? 발해 남자를 찾았던 거예요?"

소소가 언짢아할까 봐 그 동안 이런 질문은 한 번도 하지 않았다. 그런데 이모처럼 혼자 살 거냐는 어머니의 말이 마음에 걸렸던 것일까? 아린은 새삼 소소의 속마음이 궁금했다.

"난 오래 전에 장소소가 아니라 나단부의 소소가 되었는데, 굳이 발해 남자를 고집할 까닭이 뭐 있겠니. 여진 남자건 발해 남자건 평생을 함께하고 싶은 사람이 없었기 때문이야."

소소가 가볍게 대답했다. 아린이 내쳐 물었다.

"이모는 젊었을 때 무당을 찾아가지 않았나요?"

"왜 안 찾아갔겠니? 다른 처녀들처럼 나도 내 앞날이 몹시 궁금했단다."

"무당이 뭐랬어요? 평생 이렇게 혼자 살 거라고 했나요?"

"아니. 무당이 이런 노래를 읊어 주었단다."

소소가 나지막이 노래를 읊었다.

늦게 핀 꽃은 더 아름답고

오래도록 지지 않는다.

아린은 고개를 갸웃했다. 늦게 핀 꽃이란 늦은 나이에 혼인을 한다는 뜻일 터였다. 하지만 쉰다섯은 혼인을 하기에는 너무 늦은 나이였다. 부락에는 소소와 혼인할 만한 남자도 없었다. 홀아비가 된 사람이 여럿 있기는 하지만, 젊은 날 추장의 청혼도 마다한 소소가 이제 와서 아무에게나 시집을 갈 리가 없다. 아마도 무당이 틀린 예언을 한 모양이라고 생각하면서 아린은 소소에게 물었다.

"이모는 지금도 그 예언을 믿나요?"

소소가 소녀처럼 소리내어 웃었다.

"글쎄, 믿는다기보다 그냥 그 노래가 좋아. 그건 오로지 나만을 위한, 내 노래잖아. 그래서 요즘도 가끔 혼자 읊어 보곤 하지. 이젠 할머니가 다 돼 가는데도 노래를 읊으면 소녀처럼 마음이 설레는구나."

"이모는 나이보다 훨씬 젊고 고우세요. 할머니가 되려면 아직 멀었다고요."

아린은 진심으로 말했다. 소소가 미소지으며 아린에게 물었다.

"너도 무당에게 갔을 것 같은데, 무당이 뭐라든?"

아린은 소소에게 무당의 예언을 말하려다 꾹 참았다. 소소는 어머니와는 다르지만, 혹시라도 소소가 '한 나라의 시조' 라는 대목을 어머니처럼 해석할까 봐 은근히 겁이 났다.

"다음에 들려 드릴게요. 정말 그런 사람이 나타난 다음에요."

"하긴, 예언은 혼자 마음 속에 품고 꿈꿀 때가 좋은 법이지."

얼마 뒤 두 사람은 추장 딸이 살던 집에 이르렀다. 집 앞에 날렵한 몸매의 청년이 서 있었다. 변발을 하는 여진 사람들과 달리 머리를 묶어 내려뜨린 청년은 하늘을 쳐다보고 있었다. 소소와 아린이 다가가자 청년이 고개를 돌려 두 사람을 바라보았다. 아린도 청년을 바라보았다. 청년의 눈빛이 깊고 아름다웠다. 청년이 방금 쳐다보았던 초원의 하늘이 그 두 눈에 담겨 있는 듯했다.

"아거, 내 조카나 다름없는 아이예요. 날 도와 주겠다고 해서 함께 왔어요."

소소가 청년에게 말하고는 아린을 돌아보았다.

"아린, 인사 드려라. 신라의 왕자님이시다."

아린이 고개 숙여 청년에게 인사했다.

"아린이라고 해요."

청년이 고개 숙여 답례했다.

"김준이라 하오."

짧은 순간 아린의 눈과 청년의 눈이 마주쳤다. 갑자기 가슴이 쿵쿵 뛰어 아린은 저도 모르게 눈길을 떨구었다.

"들어가자, 아린."

아린은 괜히 허둥대며 소소를 따라 안으로 들어갔다. 넓은 방에 두 명의 남자가 있었다. 나이 든 사람은 청년의 아버지라 했고, 젊은 사람은 청년의 친구라 했다. 아린은 두 사람에게도 깍듯하게 인사했으나 소소와 함께 화덕 앞에 섰을 때 생각나는 것은 집 앞에서 만난 청년의 깊고 아름다운 눈빛뿐이었다. 아린은 무언가를 골똘히 생각하다, 솥에 물을 붓고 있는 소소를 돌아보았다.

"저, 이모. 가끔 이모를 도우러 와도 괜찮죠?"

"웬일이니? 사내처럼 말타기만 좋아하고 살림에는 관심도 없는 애가……."

소소가 아린을 빤히 바라보았다. 아린이 까닭 없이 얼굴을 붉히자 소소가 보일락말락 웃었다.

"그러려무나. 네가 도와 주면 나야 좋지."

4

깊은 밤 새부는 잠에서 깨어났다. 꿈 때문이었다. 꿈에 새부는 너르실과 초희를 보았다. 산사나무가 있는 너르실 집 마당에서 초희가 울고 있었다. 눈물 젖은 초희의 얼굴을 보는 순간 찢어지는 것처럼 마음이 아팠고, 그 아픔이 너무 지독하여 새부는 저도 모르게 눈을 번쩍 떴다. 꿈에서 깨어났는데도 마음이 여전히 얼얼하게 아팠다. 새부는 눈을 깜박이며 캄캄한 천장을 응시하다 도로 눈을 감았다. 잠이 오지 않았다. 몇 번 몸을 뒤척이다 새부는 자리에서 일어났다.

새부는 어둠 속을 더듬어 겉옷을 찾아 입고는 넓은 방으로 나왔다. 넓은 방 벽걸이에 걸린 작은 등잔이 가냘프게 주위를 밝혀 주고 있었다. 옆방도 맞은편 방도 조용했다. 아버지도 다복이도 깊이 잠든 듯했다.

새부는 집 밖으로 나왔다. 밤하늘에 휘황한 둥근 달이 떠 있어 바깥이 집 안보다 환했다. 사방이 툭 트인 마당에 서서 새부는 초원처럼 끝없이 펼쳐진 어둠을 바라보았다. 문득 이 드넓은 세상에 홀로 남겨진 듯한 막막함이 마음을 적셨다. 지난 일 년 동안 무던히도 애쓰고 노력하며 살아 왔는데, 갑자기 그 모든 것들이 부질없게 느껴졌다. 새부는 세차게 고개를 저으며 심호흡을 했다.

'아니, 결코 부질없지 않다. 삶의 모든 것을 거뜬하게 받아들인다면, 고통까지도 사랑할 수 있다면 꿈을 이루지 못해도, 이 낯선 초원에서 이름 없는 바람으로 스러진다 해도, 그건 절

대 부질없는 삶이 아니다.'

홀연 다급한 발소리가 났다. 새부는 돌아보았다. 저만치 어둠 속에서 누군가 허둥대며 달려오고 있었다. 이 밤에 누군가이 곳을 찾아오는 이유는 딱 하나뿐이다. 급한 환자가 생긴 것이다. 두 번째 부락에 있을 때는 이런 깊은 밤에 부락 사람이황급히 아버지를 찾아온 적이 여러 번 있었다. 이 곳에 온 지는아직 열흘밖에 되지 않아 밤에 이처럼 사람이 찾아온 것은 처음이었다.

얼굴을 알아볼 수 있을 만큼 사람이 가까이 다가왔다. 뜻밖에도 아린이었다. 추장의 배려로 어머니 같은 소소가 아침부터저녁까지 집안일을 봐 주는데, 아린은 소소를 도와 주러 하루에 한 번씩은 꼭 이 곳으로 왔다. 아린은 밝고 붙임성이 있어서아버지와 새부와 다복이에게 스스럼없이 말을 건네곤 했다. 덕분에 아버지도 새부도 다복이도 소소와 아린이 집안일을 도와주는 것을 편안하게 받아들이게 되었다.

집 앞에 새부가 서 있는 것을 보더니 아린이 놀란 듯 멈추어섰다.

"아거!"

"웬일이오, 이 밤에? 누가 아프기라도 한 거요?"

"제 동생 다이샨이 몹시 아파요. 부락 의원의 집은 좀 멀어서 급한 마음에 이리로 왔어요. 혹시 대인 어른께서 깨어 계시면 처방이라도 여쭈어 볼까 해서……."

아린이 조심스레 말했다. 새부는 이 시간에 아버지를 깨우고 싶지 않았다.

"오늘은 피곤하신지 일찍 잠자리에 드셨소. 곤히 주무시는데 깨우기가 좀 그렇소."

"주무신다면 그냥 갈 생각이었어요. 부락 의원에게 가면 되거든요."

아린이 미안한 듯이 말했다. 새부가 얼른 물었다.

"동생이 어디가 얼마나 아픈 거요?"

아린은 동생이 잠자리에 들기 전에 배가 좀 아프다고 했는데, 지금은 복통이 몹시 심하다고 했다. 새부는 다이샨이 저녁에 무얼 먹었는지, 낮에 별다른 일은 없었는지 자세히 물어 보았다. 아린의 대답을 다 듣고 나서 새부가 말했다.

"아버지한테 배워서 응급 조치 정도는 나도 할 줄 아오. 내가 집으로 가서 동생을 봐 주리다. 예서 잠깐만 기다리시오."

아린이 환한 얼굴로 고개를 끄덕였다. 새부는 안으로 들어가 침통과 환약을 챙겨 나와 아린의 집으로 갔다. 아린의 어머니가 새부를 맞으며 다이샨의 방으로 안내했다. 새부는 다이샨의 맥을 짚어 보고 배도 가만히 눌러 본 다음, 조심스레 혈을 찾아 침을 놓고 환약을 먹였다. 이윽고 복통이 가라앉았는지 다이샨이 잔뜩 찡그렸던 얼굴을 폈다.

"다이샨, 이제 괜찮니?"

아린이 동생의 얼굴을 들여다보며 다정하게 물었다. 새부는 문득 초희를 생각했다. 초희도 저렇게 따뜻하게 어린 동생 길봉이와 말희를 보살피곤 했다. 새부의 마음 한 구석이 아련해졌다.

"응, 누나."

"아거께 감사드려야지. 아거께서 널 낫게 해 주신 거란다."

"고맙습니다, 아거."

다이샨이 천진하게 웃으며 꾸벅 절을 했다. 새부도 웃으며 대답했다.

"난 다만 응급 조치를 했을 뿐이다. 내일 아침에 누나와 함께 우리 집으로 오너라. 내 아버지께서 네 병을 말끔히 낫게 해 주실 거다."

다이샨이 고개를 끄덕였다. 아린이 동생을 자리에 눕혔다. 아린의 어머니가 새부를 보며 깍듯하게 인사했다.

"늦은 밤에 이렇게 와 주시다니, 정말 고맙습니다."

아린의 어머니가 차를 대접하겠다고 했지만 새부는 사양하고 아린의 집을 나왔다. 아린이 따라나섰다.

"제가 바래다 드릴게요."

"그럴 거 없소. 밤도 깊었는데……."

"전 달밤에 산책하는 걸 좋아해요. 오늘밤은 달빛이 아주 아름다워서 마냥 걷고 싶어지네요."

새부는 더 이상 만류하지 않고 천천히 걸었다. 아린도 말없이 새부를 따라왔다. 갑자기 아린이 물었다.

"아거, 아까 왜 집 앞에 나와 계셨어요? 사실 급한 마음에 달려가긴 했지만 모두 잠이 드셨으면 그냥 돌아오려 했거든요."

"자다가 꿈 때문에 깼는데 잠이 오지 않아 바람을 쐬러 나왔소."

꿈 속에서 보았던 초희의 눈물 젖은 얼굴이 떠올랐다. 새부는 밤하늘을 쳐다보았다. 동그랗게 부풀어오른 달이 홀릴 듯한 달빛을 흩뿌리고 있었다. 달빛이 새부의 마음을 부드럽게 어루만져 주었다.

"즐거운 꿈은 아니었나 봐요."

"어찌 그리 생각하오?"

"즐거운 꿈이라면 계속 꾸고 싶어서 억지로라도 잠을 청하셨을 테니까요."

새부가 대답 없이 걷기만 하자 아린이 다시 말했다.

"아거, 아거께 청이 하나 있는데 들어주실래요?"

아린의 말이 느닷없어서 새부는 아린을 돌아보았다. 새부를 마주보는 아린의 눈빛이 달빛처럼 그윽했다. 새부는 또다시 초희를 생각했다. 그러고 보니 갸름하고 선이 고운 아린의 얼굴이 초희를 닮은 듯도 했다.

"청이란 게 뭐요?"

"꼭 들어준다고 약속하셔야 말할 수 있어요."

아린이 떼를 쓰듯 말했다. 새부는 피식 웃었다.

"헛 약속은 하고 싶지 않소. 어떤 청인지 알아야 들어줄지 말지, 마음을 정할 수 있지 않겠소?"

"좋아요. 그럼 제가 노래를 불러 드릴 테니, 노래가 마음에 드시면 제 청을 들어주세요. 전 노래를 아주 잘하거든요. 그리고 전, 절대 아무한테나 노래를 불러 주지는 않는답니다."

새부가 다시 웃었다.

"좋소. 노래가 마음에 들면 그대의 청을 들어주리다."

"이 노래는 우리 부락 처녀들이 즐겨 부르는 노래예요. 제가 가장 좋아하는 노래이기도 하고요."

아린이 사뿐히 걸으면서 노래를 시작했다. 새부도 발걸음을 맞추어 걸으면서 아린의 노래를 들었다.

초원이 아름다운 것은

초원을 말달리는 그대가 있기 때문
아스 강이 쉼 없이 흐르는 것은
그대 향한 그침 없는 내 마음 때문
그대 눈부신 초원의 사나이여
잊지 말아요, 기억해 줘요
아스 강이 사랑하는 것은 언제나
초원, 그리고 그대뿐임을

아린의 청아한 노랫소리가 소리없이 흐르면서 초원을 적시는 아스 강처럼 새부의 마음을 적셨다. 노래가 끝난 뒤에도 아득한 초원과 유장한 아스 강, 초원의 사나이와 그를 사랑하는 여인의 모습이 새부의 마음에 긴 여운을 남겼다.

잠시 말없이 걷다가 아린이 물었다.

"제 노래, 어때요?"

"청이 뭐요? 약속한 대로 들어주겠소."

아린이 까르르 소리내어 웃었다.

"그럴 줄 알았어요. 아거를 '초원의 별' 이라고 부르고 싶어요. 물론 다른 사람이 있을 때는 아거라고 부르겠지만……."

"청이 그거요? 그러고 싶다면 그리 하오. 그런데 왜 나를 그런 이름으로 부르고 싶어하는지 이유를 물어 봐도 되겠소?"

"아거는 모르셨겠지만 '초원의 별' 이 아거의 진짜 이름이에요. 전 아거를 처음 보는 순간 그걸 알았어요."

아린의 말이 재미있기도 하고 당돌하기도 하여 새부는 혼자웃었다. 얼마를 더 걷자 집이 보였다. 새부는 발걸음을 멈추며아린을 돌아보았다.

"덕분에 집까지 즐겁게 왔소."

"제가 더 즐거웠어요. 달밤의 산책은 언제나 절 행복하게 만들거든요. 오늘 정말 감사했어요. 제 동생을 낫게 해 주시고,또 제 부탁까지 들어주셔서……."

"내일 아침에 동생을 데리고 오시오. 아버지께서 잘 봐 주실 거요."

"그럴게요. 이제 더 이상 나쁜 꿈 꾸지 말고 편히 주무세요,초원의 별."

나쁜 꿈은 아니었다. 슬픈 꿈이었을 뿐. 그러고 보니 아까집 밖으로 나왔을 때 느꼈던 아득하고 막막한 슬픔이 어느 사이엔가 사라지고 없었다. 다이샨을 돌봐 주고 아린과 같이 집으로 돌아오는 동안에 마음 속의 슬픔이 저절로 치유된 느낌이들었다. 새부는 가만히 아린을 바라보았다. 아린이 부락 의원에게 가지 않고 이 곳으로 달려와 준 것이 고마웠다.

"그대도 잘 자요, 아린."

아린이 웃으며 고개를 끄덕이더니 몸을 돌려 어둠 저편으로 달려갔다. 새부는 아린이 사라진 쪽을 한동안 바라보다가 밤하늘을 쳐다보았다. 쏟아질 듯 많은 별들이, 아름다운 초원의 별들이 밤하늘을 찬란하게 수놓고 있었다.

"초원의 별……."

새부는 소리내어 중얼거려 보았다. 홀연 가슴 속으로 눈부신 별 하나가 떠오르는 것 같았다. 가슴 속의 이 별이 초원의 별이 되려면 내 가슴이 초원이 되어야 할 것이다. 그런 생각을 하면서 새부는 오래도록 밤하늘을 쳐다보았다.

5

새부는 혼자 말을 달려 초원으로 나왔다. 아버지는 추장이 청해서 추장의 집으로 가셨고, 농사일을 잘 아는 다복이는 부락의 농사일을 도와 주러 갔다.

추장은 자주 아버지를 집으로 청해서 침도 맞고, 이런저런 이야기를 나누고, 부락의 여러 가지 문제를 의논하기도 한다. 그럴 때 아버지는 새부와 함께 가곤 했는데 오늘은 새부가 사양했다. 쿠르첸과 마주치고 싶지 않았던 것이다.

처음부터 쿠르첸은 새부에게 호의적이지 않았지만, 요즘은 아예 원수 대하듯 한다. 아린 때문이다. 새부는 쿠르첸이 아린을 좋아한다는 사실을 얼마 전에 알았는데, 그 때 이미 새부의 마음 속에 아린이 있었다. 만약 아린과 쿠르첸이 서로 사랑하는 사이였다면 새부는 제 마음을 접었을지도 모른다. 하지만 아린은 쿠르첸을 싫어했고, 새부도 굳이 제 마음을 감추고 싶지 않았다. 초희에 대한 그리움은 여전한데 다시 사랑을 할 수 있다는 것이 놀라웠다. 이제 어떤 이유에서건 두 번 다시 사랑을 포기하고 싶지 않았다. 그런 일은 한 번으로 족했다.

다만 자신으로 인해 쿠르첸이 분노하고 괴로워한다는 사실 때문에 마음이 편치 않았다. 호의를 베풀어 준 추장을 생각해서라도 새부는 쿠르첸과 잘 지내고 싶었다. 언젠가는 잘 지낼 수 있을 것이라 기대를 하고 있지만 그럴 가망은 별로 없어 보였다. 새부는 가망 없다는 그 사실이 쿠르첸의 미움과 질시보다 더 견디기 힘들었다.

새부는 바람이를 타고 바람처럼 초원을 달렸다. 초원은 넓고 아득했다. 끝이 보이지 않는 지평선을 향해 달리고 또 달리자 답답한 가슴이 조금 시원해지는 듯했다. 그러다 새부는 문득 말고삐를 잡아당겼다. 방금 지나쳐 온 길 저편에 말 한 마리가 있고, 그 아래 사람이 주저앉아 있었다. 말을 달리면서 언뜻 보긴 했지만 그 사람이 손을 흔드는 것 같았다. 도와 달라는 뜻인 듯했다. 새부는 말머리를 돌려 그 사람에게 달려갔다.

"무슨 일이오? 어디 다치기라도 한 거요?"

새부는 말에서 내려 그 사람에게 다가가면서 물었다. 순간 새부는 눈을 크게 떴다. 가까이 가서 보니 뜻밖에도 남장을 한 처녀였다. 투명한 피부와 큰 두 눈이 눈부실 만큼 아름다웠다. 처녀가 얼굴을 찡그리며 말했다.

"말에서 뛰어내리다 발목을 삔 것 같아요. 일어설 수가 없어요."

발목을 삐었을 때 할 수 있는 응급 조치를 새부는 아버지한테 배워서 잘 알고 있었다. 두 번째 부락에 있을 때 두어 번, 실제로 응급 조치를 해 본 적도 있다.

"어느 쪽 발이오? 내가 좀 봐 주리다."

새부는 한쪽 무릎을 구부려 처녀 앞에 앉으면서 말했다. 처녀가 조심스레 오른쪽 발을 내밀었다.

"신발을 벗어야겠소."

처녀가 신발을 벗었다. 새부는 발목의 혈을 찾아 지그시 눌렀다. 처녀가 자지러지게 비명을 질렀다. 새부는 다시 혈을 힘껏 누르면서 다른 한 손으로 처녀의 발을 잡고 돌렸다. 처녀가 심하게 얼굴을 찡그리더니 한숨을 내쉬었다.

"일어서서 한번 걸어 보시오. 이젠 괜찮을 것 같은데……."

새부가 일어서면서 말했다. 처녀는 신발을 신은 다음, 새부가 내민 손을 잡고 일어섰다. 처녀가 조심스레 오른발을 내딛더니 조금 절면서 두어 걸음 더 걸었다. 처녀의 얼굴에 활짝 웃음이 피어났다.

"약간 시큰거리기는 하지만 이 정도면 충분히 걸을 수 있어요."

"응급 조치를 했을 뿐이니, 부락에 가서 의원에게 다시 치료를 받아야 하오."

"정말 고마워요. 어디 사는 누구신지?"

처녀가 새부를 빤히 바라보며 물었다.

"신라 사람 김준이라 하오. 나단부에 묵고 있소."

"아, 나단부의 아거시군요. 소문은 들었어요. 전 월리부의 쑤에마예요. 우리 아버지가 추장님이세요. 저와 함께 우리 부락으로 가지 않으실래요? 도와 주신 보답도 하고 싶고, 제 오라버니도 소개시켜 드리고 싶어요. 아거의 소문을 듣고 오라버니가 만나 보고 싶어하시거든요."

월리부는 추장의 아들인 추영이 실질적으로 부락을 다스리고 있다. 그래서 월리부 사람들은 추영을 작은 추장이라 부른다고 한다. 쑤에마의 오라버니가 바로 그 추영일 것이다. 애초에 월리부로 가려다가 젊은 추장이 다스린다는 말에 나단부로 방향을 바꾸었다. 그래서인지 새부는 월리부와 추영에 대해 호기심이 일었다.

"그럽시다."

새부가 승락하자 쑤에마의 큰 눈이 반짝 빛났다. 쑤에마가 새부의 부축을 받으며 말에 올라탔다. 새부도 말을 탔다. 말머리를 나란히 하여 월리부로 가면서 쑤에마는 쉴새없이 이것저것 물었다. 덕분에 대화가 끊임없이 이어졌다. 나단부와 반대 방향으로 한참을 가자 월리부가 나왔다. 월리부는 나단부보다 부락이 더 큰 듯했고, 더 활기차 보였다. 젊은 추장이 다스리고 있어서 그런지도 몰랐다.

쑤에마가 추장이 사는 큰 집으로 새부를 안내했다. 쑤에마의 오라버니 추영이 새부를 맞이했다. 추영은 누이를 도와 준 것에 대해 새부에게 인사한 다음, 쑤에마에게 말했다.

"쑤에마, 나하도 오라고 하렴. 같이 차를 마시자꾸나. 부락 의원한테 발목도 봐 달라고 하고."

쑤에마가 고개를 끄덕이고는 방을 나갔다. 추영은 부리부리한 눈에 꽉 다문 입매가 고집스러워 보이는 청년이었다. 나이는 새부보다 다섯 살 많은 스물일곱이고, 장가를 들어 네살박이 아들이 있다고 했다. 나단부 추장은 추영이 깐깐하다고 했는데 직접 만나 보니 화통하고 시원시원했다.

얼마 뒤, 쑤에마가 다시 들어왔다. 쑤에마는 어느새 여자 옷으로 갈아입었는데 남장을 했을 때보다 더 아름다웠다. 또한 청년 한 사람도 쑤에마와 함께 들어왔다. 눈빛이 선하면서도 강직해 보이는 청년이었다. 모두 탁자에 둘러앉자 시종이 찻상을 들고 들어왔다. 시종이 도로 나가자 추엉이 새부에게 청년을 소개했다.

"아거, 이 사람은 내 가장 친한 친구 나하, 두나하요. 아버지가 발해 사람이어서 두씨 성을 쓰고 있긴 하지만 월리부의 나하로 더 잘 통한다오."

두(竇)씨는 발해 사람에게 흔한 성이다. 새부는 나하와 서로 고개 숙여 인사하고는 통성명을 했다.

"신라 사람 김준이오."

"월리부의 나하, 두나하요."

"나하는 지난해에 딸을 낳아 아버지가 되었소. 그 애가 자라면 내 아들과 혼인을 시킬 거요. 아들을 낳으면 우리처럼 세상에 둘도 없는 친구가 되려니 했는데 딸을 낳았지 뭐겠소. 하하."

추엉이 자랑스럽다는 눈빛으로 나하를 보며 호탕하게 웃었다. 그 눈빛을 보고 새부는 추엉에게 나하가 얼마나 소중한 벗인지 짐작할 수 있었다. 나하까지 넷이서 차를 마시면서 얘기를 나누었다. 추옝도 나하도 쑤에마도 말이 잘 통했다. 어느 순간 새부는 그들이 오래 사귄 친구 같은 생각이 들었다.

"그런데 아거는 왜 우리 월리부로 오지 않았소? 월리부로 왔으면 좋았을걸. 나단부 추장은 속없이 좋은 사람이지만, 그 아들 쿠르첸은 용렬해서 지내기가 편치 않을 텐데."

애초의 목적지가 월리부였지만 이미 선택한 일에 대해 새부는 후회도 미련도 없었다. 무엇보다 나단부에는 아린이 있다.

"쿠르첸은 철이 좀 없을 뿐이오. 나단부 사람들이 모두 잘 대해 줘서 잘 지내고 있소. 추장님도, 나단부 사람들도, 내겐 모두 고마운 사람들이오."

새부가 솔직하게 자신의 생각을 말하자 추옝의 입가에 알 듯 말 듯한 미소가 떠올랐다. 시간이 꽤 지난 듯하여 새부는 그만 돌아가야겠다고 말했다.

"준."

추옝이 별안간 새부의 이름을 불렀다. 새부는 추옝을 보았다.

"우리 친구하자. 난 네가 마음에 든다. 내가 너보다 나이가 많긴 하지만 초원의 사나이는 나이도 핏줄도 신분도 나라도 따지지 않는다. 오직 그가 진정한 초원의 사나이인지 아닌지 그것만 따지지. 어떠냐? 이제부터 나를 추옝이라 부르고, 이 친구를 나하라고 부르지 않겠나?"

새부는 싱긋 웃으며 대답했다.

"그러자꾸나, 추옝."

6

문서 정리를 하다 말고 새부는 자리에서 일어났다. 머리가 무거운 듯하여 바깥으로 나왔다. 바깥은 청명한 오후, 바람이 선선했다. 새부는 하늘을 쳐다보았다. 하늘이 높고 푸르렀다. 처음 이 곳에 왔을 때는 봄이었는데 어느새 가을, 초원에 방목한 말들이 통통하게 살이 오르는 계절이 왔다.

지금 너르실의 하늘은 이보다 더 눈이 시린 쪽빛일 것이다. 초희는 아마 부손이와 혼인했을 터였다. 초희가 부디 부손이와 잘 살았으면 싶었다. 이제 새부는 담담한 마음으로 초희를 그리워하게 되었다. 아린 덕분이다.

요즘 아린은 신시(申時)가 시작될 즈음에 이 곳으로 온다. 아린이 글을 배우고 싶다고 해서 새부는 아린에게 한자를 가르치고 있다. 아린이 신라말에도 관심이 많아 신라말도 가르친다. 가끔은 아린과 간단한 신라말을 주고받기도 한다. 아버지와 다복이하고만 통하는 신라말을 아린과도 함께 나눌 수 있다는 것이 새부는 기뻤다.

기억력이 좋고 총명한 아린은 질문을 많이 하고 열심히 공부하는 것까지 초희를 닮았다. 어떤 때는 가끔 초희를 보고 있는 듯한 착각이 들 때도 있다. 아린과 공부를 끝낼 쯤이면 소소가 오고, 그 때부터 아린과 소소는 저녁 식사 준비를 한다. 두 사람이 집안일을 해 주어서 그런지 집 안에는 늘 훈기가 감돈다. 그 훈기 덕에 아버지도 새부도 다복이도 이 곳에 빨리 적응한 것인지도 모른다.

이 곳에서 몇 달을 지내면서 새부는 추장과 십장들뿐 아니라 부락 사람들과도 무척 가까워졌다. 다만 쿠르첸과는 여전히 껄끄럽고 편치 않았다. 한 가지 다행인 것은 요즘은 쿠르첸이 아린을 귀찮게 하지 않는다는 것이다. 아린의 마음이 확고하다는 것을 알고 단념한 듯했다. 대신 새부를 대하는 태도가 더 무례하고 난폭해졌다. 하지만 새부는 쿠르첸을 포기하고 싶지 않았다. 쿠르첸이 거칠게 굴어도 너그럽게 받아들이면서 이해하려 애썼다. 그러다 보면 언젠가는 쿠르첸도 새부의 진심을 알게 될 터였다.

그 동안 새부에게는 다복이가 가장 친한 벗이었는데, 요즘은 새로운 벗이 둘이나 더 생겼다. 월리부의 추옝과 나하다. 지난 봄 첫 대면을 한 이후로 추옝은 자주 나단부로 사람을 보내 새부를 불렀다. 처음에 새부는 다복이도 함께 데려갔는데, 다복이는 왠지 추영과 나하와는 마음을 트지 못했다. 그래서 새부는 혼자 월리부로 갔고, 추영과 나하뿐 아니라 쑤에마도 함께 어울렸다. 아름답고 발랄한 쑤에마는 귀여운 누이동생 같아서 새부는 쑤에마가 같이 어울리는 것이 즐거웠다.

다복이는 다복이대로 새 친구가 여럿 생긴 듯했다. 부락의 농사일을 돕고, 같이 사냥도 다니면서 자연스럽게 부락 사람들과 친해진 것이다. 확실치는 않지만 다복이가 좋아하는 처녀도 있는 것 같았다.

요즘 다복이는 말을 길들이는 일에 몰두하여 눈만 뜨면 초원 방목장으로 나간다. 한 달 전에 아버지는 어린 말 세 마리를 샀는데, 다복이는 방목장에서 그 말들을 길들이고 있다. 새부의 말 바람이는 물론이고, 아버지와 다복이의 말도 나이가 들어 젊은 말들만큼 빨리 달리지는 못한다. 부락 남자들처럼 다복이도 날랜 말을 타고 초원을 질주하고 싶어서 지금 부지런히 말들을 조련 중이다.

아버지는 오전에는 환자들을 돌봐 주고, 오후에는 주로 추장의 집에서 소일한다. 이제 아버지는 추장의 가장 친한 벗이다. 추장은 건강뿐 아니라 부락의 사소한 일까지 모두 아버지에게 의논하고 의지한다.

새부는 새삼 나단부로 오기를 잘했다는 생각이 들었다. 월리부로 갔다면 어쩐지 아버지도 다복이도 이 곳처럼 빨리 적응하지는 못했을 것 같았다.

새부는 하늘을 쳐다보며 심호흡을 한 다음 도로 안으로 들어왔다. 얼마 뒤에 아린이 올 텐데, 그 전에 문서 정리를 좀더 해야 할 것 같았다. 집 안이 어두워 넓은 방에는 벌써 등잔불을 밝혀 놓았다.

새부는 다시 책상 앞에 앉았다. 그리고 책상 위에 쌓여 있는 문서들 가운데 한 장을 집어들었다. 그 동안 자신이 해결해 준 부락의 여러 문제들을 기록해 놓은 문서였다. 그 기록들을 며칠 전부터 사례별로 다시 정리하고 있는 것이다.

원래 부락 내 분쟁은 다른 부락과의 분쟁처럼 추장이 해결해야 하는 일이다. 그런데 어쩌다 보니 새부가 그 일을 떠맡게 되었다. 처음 이 곳에 왔을 때 새부는 아버지를 따라 자주 추장의 집으로 갔다. 그러다 몇 번, 아버지와 새부가 추장과 함께 있는 자리에 십장들이 부락일을 의논하러 오거나 부락 사람들이 분쟁을 해결하러 온 적이 있었다. 그럴 때 추장은 아버지에게 도움을 구했고, 아버지는 다시 새부에게 의견을 물었다. 새부는 그 동안 읽은 책과 자신이 겪은 일들을 참작하여 대답하곤 했는데, 추장이 새부의 의견을 받아들이는 경우가 많았다.

그러자 집으로 치료받으러 오는 사람들도 어려운 문제가 있으면 아버지에게 물었고, 아버지는 새부가 집에 있을 때는 꼭 새부에게 답을 미루었다. 대부분 사람들은 새부가 말해 주는 해결책에 만족했고, 십장들도 추장에게 부락일을 의논하러 왔다가는 꼭 새부에게 들러 다시 물어 보곤 했다. 사람들은 어려운 문제를 해결해 주는 새부에게 감사하면서 언제부턴가 새부를 대아거라고 부르기 시작했다. 대아거는 왕자에 대한 존칭이다.

애초에 새부는 부락 사람들을 돕고 싶은 마음에서 그 일을 시작했다. 하지만 요즘 부락 사람들이 추장보다 자신을 더 의지하는 것 같아 부담스러웠다. 쿠르첸도 있는데 자신이 드러나게 추장을 대신한다는 것은 바람직한 일이 아닌 듯했다. 진정으로 부락을 위한다면 추장의 일은 추장에게 돌려주어야 할 것 같았다.

추장의 자리는 책임이 따르는 막중한 자리다. 백성을 잘 보살피는 훌륭한 임금을 만나야 나라가 강해지고 백성이 편안해지듯 고을이나 부락도 좋은 수령, 좋은 추장을 만나야 발전할 수 있다. 추영을 지켜보면서 새부는 새삼 그 사실을 뼈저리게 느꼈다. 월리부가 활기차고 풍요로운 것도 추영이 부락일을 적극적으로 챙기고, 부락민들의 삶이 나아지도록 끊임없이 궁리

하기 때문이다. 부락민들 또한 그런 추영을 믿고 따르는지라 월리부는 다른 어떤 부락보다 단결이 잘 된다. 이 일대에서 월리부가 가장 크고 잘 사는 부락이 된 것도 다 그런 연유에서이다.

나단부도 추장만 잘한다면 월리부처럼 될 수 있다. 나단부 부락민들은 월리부 못지않게 부지런하고 진취적이다. 하지만 추장은 사랑하는 두 아들을 잃은 뒤로 매사가 시들했다. 쿠르첸 역시 부락일에는 별로 관심이 없다. 사냥을 하고 또래들과 어울려 놀기만 좋아할 뿐이다. 추장이 쿠르첸을 마냥 내버려 두고 부락일을 제대로 가르치지 않는 것이 안타까웠다.

새부가 그 동안 기록해 두었던 분쟁과 해결책을 사례별로 정리하기 시작한 것도 그 때문이다. 추장이 한자를 웬만큼 알고 있으니, 정리가 끝나는 대로 문서를 추장에게 줄 생각이다. 그러면 추장은 굳이 다른 사람의 의견을 구할 필요 없이 이 문서를 참고하여 문제를 해결해 나갈 수 있을 것이다. 더 나아가 분쟁을 해결할 수 있는 몇 가지 원칙을 만들어 놓으면 판결이 훨씬 수월할 터였다. 그렇게 추장이 몸소 부락일을 챙기다 보면 부락에 대한 책임감과 관심도 커질 것이고, 쿠르첸을 다잡아 부락일을 가르치고 싶은 의욕이 생길지도 모른다.

새부는 지금 정리하고 있는 문서가 추장이나 쿠르첸에게 도움이 되기를 진심으로 바라면서 차근차근 글을 써 내려갔다.

얼마나 지났을까. 새부는 문득 인기척을 느끼고 고개를 들었다. 벌써 아린이 왔나 했는데 뜻밖에도 눈앞에 쿠르첸이 우뚝 서 있었다. 어쩌다 마주치면 시비를 걸고 무례하게 굴긴 했어도 쿠르첸이 이렇게 찾아온 적은 한 번도 없었다. 그러고 보니 쿠르첸의 낯빛도, 버티고 선 분위기도 심상치 않았다. 하지만 대체 무슨 일 때문에 쿠르첸이 집에까지 온 것인지 새부는 짐작조차 할 수 없었다. 새부는 붓을 내려놓으면서 자리에서 일어났다.

"대아거."

쿠르첸이 짓눌린 듯한 목소리로 말했다. 새부는 귀를 의심했다. 아거라는 존칭도 쓴 적이 없는 쿠르첸이 대아거라고 부르다니. 새부는 영문을 알 수 없어 쿠르첸을 바라보기만 했다. 쿠르첸이 괴로운 듯 얼굴을 일그러뜨리며 말했다.

"대아거, 한 번만 날 도와 다오. 그럼 그 은혜는 평생 잊지 않겠다. 내가 너보다 두 살 많긴 하지만 죽은 형들 대신 널 형으로 받들겠다."

"대체 무슨 일인데 그러느냐?"

"추옝이 날 죽이려 한다. 네가 추옝을 좀 말려 다오."

"추옝이 널? 왜?"

"나하가 나 때문에 죽었다. 하지만 그건 사고였다."

새부에게 추영과 나하는 이제 다복이 다음 가는 친구다. 그저께도 월리부로 가서 추영과 나하, 쑤에마와 함께 즐거운 시간을 보냈는데 나하가 죽다니. 순간 새부는 머릿속이 하얘지는 듯했다.

"어쩌다 그랬느냐? 어쩌다가?"

새부가 창백해진 얼굴로 물었다. 쿠르첸이 더듬거리며 사고 경위를 설명했다.

아까 쿠르첸은 동무와 초원에 나갔다가 나하를 만났는데 사소한 일로 시비가 붙었다. 나하는 쿠르첸과는 상대도 하기 싫다는 듯 쿠르첸을 꾸짖고는 일행과 함께 가 버렸다. 동무 앞에서 모욕을 당한 것이 분했던 쿠르첸은 돌멩이를 들어 나하에게 던졌다. 피하지 말고 한판 붙자는 뜻에서 가볍게 던졌는데 공교롭게도 돌멩이는 말을 맞혔다. 말이 놀라 펄쩍 뛰어오르더니 마구 달렸고, 어느 순간 나하가 말에서 떨어졌다. 말을 타다 떨어지는 건 가끔 있는 일인지라 쿠르첸은 별일 없으려니 생각하고 동무와 부락으로 돌아왔다.

"그런데 나하가 죽었다. 말에서 떨어지면서 목이 부러져 그 자리에서 죽었다는구나. 그래서 지금 추영이 우리 부락으로 들이닥쳐 난리를 치고 있다. 아버지와 대인께 뒷일을 맡기고 난 그 자리를 피했다만, 아무래도 추영을 달랠 사람은 너뿐인 것 같다. 제발 나 대신 추영과 협상을 해 다오.”

선량하고 사려 깊었던 나하의 얼굴이 눈앞에 어른거렸다. 그런 나하를 자랑스러운 눈빛으로 바라보던 추영의 모습도 떠올랐다. 추영의 불같은 분노와 비통함을 새부는 충분히 이해할 수 있었다. 새부의 마음 속에서도 노여움과 슬픔이 소용돌이쳤다. 새부는 격한 목소리로 단호하게 말했다.

“난 못 한다. 나하는 추영의 친구이기도 하지만 내게도 소중한 친구였다. 그런 나하가 너 때문에 어이없이 죽었는데 내가 어떻게 널 도울 수 있겠느냐. 난 할 수 없다. 그리고 네가 정말 사나이라면 추영 앞에 나가 사죄하고 용서를 구해라. 네가 진심으로 사죄하면 추영도 받아들일 거다. 그런 다음 협상을 청하는 것이 순리다.”

쿠르첸이 갑자기 무릎을 꿇었다.

“대아거, 너도 추영의 성질을 알지 않느냐. 추영은 지금 제정신이 아니다. 날 보자마자 죽이고 말 거다. 내가 추영한테 변을 당하면 우리 아버지도 살지 못하실 거다. 우리 아버지를 생각해서라도 제발 날 도와 다오.”

새부는 멍하니 쿠르첸을 내려다보았다. 나하를 생각하면 쿠르첸을 돕고 싶은 마음이 털끝만큼도 없었다. 쿠르첸의 일은 쿠르첸 스스로 해결해야 마땅했다. 하지만 지금 쿠르첸은 어려움을 피할 생각뿐이고, 추장은 그런 아들 때문에 곤욕을 치르고 있다. 자신들을 부락민으로 받아 주고 호의를 베풀어 준 추장이었다. 새부는 자신이 나선다고 해결될 일은 아니지만 일단 추옝을 만나 봐야겠다고 생각했다.

"내가 추옝에게 가 볼 테니 넌 여기서 기다려라."

새부는 추장의 집으로 갔다. 추장의 집 앞에는 십장들과 부락 사람들이 모여 근심 어린 얼굴로 웅성거리고 있었다. 새부가 안으로 들어가려 하자 사람들은 조용히 길을 비켜 주었다. 새부는 추장이 손님을 맞이하는 넓은 방으로 갔다. 방문 앞에 추옝이 데리고 다니는 전사(戰士)가 버티고 서 있었다. 방으로 들어서자 추옝의 우렁찬 목소리가 방 안을 쩌렁쩌렁 울렸다.

"협상 따위는 없습니다. 어서 쿠르첸을 데려오세요."

"제발 진정하게. 작은 추장이 진정해야 그 애도 여기 올 수 있네."

추장이 애원하듯 말했다. 새부는 추옝에게 다가갔다.

"나하고 얘기 좀 하자, 추옝."

새부를 돌아보는 추옝의 두 눈이 노여움으로 이글거리고 있었다.

"준, 난 지금 너하고 얘기할 기분이 아니다. 나하가 죽었단 말이다, 나하가."

"나하의 일은 정말 가슴아프다. 나하는 내게도 소중한 친구였다. 네 분노, 네 비통함, 다 이해한다."

"정말 네가 내 심정을 안다면 함께 복수하자. 가서 쿠르첸을 데려와라. 그놈이 어디 숨어 있는지 넌 알 거 아니냐?"

"복수는 또 다른 원한을 낳을 뿐이다. 쿠르첸을 죽인다고 나하가 되살아나는 것은 아니잖느냐. 네가 쿠르첸을 죽이면 나단부 사람들 또한 원한을 품게 된다. 두 부락이 끊임없이 반목할 거고, 그 불화로 나단부도 월리부도 똑같이 피해를 입을 거다."

추옝이 두 눈을 매섭게 치켜뜨면서 새부를 노려보았다.

"너, 나하 친구 맞니? 네가 진정 나하의 친구라면 그렇게 냉정하게 말하진 못할 거다. 나하의 원혼을 달랠 길은 쿠르첸의 피뿐이다."

"그건 사고라고 들었다. 고의가 아니었다 하더구나."

추옝의 짙은 두 눈썹이 꿈틀거리더니 얼굴이 험악하게 일그러졌다.

"사고? 고의가 아니라고? 어떻게 감히 내 앞에서 쿠르첸을 두둔하지? 나하를 죽여 놓고도 사죄조차 하지 않는 그 뻔뻔한 놈을……. 쿠르첸을 두둔하지 않으면 나단부에 붙어살지 못할 만큼 네 처지가 그렇게 구차한 거니?"

추옝이 모질게 말을 내뱉었다. 순간 찌르는 듯한 통증이 새부의 가슴을 훑고 지나갔다. 새부는 질끈 눈을 감았다가 떴다.

"작은 추장, 말이 너무 지나치네."

아버지의 목소리가 노여움으로 떨리고 있었다.

"지나친 말을 듣고 싶지 않거든 대인도 나서지 마세요."

추옝이 거칠게 대꾸했다. 새부는 숨을 고르고 추옝을 보았다.

"추옝, 다른 부락에서도 이 곳에서도 난 내 힘으로 떳떳하게 살았다. 그건 내 아버지도 내 동무도 마찬가지다. 네 노여움은 이해한다만 모욕적인 말은 삼가 줬으면 좋겠다."

"말을 삼가야 할 사람은 준, 너다. 네가 한 번만 더 내 앞에서 쿠르첸을 두둔하면 그 땐 너도 쿠르첸과 똑같이 내 원수다."

새부가 무언가 말하려는데 아버지가 얼른 새부의 팔을 잡아당겼다. 말해 봤자 소용없으니 아무 말도 하지 말라는 뜻이었다. 새부는 조용히 아버지의 뜻에 따랐다.

추옝이 추장과 아버지를 둘러보며 소리쳤다.

"사흘간 말미를 드리지요. 사흘 뒤 해가 지기 전까지 쿠르첸을 우리 부락으로 보내지 않으면 나단부에 감당할 수 없는 일이 벌어질 겁니다."

추옝이 성큼성큼 걸어 방을 나갔다. 추장이 무너지듯 자리에 주저앉았다. 아버지도 새부도 말없이 우두커니 선 채 추장을 바라보고만 있었다. 긴 침묵이 흘렀다. 후다닥 쿠르첸이 방으로 뛰어 들어왔다. 쿠르첸이 숨찬 목소리로 물었다.

"추엥이 돌아갔는데, 일은 잘 해결된 겁니까, 아버지?"

추장은 아무 대답도 하지 않았다. 아버지가 입을 열었다.

"우린 이만 돌아가겠습니다."

추장 역시 아무 대답도 하지 않았다.

7

바깥에는 아직 해가 지지 않았는데 방 안은 이미 저녁이다. 등잔불을 밝혀 놓았지만 방 안도 마음도 어둡기만 하다. 새부는 들고 있던 붓을 놓았다. 문서를 정리하려고 했는데 한 줄도 쓰지 못했다. 책상 저편 화덕 앞에서 저녁 식사 준비를 하는 소소와 아린이 보인다. 여느 오후처럼 조용히 일하고 있지만 두 사람의 몸짓에 무거운 불안이 묻어난다. 소소와 아린만이 아니다. 사흘 전 추엥이 다녀간 뒤부터 부락 사람들은 모두 늪 같은 불안과 근심에 빠져 있다.

추엥은 사흘간의 말미를 주면서 쿠르첸을 윌리부로 보내라고 했다. 하지만 그것은 애초에 가능한 일이 아니었다. 쿠르첸은 집 안에 틀어박혀 꼼짝도 않고, 이틀 동안 계속 십장들이 모여 추장과 회의를 했지만 별 뾰족한 수가 없는 듯했다. 어제 오후 늦게 집으로 돌아온 아버지는 추옝에게 다시 한 번 협상 사절을 보내기로 의견을 모았다고 새부에게 말해 주었다.

"말 열 쌍과 암소 열 마리와 황금 다섯 냥을 월리부에 배상해 주기로 결정했다. 사람의 목숨을 어찌 물건으로 대신할 수 있으랴만, 그렇다고 언제까지나 목숨을 목숨으로 되갚을 수는 없지 않느냐."

"협상 사절로는 누가 가기로 했습니까?"

"그건 아직 결정하지 못했다. 하지만 너와 나는 절대 아니다."

아버지가 자르듯이 말했지만 새부는 이미 알고 있었다. 추장은 새부가 그 일을 해주기를 바랐지만 아버지가 강하게 반대했다는 것을. 아버지가 돌아오시기 전에 집에 잠깐 들른 십장 몇 사람이 미리 귀띔해 주었다.

"추장님께서는 협상 사절로 갈 만한 사람은 대아거뿐이라고 간곡히 부탁하셨지만 대인께서는 단칼에 거절하셨습니다. 대아거가 그런 일까지 해야 한다면 차라리 나단부를 떠나겠다고 하시더군요. 결국 추장님은 부탁을 거두셨고, 내일 오후에 우리 십장들 중 한 명을 뽑아 월리부로 보내기로 하였습니다."

협상 사절은 벌써 정해졌을 것이고, 지금쯤 부지런히 월리부로 가고 있을 것이다. 어느 십장이 협상 사절로 뽑혔는지 궁금했다. 추영의 기세로 봐서는 누가 가든 부락 안에 발도 못 들여놓고 쫓겨날 공산이 컸다. 그럼 그 다음에는 또 무슨 일이 일어날지 생각만 해도 새부는 머리가 지끈지끈 아팠다.

새부는 책을 덮고 일어났다. 아버지가 오늘은 조금 늦으시는 듯했다. 추장이 심란한 마음에 아버지를 계속 붙잡고 있는지도 모른다. 다복이도 아직 돌아오지 않았다. 어제는 소소가 올 무렵에 돌아와서는 방목장 얘기도 해 주고, 쿠르첸의 일에 너무 마음쓰지 말라는 말도 했는데…….

새부는 바깥으로 나왔다. 추장의 집 쪽을 바라보며 아버지와 다복이를 기다렸다. 해질 무렵의 스산한 바람이 새부의 뺨을 스쳐 갔다. 저만치 사람이 나타났다. 아버지도 다복이도 아닌 추장 집의 시동이었다. 시동이 새부에게 다가와 서찰 한 통을 내밀었다.

"추장님께서 대아거께 전해 드리라고 하셨습니다."

새부는 서찰을 받으면서 시동에게 물었다.

"대인께서는 아직 추장님과 함께 계시니?"

"대인께서는 아까 떠나셨습니다."

시동이 새부를 빤히 쳐다보면서 대답했다. 순간 새부의 가슴이 쿵 소리내며 내려앉았다. 새부는 급히 되물었다.

"떠나시다니, 어디로 떠나셨단 말이냐?"

"서찰을 읽어 보시면 다 아실 거라고 추장님께서 말씀하셨습니다. 그럼 편안한 저녁 보내십시오."

시동이 절을 꾸벅하고 오던 길을 되돌아갔다. 새부는 떨리는 손으로 서찰을 펼쳤다. '대아거 보시게' 라는 글귀가 먼저 눈에 들어왔다. 나단부에 살면서 아버지는 새부에 대한 말투를 바꾸었다. 여진 사람들과 함께 있을 때는 꼭 '하시게' 투의 높임말을 썼다. 새부와 다복이와 신라말을 할 때만 편안하게 예전 말투를 썼다. 새부는 신라식 한문인 이두로 쓴 아버지의 서찰을 읽어 내려갔다.

대아거 보시게

협상 사절로 내가 월리부에 가기로 했네. 같은 아비로서 추장의 부탁을 더 이상은 거절하기가 어렵고, 또한 대아거가 추영에게 모욕당하는 일이 두 번 다시 있어서는 안 되겠기에 내가 가겠다고 했네. 사흘 전에 대아거가 추영에게 무참하게 모욕당했을 때 아비는 가슴이 다 무너지는 듯한 심정이었다네.

이제 모욕을 당해도 내가 당하고, 일도 내가 해결할 것이니 대아거는 절대 나서지 마시게. 아비가 혼자 가면 걱정할 것 같아서 다복이를 데려가네. 협상이 쉽지는 않을 것이니 오늘 돌아오기는 어려울 것 같네. 행여 협상이 잘 되면 밤늦게라도 돌아올 것이니 너무 걱정하지는 마시게. 부디 자중자애 하시게.

새부의 손에서 서찰이 미끄러져 땅바닥으로 툭 떨어졌다. 새부는 한동안 넋 나간 사람처럼 우두커니 서 있었다. 그러다 퍼뜩 정신을 차린 듯 서찰을 주워들고 집 안으로 들어왔다. 책상 앞에 서찰을 내려놓으면서 무너지듯 주저앉았다. 마음 같아서는 지금 당장 아버지를 뒤따라가고 싶지만 절대 나서지 말라는 아버지의 당부를 어길 수는 없었다. 가슴이 미어지는 듯이 아팠다. 아버지는 결국 새부 때문에 다복이를 데리고 월리부로 갔다. 분노한 추영과 협상하려면 얼마나 많은 수모를 참고 견뎌야 하는지 헤아렸기에 아버지는 자청하여 월리부로 간 것이다.

"쿠르첸을 두둔하지 않으면 나단부에 붙어살지 못할 만큼 네 처지가 그렇게 구차한 거니?"

추영이 내뱉었던 독기 어린 말이 되살아났다. 새부는 등잔불을 응시하며 지그시 입술을 깨물었다. 남의 땅에서 살아야 하는 자신의 처지가 새삼 가슴에 사무쳤다. 차라리 죽을 각오로 여진 부락이 아닌 인제현을 택했다면, 아버지도 자신도 다복이도 이런 수모를 겪지는 않았을 것이다. 회한이 폭풍처럼 회오리쳤다. 새부는 두 손으로 얼굴을 감싸고 격해지는 감정을 가라앉히려 애썼다. 문득 소소의 목소리가 들렸다.

"대아거."

새부는 두 손을 얼굴에서 떼며 고개를 들었다. 아린과 함께 책상 맞은편에 앉으면서 소소가 물었다.

"저녁을 다 지었는데 대인께서는 왜 여태 안 돌아오시지요? 다복 청년도 아직 안 돌아오고……."

"아버지는, 아버지는 월리부에 가셨습니다. 다복이도 같이……."

새부는 책상으로 눈길을 떨구면서 말꼬리를 흐렸다. 목이 메어 뒷말을 이을 수가 없었다. 조금 긴 듯한 침묵 뒤에 다시 소소가 말했다.

"그러셨군요. 난 이미 알고 있었어요. 대인께서 반드시 이번 일을 해결해 주실 거라고 말이에요. 이런 일은 자칫 두 부락 간의 분쟁으로 커지기 쉬워요. 지난 몇십 년 동안 실제로 그런 일이 여러 번 있었지요. 그리고 그런 일이 생기면 부락민들이 가장 고달프지요. 부락끼리 분쟁이 생기면 부락민들은 무조건 서로 미워하고 만나기만 하면 싸워야 하니 말이에요. 대인께서는 분명 월리부의 작은 추장을 설득하여 이번 일을 잘 해결하실 거예요. 그건 부락 간의 분쟁을 막고 이 곳 아스허의 평화를 지키는 일이기도 해요. 대인께서는 그 큰일을 하러 월리부로 가신 거고, 일을 꼭 성사시키실 거예요."

소소의 나직한 말이 새부의 마음을 부드럽게 감쌌다. 새부는 고개를 들어 소소를 보았다. 깊은 신뢰가 어린 소소의 눈빛에서 새부는 문득 알아차렸다. 소소가 아버지를 마음에 담고 있다는 것을. 돌이켜 보니 아버지 또한 소소를 편안해하면서 누이 바라보듯 했다. 젊은 날 아내와 자식들과 생이별을 한 뒤로 오직 잃어버린 나라를 위해, 새부를 위해 외롭게 살아온 아버지였다. 소소는 아버지의 좋은 반려자가 될 것 같았다. 새부는 소소를 보며 고개를 끄덕였다.

"그래요. 아버진 일을 다 해결하시고 다복이와 함께 오늘밤에 꼭 돌아오실 겁니다."

"대아거, 저녁은 어찌하실 건지?"

아린이 안타까운 눈빛으로 물었다.

"아버지와 동무가 돌아오면 그 때 먹겠소. 아린은 이모님 모시고 이만 돌아가요."

혼자 있고 싶은 새부의 마음을 알아차린 듯 아린이 가만히 고개를 끄덕였다. 하지만 막상 혼자가 되자 새부는 걷잡을 수 없는 불안감에 휩싸였다. 아버지와 다복이가 월리부 안에도 들어가지 못하고 노천에서 추영이 만나 주기만을 하염없이 기다리는 것은 아닌지, 혹 추영을 만났다 해도 추영이 무례한 말로 아버지를 모욕하지나 않는지 걱정이 되어 견딜 수가 없었다.

새부는 가만히 앉아 있을 수가 없어 넓은 방 안을 서성이고 또 서성였다. 등잔불이 꺼질 듯 위태롭게 펄럭였다.

8

찻잔을 앞에 놓고 새부는 추장과 마주앉았다. 만약의 경우에 대해 의논이라도 해야겠다 싶어 추장을 찾아온 것인데, 막상 마주앉자 할 말이 없었다. 집에서처럼 이 곳에서도 기다리는 것 말고는 달리 할 일이 없는 듯했다. 새부는 찻잔을 들었다. 은은한 차 향내가 뒤숭숭한 마음을 조금 가라앉혀 주었다.

"간밤에 한숨도 못 잔 모양이군. 나 역시 뜬눈으로 밤을 새웠다네."

새부는 말없이 차를 마셨다. 누군가를 기다리는 일이 피를 말리는 고통이라는 것을 새부는 간밤에 처음 알았다. 영겁처럼 길고 힘든 밤이었다.

"아침은 들었는가?"

추장이 또 물었다.

"예."

새부는 짧게 대답했다. 아침에 집으로 온 소소가 하도 권해서 억지로 먹기는 했지만 모래알을 삼킨 듯한 기분이었다.

"이제 오시(午時)니, 해가 지기 전까지 더 기다려 보세. 대인께서는 오늘 안으로 꼭 돌아오실 걸세."

추장이 짐짓 자신하듯 말했으나 얼굴빛은 어둡기만 했다.

갑자기 바깥이 소란스러워졌다. 새부와 추장이 서로 얼굴을 마주보았다. 추장의 시종이 황급히 방으로 들어왔다.

"추장님, 월리부에서 전령이 왔습니다. 말에서 내리지도 않고 어서 추장님 나오시라고 소리치고 있습니다."

추장이 화들짝 놀라며 바깥으로 달려나갔다. 새부도 추장을 따라갔다. 추장의 집 앞 넓은 마당에 말을 탄 전령이 있고, 그 둘레에 어느새 십장들과 부락 사람들이 모여 있었다. 추장이 나오자 전령이 소리쳤다.

"나단부 추장께 우리 작은 추장의 말을 전합니다. '나단부 추장은 쿠르첸을 보내지 않고 나단부에 의탁하러 온 타국 사람들을 대신 보냈다. 오늘 해가 지기 전까지 쿠르첸을 보내지 않으면 두 타국 사람의 목을 베어 나단부 인간들이 얼마나 비겁한지 이 곳 아스허의 온 부락에 알릴 것이다. 이제 남은 것은 월리부와 나단부의 전쟁뿐이다.' 이상입니다."

전령이 말을 돌려 달려갔다. 추장이 비틀거렸다. 시종이 부축했다. 추장은 집 앞에 모여 있는 사람들에게 돌아가라고 이르고는 새부와 함께 도로 방으로 들어왔다. 추장이 새부의 옷소매를 잡으며 떨리는 목소리로 말했다.

"대아거, 부디 좀 도와 주시게."

"쿠르첸과 함께 월리부로 가야겠습니다. 방법은 그것뿐입니다. 쿠르첸의 안전은 제가 책임지겠습니다. 쿠르첸이 가서 진심으로 사죄한다면 추옝의 노여움도 풀릴 겁니다. 쿠르첸을 설득해 주십시오."

추장이 힘없이 고개를 가로저었다.

"내 자식이지만 안 가겠다고 버티는데 무슨 수로 가게 만들겠나. 대아거가 가서 추옝을 설득해 주게."

새부의 두 눈에 노여움이 어렸다. 추장의 나약함에, 모든 걸 아버지와 자신에게 떠넘기기만 하는 무책임함에 화가 났다.

"제 아버지와 동무가 나단부 사람이었다고 해도 그리 말씀하시겠습니까?"

추장이 당황하며 두 손을 휘휘 저었다.

"오해는 말게, 대아거. 타국 사람이라고 내가 달리 대접하는 게 아닐세. 그 동안 날 겪어 보고도 모르겠나? 쿠르첸은 내게 하나밖에 안 남은 자식이네. 그 아이만 무사할 수 있다면 추장

자리도 내놓을 수 있네. 제발 이 늙은 아비의 마음을 헤아려 날 좀 도와 주게."

추장의 눈에 눈물이 어렸다. 노여움 대신 안개 같은 슬픔이 새부의 마음을 적셨다. 새부가 말했다.

"윌리부로 가겠습니다. 쿠르첸의 일까지는 모르겠지만, 제 아버지와 동무는 제가 반드시 구할 겁니다."

새부는 집으로 돌아왔다. 집 앞에 십장들이 모여 있었다.

"어찌하실 겁니까, 대아거?"

"내가 윌리부로 갈 거요."

"우린 대아거만 믿겠습니다."

새부는 아무 대답도 않고 마구간에서 바람이를 데리고 나와 올라탔다. 새부가 말고삐를 잡아당기자 십장들이 입을 모아 말했다.

"조심해서 다녀오십시오, 대아거."

새부는 십장들을 돌아보며 고개를 끄덕여 보이고는 말을 몰았다. 부락을 나와 얼마쯤 달렸을 때였다. 말발굽 소리와 함께 아린의 목소리가 메아리처럼 날아왔다.

"대아거, 초원의 별!"

새부는 말을 세운 다음, 말에서 내려 아린을 기다렸다. 아린도 말에서 뛰어내려 새부에게 달려왔다. 새부를 바라보는 아린의 두 눈에 눈물이 가득 고여 있었다. 새부는 깜짝 놀라며 아린에게 물었다.

"왜 그러오, 아린? 무슨 일이라도 있소?"

"꼭 돌아오실 거지요? 약속하시는 거지요?"

눈물이 아린의 볼을 타고 흘러내렸다. 그제야 새부는 아린이 우는 이유를 알아차렸다. 새부는 가만히 아린을 안아 주면서 말했다.

"반드시 돌아올 거요. 그대가 기다리는데 왜 안 돌아오겠소? 모든 일이 다 잘될 거요."

새부의 품에서 아린이 흐느꼈다. 새부는 잠시 아린을 안고 있다가 포옹을 풀었다. 그러고는 품 속에 늘 지니고 다니는 가죽 주머니를 꺼냈다.

"아린, 내가 돌아올 때까지 이걸 맡아 주오. 친아버지가 남겨 주신, 나한테는 무척 소중한 물건이오."

아린이 가죽 주머니를 받으며 고개를 끄덕였다.

"그리고 혹시라도 내가 돌아오지 못하면 이걸 태워 초원의 바람에 날려보내 주오."

아린이 또다시 눈물을 글썽이며 고개를 저었다.

"그런 말은 싫어요. 초원의 별, 당신은 꼭 돌아오실 거예요."

새부는 고개를 끄덕였다.

"나도 꼭 돌아오고 싶소. 이제 그만 부락으로 돌아가요, 아린."

아린이 눈물을 씻으며 말에 올라탔다. 아린이 탄 말이 저만치 사라진 뒤, 새부도 바람이를 타고 월리부로 달렸다. 월리부에 닿자 낯익은 시종이 새부를 추영의 방으로 안내했다. 방 가운데 우뚝 서 있던 추영이 새부를 보자마자 대뜸 빈정거렸다.

"부르지도 않았는데 왜 왔니?"

"내 아버지와 동무의 목숨이 걸린 일인데 어떻게 내가 오지 않을 수가 있니? 내 아버진 어디 계시니?"

"편한 곳에 잘 모셨다. 해가 지기 전까지는 우리 월리부의 손님이니 잘 모셔야지. 네 동무도 함께 있으니 걱정 마라."

"내 아버지와 동무를 풀어 다오."

"전령이 한 말 못 들었니? 해질 때까지 쿠르첸이 오지 않으면 네 아버지와 동무는 죽은 목숨이고, 그 다음에는 두 부락 간의 전쟁뿐이라고 전령이 분명 전했을 텐데."

"쿠르첸이 오지 않는다는 건 네가 더 잘 알지 않니. 쿠르첸을 그만 용서하고 나하고 협상하자. 내 아버지와 동무를 죽이고 나단부와 전쟁을 해 봤자 너한테 돌아오는 건 고통뿐이다. 죄 없는 부락민들만 괴롭힐 뿐이야."

추영이 차갑게 굳은 얼굴로 새부를 쏘아보았다.

"준, 대체 넌 뭐냐? 쿠르첸같이 못난 놈이 저질러 놓은 일 뒤치다꺼리나 하러 다니고. 네가 나단부의 노비냐, 마소냐? 아무리 망한 나라의 왕자라지만 명색이 왕자인데 너무 구차하게 사는 거 아니냐?"

이젠 노여워할 마음도 아파할 마음도 남아 있지 않았다. 새부는 조용히 대답했다.

"그래, 추엥. 내 아버지와 동무를 살릴 수만 있다면, 더 나아가 나단부와 월리부의 싸움을 막을 수만 있다면 노비라도 괜찮고 마소라도 상관없다. 내가 어찌 해야 내 아버지와 동무를 풀어 줄 건지 방법을 일러 다오. 무엇이든 하겠다."

추엥이 뚜벅뚜벅 방 안을 걸어다니더니 멈추어 섰다.

"네 말대로 난 네가 올 줄 알고 있었지. 지금은 아니다만 한때 넌 내가 나하 다음으로 좋아한 친구였다. 그 때의 정을 생각해서 너하고 협상하겠다. 우선 좀 앉아라."

새부는 추엥과 탁자에 마주앉았다. 추엥이 말했다.

"협상안은 내가 제시한다. 안이 두 가지니, 그 중 하나를 선택해라."

"내가 아무것도 선택하지 못한다면……?"

추엥의 협상안이 받아들이기 쉬운 안은 아닐 듯해서 새부가 물었다. 어쩌면 그것은 자신의 마음을 다잡기 위한 질문인지도 몰랐다.

"더 이상의 협상은 없다. 네가 선택하지 못하면 협상은 깨지는 거고, 넌 나단부로 돌아가라. 가서 쿠르첸을 설득해서 이 곳으로 데리고 오든지 아니면 네가 직접 쿠르첸의 목을 베어 오너라. 이도저도 못하겠으면 해가 진 다음에 네 아버지와 동무의 시신을 찾으러 오너라. 한때 친구였으니 시신은 내주마."

새부는 탁자로 눈길을 떨구었다. 천길만길 벼랑 끝에 서 있는 듯한 기분이 들었다. 추옝이 어떤 협상안을 내놓든 그 중 하나는 꼭 선택해야 한다. 어쩌면 그 선택이 까마득한 벼랑 아래로 자신을 내던져야 하는 것일지도 모른다는 생각이 들었다.

새부는 천천히 숨을 골랐다. 벼랑 아래로 자신을 내던지는 것 말고는 달리 길이 없다면, 그 또한 의연하게 받아들이고 싶었다. 추옝을 원망하고 싶지는 않았다. 새부는 추옝의 분노를 충분히 이해했다. 만약 아버지나 다복이가 나하처럼 변을 당했다면 자신 또한 추옝처럼 쿠르첸을 용서하기 힘들 터였다.

"협상안을 말해 봐라."

새부는 눈을 들어 추옝을 보며 말했다. 추옝이 지그시 새부를 마주보았다.

"한 가지만 물어 보자. 너, 내 누이 쑤에마를 어찌 생각하니?"

갑작스런 질문이었지만 새부는 솔직하게 제 마음을 말했다.

"쑤에마는 예쁘고 사랑스러운 누이 같다. 누이처럼 쑤에마를 좋아한다."

"그뿐이니?"

"그뿐이다. 헌데 그건 왜 묻니?"

"질문은 하지 마라. 넌 내 말을 듣고 선택만 하면 된다. 첫 번째 협상안은 이렇다. 네 아버지와 동무, 그리고 이제 너까지 여기 와 있으니 이참에 나단부를 떠나 우리 월리부에서 살자. 나단부 놈들은 널 노비나 마소로밖에 취급하지 않았지만 난 제대로 왕자 대접을 해 주겠다. 내 누이 쑤에마가 널 사랑한다. 쑤에마와 혼인하여 나와 함께 월리부를 키워 나가고, 나단부로 쳐들어가 복수를 하는 거다. 어떠냐?"

새부는 단호하게 고개를 가로저었다.

"나단부는 내 아버지와 동무와 날 받아 준 부락이다. 어떤 경우에도 나단부를 저버릴 수 없다. 게다가 나단부에는 내가 사랑하는 사람이 있다. 고려를 떠날 때 난 이미 사랑하는 사람을 한 번 잃었다. 그런 일, 두 번은 겪고 싶지 않다."

"너도 쑤에마를 좋아한다고 하지 않았느냐. 혼인하여 살다 보면 분명 그 애를 사랑하게 될 거다. 네가 싫다면 나단부로 쳐들어가 쿠르첸을 응징하는 일은 나 혼자 해도 된다. 네가 그 곳에 있으면 나도 나단부를 치는 일이 편치가 않다. 어떠냐?"

새부를 설득하려는 듯 추옝이 목소리를 낮추어 차분하게 말했다. 새부는 추옝을 똑바로 바라보며 또박또박 말했다.

"추옝, 난 나단부를 사랑한다. 그래서 나단부를 떠날 수 없다. 쑤에마를 좋아하긴 하지만 사랑하지는 않는다. 또한 그래서 쑤에마와 혼인할 수 없다. 그건 결국 쑤에마를 불행하게 만드는 일이다. 다른 안이 무엇인지 말해 다오."

추옝이 화난 듯 굳은 얼굴로 새부를 노려보았다.

"두 번째 안까지는 말하고 싶지 않았는데, 말해 달라니 할 수 없구나. 술잔 두 개를 준비했다. 그 중 한 잔에 독이 들어 있다. 만약 네가 독이 들어 있지 않은 술잔을 고른다면 하늘의 뜻으로 알고 나단부가 제시한 배상안을 받아들이겠다. 반대로 독이 든 술잔을 고른다 해도 그 또한 하늘의 뜻으로 알고 네 목숨으로 내 원한을 접겠다. 어떠냐? 이 안 역시 받아들이기가 쉽지 않을 거다. 네 아버지와 동무도 네가 목숨을 버려 가면서까지 자신들을 구하는 것을 원치 않을 거다."

칼끝처럼 날카로운 무언가가 새부의 마음을 베고 지나갔다. 새부는 눈을 질끈 감았다. 아버지와 다복이의 얼굴이 떠올랐다. 아버지도 다복이도 이런 협상 같은 건 하지 말고 나단부로 돌아가라고 말하는 듯했다. 아린의 얼굴도 떠올랐다. 아린은 눈물을 글썽이며 어서 돌아오라고 말하고 있었다.

하지만 아버지와 다복이를 두고는 도저히 돌아갈 수 없다. 나단부를 저버리고 쑤에마와 혼인할 수도 없다. 결국 자신이 선택할 수 있는 것은 두 술잔 중 하나를 골라 마시는 것뿐이다. 독이 든 술잔을 고른다면 그것으로 삶은 끝난다.

'우릴 구하자고 독을 마셔선 안 된다. 차라리 우리가 죽으마.'

아버지의 애끓는 목소리가 들리는 것만 같았다. 아버지의 마음은 알지만 이제 새부는 다른 선택은 할 수가 없었다. 왜 또 하늘은 날 이런 벼랑 끝으로 내모는 것일까. 어쩔 수 없는 비감이 새부의 마음을 뒤흔들었다.

"어느 쪽을 선택할 거니? 첫 번째? 두 번째?"

새부는 여전히 눈을 감고 있을 뿐 아무 대답도 하지 않았다. 오랜 침묵 뒤에 추옝이 재촉했다.

"선택을 못 하겠다면 협상은 깨진 거다. 지금 당장 나단부로 돌아가라. 너하고 더 이상 할 말이 없다."

새부는 눈을 뜨고 추옝을 보았다. 이미 마음은 정했으나 끓어오르는 비감을 주체하느라 시간이 좀 필요했을 뿐이다. 새부는 가라앉은 목소리로 대답했다.

"두 번째 협상안을 택하겠다."

추옝이 새부를 바라보면서 차갑게 웃었다.

"하늘에 맡겨 보자는 거구나. 그래, 술잔을 잘만 고르면 넌 살 수 있고, 네 아버지와 동무를 구할 수 있을 뿐만 아니라 나단부의 골칫거리까지 해결할 수 있다. 하지만 난 네가 독이 든 술잔을 고르기를 바란다. 네가 내 누이와 혼인할 수 없다면 죽어야 한다. 그래야 그 애도 널 단념할 수 있다. 난 그 애가 가망 없는 사랑에 목을 매고 평생 힘들게 사는 꼴 못 본다. 죄 없는 네가 대신 죽으면 나 또한 죄책감에 불같은 이 분노를 접을 수 있을 거다. 나단부 사람들도 추장의 아들보다는 네가 죽는 걸 다행으로 생각할 거다. 추장의 아들이 죽으면 의리 때문에 복수를 해야 하지만, 노비나 마소나 다름없는 네가 죽으면 굳이 그럴 필요가 없으니까."

새부는 이를 악물고 아무 대꾸도 하지 않았다.

"다만 네 아버지와 동무가 마음에 걸리는구나. 나라를 잃고 남의 땅에서 더부살이하는 것도 서러운데,"

새부는 이맛살을 찌푸리며 얼른 추옝의 뒷말을 잘랐다.

"추옝, 이제 그만 해라. 네 빈정거림, 더는 참고 듣기가 힘들다. 네 이런 모습도 내겐 낯설고 힘들다. 죽어서도 널 원망하지 않을 거고, 끝까지 내 친구로 생각할 테니 어서 술잔을 다오."

추옝이 새부를 보았다. 분노로 딱딱하게 굳어 있던 추옝의 표정이 어느 순간 조금 누그러졌다.

"꼭 그래야겠니? 마음을 바꾸어 우리 월리부로 오면 안 될까? 네 아버지와 동무도 그걸 원할 거다. 그게 모두에게 좋은 방법이다."

모두에게 좋은지는 알 수 없으나 새부 자신에게는 조금도 좋은 방법이 아니었다. 새부는 차분하게 대답했다.

"마음을 바꾸기가 그렇게 쉬운 일이었다면 이 멀고 낯선 초원까지 오지도 않았을 거다. 나단부의 배상안을 받아들이면 간단하게 해결될 일을, 너도 복수의 마음을 바꾸지 못해 이러는 거 아니냐."

추영이 입을 굳게 다물었다. 두 눈이 다시 독기를 내뿜었다.

"그래서 난 네가 밉다. 노비나 마소보다 못한 주제에 고집만 세어 가지고. 좋다. 술잔을 줄 테니 부디 잘 골라라."

추영이 시종을 불렀다. 미리 준비해 두었던 듯 시종이 술잔 두 개를 가져와 새부 앞에 놓고 도로 방을 나갔다. 새부는 물끄러미 술잔을 내려다보다가 그냥 손이 가는 대로 잔 하나에 손을 갖다 댔다. 추영이 말했다.

"그 술잔에 독이 들었으면 어쩌려고 그러느냐? 잘 생각하고 골라야지. 한 번 더 기회를 줄 테니 잘 골라 봐라."

"고르지 않겠다. 내게 남은 천명이 있다면 내가 고르지 않아도 저절로 독이 들어 있지 않은 술잔을 잡을 거고, 천명이 이걸로 끝이라면 내가 아무리 골라도 결국 독이 든 술잔을 잡고 말거다. 내 천명이 어떻든 난 기꺼이 받아들일 거다."

새부는 그대로 술잔을 집어들었다. 이 술잔에 독이 들었다면, 하는 생각과 함께 아버지의 얼굴이 떠올랐다. 새부는 마음속으로 아버지에게 용서를 빌었다.

'아버지, 제가 죽더라도 너무 슬퍼하지 마십시오. 저 대신 다복이가 아버지께 좋은 아들이 되어 드릴 겁니다. 제겐 이것이 최선의 선택입니다. 아버지는 결국 제 선택을 이해해 주실 거라고 믿습니다.'

아린의 얼굴이 떠올랐다. 애써 눌러 두었던 슬픔이 목젖까지 차올랐다. 더 이상 망설이고 싶지 않아 새부는 단숨에 술을 마셨다. 늘 마시던 술맛일 뿐, 특별한 맛은 느껴지지 않았다. 추엥이 뚫어져라 새부를 바라보았다. 방 안에 한동안 침묵이 흐른 뒤에 추엥이 말했다.

"술잔에 든 독은 치명적인 맹독이다. 만약 네가 마신 술에 독이 들어 있다면 곧 견디기 힘든 고통이 올 거다. 아직 아무렇지도 않니? 그럼 제대로 술잔을 고른 모양이구나."

순간 새부는 얼굴을 찡그리며 목에다 한 손을 갖다 댔다. 목이 화끈거리면서 심장이 아플 만큼 세차게 뛰었다. 새부는 다른 한 손으로 탁자를 움켜잡았다. 숨이 가빠지면서 가슴이 아파 왔다. 결국 독이 든 술을 마셨음을 새부는 깨달았다. 후회하지 않는다, 아무것도 후회하지 않는다. 고통을 견디려 안간힘을 쓰면서 새부는 속으로 되뇌었다. 온몸에 심한 경련이 일었다.

"고르지 않겠다고 큰소리 치더니 제대로 독이 든 술잔을 골랐구나."

추옝이 야멸차게 말했다. 추옝의 목소리가 먼 곳에서 들리는 것처럼 아득해졌다. 숨을 내쉬고 들이쉴 때마다 온몸의 핏줄이 터지는 듯한 고통이 새부를 엄습했다. 이젠 숨이 턱까지 차올랐다. 새부는 쥐어뜯기라도 할 것처럼 가슴을 움켜잡으며 숨을 밀어 냈다. 다시금 숨이 콱 막혀 왔고, 눈앞이 뿌옇게 흐려졌다. 새부는 부서져라 탁자를 꽉 잡으면서 탁자 위로 엎어졌다. 그러고는 그대로 굳어 버린 채 꼼짝도 하지 않았다.

9

저 멀리 골짜기를 겹겹이 에워싸고 있는 깊고 푸른 산이 보였다. 새부는 홀린 듯이 먼 청산을 바라보았다. 청산을 다시 보게 되다니, 믿어지지 않았다. 지난해 봄, 고려를 떠난 뒤로 늘 저런 청산이 그리워 가슴앓이를 했다. 끝없이 펼쳐진 초원을 사랑했지만 그 사랑도 청산에 대한 아득한 그리움을 달래 주지는 못했다. 다시는 돌아올 수 없으리라 생각했는데, 이렇게 청산이 있는 곳으로 돌아오다니…….

그런데 여기는 어딜까. 새부는 사방을 둘러보았다. 눈앞에 펼쳐진 넓은 들이 보였다. 사방이 험한 산으로 둘러싸여 있으면서도 앞쪽으로는 너른 들을 끼고 있는 골짜기. 불현듯 새부는 깨달았다. 인제현. 자신의 신분을 알면서부터 새부가 가야 할 오직 한 길이었던 인제현. 그 인제현으로 마침내 돌아온 것이다.

가슴 속에서 뜨거운 무언가가 솟구쳤다. 기쁨 같기도 하고 슬픔 같기도 하고, 회한 섞인 감동 같기도 한 묘한 감정의 소용돌이가 새부의 마음을 사납게 뒤흔들었다. 새부는 질끈 눈을 감았다. 파도처럼 덮쳐 오는 감정의 소용돌이를 감당하기가 너무 버거웠다.

문득 이마에 사람의 손길이 느껴졌다. 새부는 눈을 떴다. 어렴풋하게 사람의 얼굴이 보였다. 새부 이마의 땀을 닦아 주던 쑤에마가 큰 눈을 더욱 크게 떴다. 인제현의 청산은 꿈이었다. 자신은 인제현이 아니라 어두운 방 안 침상에 누워 있을 뿐이었다. 새부는 저도 모르게 한숨을 내쉬었다.

"깨어나셨군요. 얼마나 걱정했는데……."

쑤에마가 물기 어린 목소리로 말했다. 그제야 새부는 독이 든 술을 마시고 정신을 잃었던 것을 기억해 냈다.

"쑤에마, 여긴 어디요? 내가 왜 여기……?"

새부가 몸을 일으키려 하자 쑤에마가 얼른 부축해 주었다.

"여긴 부락의 중요한 손님이 묵는 방이에요."

새부는 일어나 침상에 앉았다. 약간 어지럽고 가슴이 뻐근했다. 독이 든 술을 마신 뒤 덮쳐 왔던 끔찍한 고통이 새삼 기억났다. 새부는 얼굴을 찡그리며 물었다.

"어찌 된 거요? 분명 내가 고른 술잔에 독이 든 걸로 기억하는데……"

"독은 다른 술잔에도 들어 있었어요."

술잔 두 개에 다 독을 넣고서도 굳이 하나를 고르라고 심술을 부린 추옝의 마음을 새부는 이해할 것도 같았다.

"그런데 내가 어떻게 깨어난 거요?"

"우선 이걸 드세요."

쑤에마가 침상 옆 작은 탁자에 놓인 그릇을 들어 새부 앞에 내밀었다. 그릇에는 검은 탕약이 들어 있었다. 새부는 무언가 물어 보려다 잠자코 그릇을 받아 약을 마셨다. 자신이 어떻게 살아났는지 짐작이 갔다.

"해독약이 있었던 거요?"

쑤에마가 고개를 끄덕였다.

"당신이 오라버니와 협상할 때 난 방 안쪽 휘장 뒤에 있었어요. 난 당신이 첫 번째 안을 선택하기를 바랐지만 당신은 독이 든 술을 마시더군요."

"미안하오, 쑤에마. 난……."

쑤에마가 새부를 빤히 보며 애써 웃었다.

"미안해하지 않으셔도 돼요. 당신 마음 이해해요."

새부는 두 사람의 그림자가 길게 늘어져 있는 벽으로 눈길을 돌렸다. 언뜻 아린의 얼굴이 떠올랐다 사라졌다. 쑤에마가 계속 말했다.

"휘장 뒤에서 당신이 다른 사람을 사랑한다는 말을 들었을 때, 난 차라리 당신이 죽기를 바랐어요. 내 사람이 될 수 없을 바에야 그 편이 오히려 낫다고 생각한 거지요. 그런데 정신을 잃고 쓰러진 당신을 보는 순간 그런 모진 생각들이 다 사라져 버렸어요. 난 울면서 오라버니한테 매달렸어요. 당신을 살려 달라고, 해독약을 달라고……. 결국 오라버니는 당신을 잊겠다는 내 다짐을 받은 다음, 해독약을 내주더군요. 하지만 워낙 맹독이어서 해독이 쉽진 않았어요. 당신은 이틀 밤을 사경을 헤맸어요."

"이틀 밤? 그럼 내가 독을 마신 게 오늘 오후가 아니란 말이오?"

"오늘밤이 사흘째예요."

"그럼 내 아버지와 동무는?"

"대인 어른이 이틀 밤을 꼬박 새면서 당신을 돌보셨어요. 친구분도요. 대인 어른은 당신에게 침을 놓고 약을 달여 당신 입 속으로 흘려 넣곤 하셨어요."

해독약에다 아버지와 다복이와 쑤에마의 정성 덕분에 자신이 이렇게 깨어났다는 생각이 들었다. 갑자기 아버지와 다복이가 몹시 보고 싶어졌다.

"아버지와 내 동무는?"

"다른 방에서 잠시 쉬고 계세요. 오늘 낮부터 당신이 조금씩 좋아졌어요. 그래서 내가 당신 곁을 지키겠다고 했어요. 대인 어른도 친구분도 쉬어야 할 것 같아서요."

새부는 잠시 벽만 바라보다 고개를 돌려 쑤에마를 보았다.

"고맙소, 쑤에마. 당신이 아니었다면 난 이렇게 살아나지 못했을 거요."

쑤에마가 고개를 저었다.

"아니에요. 제가 아무리 맹세하고 매달려도 오라버니 스스로 마음이 내키지 않았다면 결코 해독약을 내주지 않았을 거예요. 당신도 오라버니를 잘 아시잖아요."

"어쨌거나 당신한테 고맙소."

쑤에마가 새부를 그윽이 바라보더니 눈길을 아래로 떨구었다. 쑤에마의 두 눈에 언뜻 물기가 비친 듯하여 새부는 마음이 무거웠다. 잠시 방 안에 물 속·같은 고요가 깃들었다. 이윽고 쑤에마가 자리에서 일어나 담담하게 말했다.

"당신이 깨어났다고 오라버니한테 알려야겠어요. 대인 어른과 친구분한테도요."

쑤에마가 방을 나간 뒤 새부는 자리에 앉은 채 천천히 숨을 들이쉬고 내쉬었다. 현기증도 덜해졌고, 숨쉬기도 조금 편해진 듯했다. 다만 기운이 없어서 도로 눕고 싶었지만 그대로 앉아 있었다.

인기척이 나더니 누군가 방 안으로 들어왔다. 아버지와 다복인가 싶었는데, 추옝이었다.

"깨어났구나."

추옝이 침상으로 다가와 쑤에마가 앉았던 의자에 앉으면서 말했다.

"좀 어떠냐?"

"괜찮아."

"몸이 완전히 회복되려면 이틀 정도 더 쉬어야 할 거다."

추옝이 아우를 걱정하는 형 같은 목소리로 말했다. 새부는 아무 대꾸 없이 추옝을 바라보다 입을 열었다.

"한 가지만 물어 보자, 추옝."

"뭔데?"

"쑤에마한테 들었다. 술잔 두 개에 다 독이 들어 있었다면서? 그렇게까지 내가 죽기를 바랐으면서 해독약은 왜 내준 거니? 쑤에마 때문이니?"

추옝이 입술 끝을 조금 움직여 보일 듯 말 듯 웃었다.

"쑤에마? 그래 절반은 쑤에마 때문이기도 하지. 그 애가 울면서 매달렸거든. 널 살려 달라고, 그럼 널 깨끗이 단념하고 다른 사람한테 시집가겠다고 말야. 하지만 난 알고 있었지. 네가 살아 있는 한 그 애가 널 단념하지 못한다는 걸. 사실은 그래서 네가 죽기를 바랐던 거다."

"그런데 왜 마음이 바뀐 거니?"

"독이 든 술을 마시고 나서 넌 몹시 고통스러워했지. 그런 널 지켜보면서 난, 겉으로는 냉정한 척했지만 속으로는 편치 않았어. 네가 고통스러워하는 만큼 나 또한 힘들었다. 마침내 네가 정신을 잃고 쓰러졌을 때 난 깨달았어. 사랑하는 벗을 잃어버리는 일, 네 말대로 그런 일은 일생에 한 번으로 족하다는 걸. 두 번 다시 그런 일을 겪고 싶지 않았다. 나하를 잃고 너까지 잃는다면 평생 후회하면서 살 거라는 생각이 들더구나. 후회하고 싶지 않아서, 내 마음 편하자고 해독약을 내준 것뿐이다."

추옝이 짐짓 무뚝뚝하게 말했다. 새부는 말없이 추옝을 바라보았다.

문득 현기증이 나는 것 같아서 새부는 숨을 크게 내쉬었다. 추옝이 새부의 안색을 살폈다.

"아직은 이렇게 얘기하는 것이 힘들 거다. 네 아버지와 동무를 만나 보고 뭘 좀 먹은 다음 푹 쉬어라. 빨리 기운을 차려야 나단부로 돌아가지 않겠느냐. 나단부 사람들이 네 걱정을 많이 하면서 널 기다린다고 들었다."

아린의 얼굴이 떠올랐다. 소소와 나단부 사람들도 생각났다. 새삼 내가 정말 살아났구나 하는 실감이 났다. 무엇보다 아버지보다 먼저 세상을 떠나는 불효를 저지르지 않게 되어 기뻤다. 잠시 잃었던 벗 추옝을 되찾은 것도 기뻤다. 새부는 추옝을 보며 나지막이 말했다.

"고맙다, 추옝."

"오히려 내가 고맙다. 그 무서운 맹독을 이겨 내고 이렇게 깨어나 주어서……."

추옝이 다정하게 말하고는 자리에서 일어나 방을 나갔다.

얼마 뒤 아버지와 다복이가 방으로 들어섰다. 흔들리는 등잔불빛에 비친 아버지와 다복이의 얼굴이 수척했다. 새부는 가슴이 아렸다.

아버지와 다복이가 침상 곁에 와서 섰다. 새부는 아버지를 보았다. 아버지의 얼굴은 어두웠고, 딱딱하게 굳어 있었다.

"아버지……."

새부는 조심스레 아버지를 불렀다. 아버지의 눈에서 번쩍 빛이 일었다.

"독을 마시다니, 그런 맹독을 마시다니, 어찌 그리 무모하니? 우릴 구하겠다고 네가 죽으면 우리 또한 죽은 목숨이나 다름없다는 거, 넌 생각도 안 해 본 게냐? 자중자애하라고 그렇게 일렀거늘……."

아버지의 목소리가 떨리더니 말꼬리가 흐려졌다. 아버지가 이렇게 노여워하면서 새부를 나무란 것은 이번이 처음이다. 새부는 마음이 아팠다.

"잘못했어요. 아버지와 다복이의 마음을 헤아리지 않은 건 아니지만, 저한테는 그 방법밖에 없었습니다."

아버지가 한숨을 내쉬며 새부를 보았다.

"몸은 좀 어떠냐? 아픈 데는 없느냐?"

아버지가 평상시의 표정과 목소리로 물었다.

"이젠 괜찮습니다. 내일이라도 나단부에 돌아갈 수 있을 것 같습니다."

"무리하면 안 된다. 좀더 조리를 한 다음에 돌아가도록 하자. 추옝이 나단부의 배상을 받아들이기로 했으니 몸이 회복될 때까지 마음 편히 쉬도록 해라."

"네, 아버지."

새부는 말 잘 듣는 아이처럼 순순히 대답하면서 다복이를 보았다. 새부와 눈이 마주치자 다복이가 퉁명스레 한 마디 했다.

"대장, 앞으로 다시는 독약 같은 거 마시지 마. 그 누굴 위해서도 그러지 마. 만에 하나라도 또 그런 일이 있으면 그 땐 날 불러. 독약보다 더한 거라도 내가 대신 다 마실 테니까. 내가 말했잖아. 대장을 위해서라면 난 무슨 일이든 한다고."

새부의 입가에 웃음기가 어렸다.

"알았어, 다복아. 지금 네가 한 말, 앞으로는 꼭 기억할게. 언제까지나 기억할게."

10

작은 창으로 오후의 가을 햇살이 느슨하게 비쳐들었다. 마침내 돌아왔구나. 자신의 방 침상에 누워 천장을 보면서 새부는 생각했다. 닷새. 부락을 떠나 있었던 것은 겨우 닷새였다.

그런데도 아주 오래 떠돌다 돌아온 듯한 생각이 드는 것은, 이제는 부락이 고향이나 다름없기 때문일 것이다.

새부는 월리부에서 이틀을 더 보내고 오늘 오후에 나단부로 돌아왔다. 추장과 십장들과 부락 사람들이 환호하고 감사하며 세 사람을 맞았다. 모두 할 얘기가 많은 듯했지만, 아버지도 새부도 우선은 조용히 쉬고 싶었다. 추장이 그 기분을 눈치챈 듯 사람들을 집으로 돌려보냈다. 눈물을 글썽이며 세 사람을 맞이했던 아린과 소소도 이따 다시 오겠다며 집으로 돌아갔다.

아버지와 새부와 다복이는 우선 각자 방에 들어가 잠시 쉬기로 했다. 지난 닷새 동안 아버지와 다복이는 새부를 돌보느라 무척 고단했을 터였다. 새부는 새부대로 아직 몸이 다 회복되지 않아서 조금 피곤했다.

새부는 닷새 만에 자신의 방 침상에 다시 누웠다. 편안하고 아늑했다. 추엥이 나단부의 배상을 받아들이겠다고 하자 추장은 그 다음 날 나하의 유족에게 사자를 보내 약속대로 다 배상했다고 한다. 지난 며칠 동안 새부와 부락민들 모두의 마음을 옥죄었던 분쟁이 깨끗하게 해결된 것이다.

홀가분한 마음으로 침상에 누워 있으니 새삼 돌아왔다는 실감이 났다. 그 동안 쌓였던 피곤함이 말끔하게 가시는 것도 같았다.

잠시 더 누워 있다 새부는 일어나 앉았다. 무심코 침상 옆 작은 탁자로 눈길을 주었을 때, 탁자 위에 가죽 주머니가 놓여 있는 것이 보였다. 아까 방으로 들어왔을 때는 미처 보지 못했는데, 아린에게 잠시 맡겨 두었던 그 가죽 주머니였다. 주머니 밑에 반듯하게 접은 종이가 있었다. 새부는 종이를 빼내 펼쳤다. 아린이 쓴 편지였다. 그 동안 새부가 글을 가르쳐 주어서 아린도 간단한 편지 정도는 쓸 수 있었다. 새부는 아린의 편지를 읽었다.

소중한 문서를 돌려 드리게 되어 정말 기뻐요. 문서를 족자로 만들면 좋겠다는 생각을 했어요. 그럼 벽에 걸어 두고 언제든지 바라볼 수 있고 또 오래오래 보관할 수 있잖아요. 허락하신다면 제가 수를 놓아 예쁜 족자로 만들고 싶어요.
초원의 별, 당신이 돌아와서 아린은 정말 행복하답니다.

아린의 고운 얼굴이 떠올랐다 사라졌다. 새부는 가만히 웃었다. 잠시 아린의 편지를 들여다보다 도로 접어 가죽 주머니와 함께 품 속에 넣었다.
새부는 넓은 방으로 나왔다. 방은 텅 비어 있었다. 아버지도 다복이도 아직 각자의 방에 있는 듯했다. 화덕이며 화로에 불이 활활 타오르고, 방 안은 훈훈했다. 닷새 동안 비워 두었는데도 집 안은 정갈하고 따뜻했다. 이 모두가 아린과 소소 덕분이다.

새부는 바깥으로 나왔다. 오후의 화사한 가을 햇살이 쏟아지고 있었다. 하늘은 높고 푸르렀고, 바람은 서늘했다. 새부는 숨을 크게 들이쉬며 한껏 가을을 느꼈다.

북녘의 가을은 노루꼬리보다 더 짧다. 이 아름다운 가을도 며칠 안 있으면 풀잎처럼 시들고, 이내 혹독하게 추운 겨울이 닥쳐 올 것이다. 하지만 이번 겨울은 뼛속까지 시렸던 지난해보다는 훨씬 견디기 쉬울 것 같았다.

"대장, 여기서 뭐 하고 있어?"

새 옷으로 말쑥하게 갈아입고 다복이가 안에서 나왔다. 새부가 물었다.

"어디 가려고?"

"부락 친구들을 만나 봐야지. 닷새 동안이나 못 봤잖아. 그래서……."

다복이답지 않게 우물거렸다. 부락 친구들만 만나러 간다면 다복이가 저렇게 옷치장을 했을 리 없다. 새부는 웃었다.

"다복이 너 빨리 장가가야겠다."

다복이도 피식 웃었다.

"나보다 대장이 먼저 가는 게 순서 아냐?"

"다복아, 순서로 따지면 아버지가 맨 먼저셔."

새부가 정색하고 말하자 다복이가 아 그렇구나, 하는 표정을 지었다.

"내가 왜 그 생각을 못 했지? 아버님 배필감이 바로 코앞에 있는데."

다복이도 소소의 마음을 눈치채고 있는 듯했다. 다복이하고는 언제나 마음이 잘 통하는 것 같아 기뻤다.

"어서 다녀와. 그 얘긴 나중에 다시 하자."

새부는 얼마 더 바깥에 서 있다가 안으로 들어왔다. 아버지가 방 안쪽 둥근 상 앞에 앉아 약을 짓고 있었다. 새부는 아버지 앞에 가서 앉았다.

"좀더 쉬지 않으시고, 또 무얼 하세요?"

"넌 아직 완전히 해독이 되지 않았다. 며칠은 더 약을 먹어야 한다."

새부는 괜찮다고 하려다가 잠자코 약을 짓는 아버지를 바라보았다. 아버지의 그 모습에 소소의 얼굴이 겹쳐졌다. 아까 집으로 돌아왔을 때 아버지를 바라보던 소소의 눈빛도 떠올랐다. 더 미룰 게 아니라 지금 아버지에게 말해야 할 것 같았다.

"아버지."

아버지가 새부를 바라보았다.

"청이 하나 있습니다. 제 청, 꼭 들어주셔야 합니다."

"무슨 청인데 그러느냐?"

"아버진 그 동안 혼자 너무 외롭게 살아 오셨습니다. 이젠 배필을 맞아들이실 때가 된 것 같습니다."

새부는 마음 속 말을 곧바로 털어놓았다.

"이 나이에 배필은 무슨……. 번거롭기만 할 뿐이다."

아버지가 완강하게 말했다. 하지만 새부는 물러서지 않았다.

"소소 님이 아버지를 연모하고 있는 듯합니다. 아버지도 소소 님이 누이처럼 편안하시지요? 소소 님을 배필로 맞으십시오. 제 소원입니다."

"새부야, 갑자기 왜 이러느냐? 나보다는 너와 다복이가 이제 장가를 들어야지."

"그래서 청을 드리는 겁니다. 아버지가 혼자 계신다면 저도 다복이도 마음 편히 장가를 들 수 없습니다. 아버지도 저와 다복이가 언제까지나 아버지 곁에서 이렇게 혼자 사는 걸 바라지는 않으시겠지요?"

아버지가 잠시 새부를 바라보더니 희미하게 웃었다.

"넌 참 교묘한 말로 나를 꼼짝 못 하게 하는구나."

새부도 웃었다. 아버지가 절반은 승락한 것이나 다름없으니 이제 소소의 뜻을 물어 일을 성사시키기만 하면 된다.

아버지가 다시 약을 지었다. 방 안에 한동안 침묵이 흘렀다.

문득 바깥에서 말소리가 들렸다.

"대인, 대아거, 안에 계십니까?"

추장 집 시동의 목소리인 듯했다. 새부가 밖으로 나갔다. 시
동이 새부를 보더니 꾸벅 절을 했다.

"무슨 일이냐?"

"추장님께서 대인과 대아거를 뵙자 하십니다. 십장들도 다
모여 대인과 대아거가 오시기만을 기다리고 있습니다."

새부는 잠시 생각한 다음 대답했다.

"알았다. 곧 가마."

새부는 안으로 들어와 아버지에게 시동의 말을 전했다.

"십장들까지 다 모여 있다 합니다. 부락에 또 무슨 일이라도
생긴 걸까요?"

"글쎄다. 가 보면 알겠지."

얼마 뒤 새부는 아버지와 추장의 집으로 갔다. 마을의 중요
한 일을 의논할 때 모이곤 하는 큰 방에 추장과 십장들이 둘러
앉아 있었다. 이런 자리에 좀처럼 끼지 않는 쿠르첸도 추장 옆
에 앉아 있었다. 추장의 오른쪽 옆 두 자리가 비어 있었다. 새
부와 아버지는 추장 옆자리에 나란히 앉았다. 십장들이 한꺼번

에 새부를 바라보았다. 십장들의 표정이며 눈빛에서 뭔가 심상찮은 의논이 오갔음을 새부는 느낄 수 있었다. 추장이 새부를 보며 말문을 열었다.

"대아거, 목숨 걸고 우리 나단부를 지켜 주어서 정말 고맙네. 십장들도 부락 사람들도 모두 감사하고 있네."

새부가 무어라 말하려는데 쿠르첸이 얼른 말했다.

"대아거, 이제부터 대아거를 형님으로 받들 거다. 난 약속은 반드시 지킨다."

"쿠르첸, 난 널 도우려고 월리부에 간 게 아니었다. 다만 내할 일을 했을 뿐이니 굳이 그 약속에 얽매일 필요는 없다."

"대아거, 쿠르첸의 진심을 받아 주게나. 그리고 우리 모두의 마음도 받아 주기 바라네."

추장이 말을 이었다.

"난 두 아들을 잃은 뒤부터 무책임한 추장이었네. 부락일에 관심도 없고, 의욕도 없었지. 게다가 하나 남은 아들을 제대로 가르치지 않아 하마터면 부락을 큰 위험에 빠뜨릴 뻔했네. 다행히 대아거 덕분에 이번 일이 잘 해결되었지만 내 책임을 면할 수는 없을 것 같네. 그래서 어제 월리부에 배상 사절을 보낸 뒤 추장 자리를 내놓았네."

새부는 놀란 얼굴로 추장을 바라보았다. 추장 자리를 내놓았다는 것도 놀라웠고, 그 얘기를 자신에게 하는 것도 이해가 되지 않았다.

"우리 여진 부락의 추장 자리는 보통 세습되어 왔지만 추장에게 무슨 일이 생기거나 후계자가 없을 때는 십장들이 모여 새 추장을 뽑는 것이 전통이네. 새 추장을 뽑을 때는 신분이나 핏줄을 따지지 않는다네. 다만 부락의 진정한 지도자가 될 수 있는 인물인지 그것만 염두에 둔다네. 아까 십장들이 추장을 다시 뽑았는데, 만장일치로 대아거를 추대했네."

추장의 여진말이 갑자기 몹시 귀에 설게 들렸다. 새부는 할 말을 잃고 추장을 멍하니 바라보았다. 방 안에 긴장 어린 침묵이 감돌았다. 조금 긴 듯한 침묵 뒤에 추장이 말했다.

"대아거, 십장들의 뜻을 받아들이시게. 대아거라면 나도 안심할 수 있네."

그제야 새부는 정신이 든 듯 고개를 설레설레 저었다.

"추장이라니, 당치 않습니다. 전 다만 성심을 다해 추장님을 돕고 싶을 뿐입니다. 이제부터라도 추장님이 의욕을 가지신다면 나단부는 달라질 겁니다."

"이미 추장 자리를 내놓았다고 하지 않았는가."

추장이 단호하게 말했다. 십장 하나가 입을 열었다.

"우리 나단부를 치자는 월리부 작은 추장의 청을 거절하고 대신 독약을 마셨다고 들었습니다. 그만큼 우리 나단부를 사랑하기 때문이라고 하셨다지요. 우리에게는 자신의 한 목숨을 버릴 만큼 나단부를 사랑하는 추장이 필요합니다."

"월리부의 추영에 맞서 우리 나단부를 지켜 줄 사람은 대아거뿐입니다. 대아거, 우리의 뜻을 받아 주십시오."

또 한 십장이 간곡하게 말하자 모두 한 목소리로 소리쳤다.

"받아 주십시오."

새부는 해답을 구하듯 아버지를 보았다. 아버지는 새부를 한참 바라보다가 마침내 고개를 끄덕였다.

"받아들이시게, 대아거. 여기까지 온 것도, 추장이 되는 것도 다 하늘의 뜻인 듯하네."

이제는 더 이상 거절할 명분이 없었다. 새부는 잠시 생각한 다음 말했다.

"저는 아직 젊고 경험도 부족하여 지금 당장 추장이 될 수는 없습니다. 추장님께서 굳이 물러나신다면 저보다는 제 아버지가 추장이 되셔야 합니다. 제 아버지는 능히 부락을 다스릴 만한 자격과 경륜을 갖추신 분입니다. 추장님 또한 오랜 세월 동안 부락을 다스려 오셨으니 그 지혜와 경륜으로 아버지를 도와주십시오. 지금까지 그랬던 것처럼 두 분이 의논하셔서 부락을 다스려 주십시오. 저는 두 분께 열심히 배우겠습니다. 그러다 때가 되면 십장들의 뜻을 받아들이겠습니다."

십장들이 아버지와 새부를 번갈아 바라보았다. 추장이 아버지에게 물었다.

"대아거가 의견을 말했는데, 대인 생각은 어떠신지?"

"대아거의 뜻이 정 그렇다면 임시로 추장 자리를 맡겠습니다. 허나 어디까지나 임시고 명분상의 추장일 뿐입니다. 실제 추장은 대아거입니다. 한두 해만 추장님과 내가 노인의 경륜과 지혜로 대아거를 도와 준다면 대아거는 훌륭한 추장이 될 겁니다. 십장들도 그런 믿음이 있기에 대아거를 새 추장으로 뽑았을 겁니다."

추장이 만족스럽게 웃으며 고개를 끄덕이고는 십장들을 둘러보았다.

"여러 십장들도 대인의 말씀을 잘 들었으리라 믿소. 대인의 의견에 반대하거나 다른 의견이 있으면 말해 보시오."

모두 긍정한다는 뜻의 침묵을 지켰다. 추장이 다시 말했다.

"좋소. 이제 새 추장이 정해졌으니 좋은 날을 가려 새 추장을 맞는 의식을 치르도록 합시다."

"새 추장을 맞으면서 부락 이름도 바꾸었으면 합니다. 그래서 우리가 예전의 나단부가 아니라는 사실을 다른 부락들에도 알려야 합니다."

십장 하나가 의견을 내놓았다. 몇몇 십장들이 같은 의견이라는 듯 고개를 끄덕였다.

"좋은 생각이오. 허면 어떤 이름이 좋겠소?"

십장들이 의견을 주고받더니 한 십장이 대표로 말했다.

"실제 추장의 신분이 왕자니 완안부라고 하는 것이 어떻겠소?"

왕자를 뜻하는 여진말은 완옌인데, 한자로는 완안(完顔)이라고 쓴다. 추장이 말했다.

"완안부, 완안부……. 좋은 이름인 것 같소. 그 이름에 걸맞게 우리 완안부는 이제 어떤 부락보다 살기 좋은 부락, 다른 부락까지도 이끌어 줄 수 있는 크고 강한 부락이 되어야 할 것이오."

"꼭 그리 될 겁니다. 대아거가 우리의 추장이시니……."

십장들이 입을 모아 말했다.

11

부락에서 큰 잔치가 열렸다. 새 추장을 맞아들이고, 부락이 완안부로 다시 태어난 것을 축하하는 잔치였다. 축하할 일은 또 있다. 즉위식과 함께 새 추장이 부락 여인 소소와 혼례식을 올린 것이다. 이래저래 나단부, 아니 완안부는 온통 흥겨운 잔치 분위기다.

추장의 집 앞 넓은 터를 중심으로 사방에 잔치 자리가 펼쳐졌다. 부락 사람들이 모두 모였고, 월리부며 다른 부락 사람들도 축하하러 와 주었다.

오후부터 시작된 잔치는 밤늦게까지 계속 이어졌다. 곳곳에서 모닥불이 활활 타올랐고, 그에 화답하듯 밤하늘에는 별들이 눈부시게 돋아났다. 사람들이 술을 마시고 노래하고 춤추었다. 새 추장에 대한 기대와 부락의 장래에 대한 희망을 서로 떠들썩하게 이야기했다.

새부도 십장들이며 부락 사람들이 권하는 대로 사양하지 않고 술을 마셨다. 좋은 날 기분 좋게 취하고 싶었다. 아버지는 새부 맞은편 자리에 전(前) 추장과 나란히 앉아 있었다. 사람들이 권하는 술을 마시며 이야기를 나누는 아버지는 편안하면서도 위엄 있어 보였다. 오랜 세월 추장이었던 전 추장보다 갓 추장이 된 아버지가 더 추장다워 보였다. 아버지 곁에 다소곳이 앉은 소소도 행복한 모습이었다.

아린은 소소 옆에 앉아 신부의 시중을 들면서 가끔씩 새부와 눈이 마주치면 수줍게 웃었다. 저 멀리 부락 친구들과 좋아하는 처녀와 함께 자리하고 있는 다복이도 즐거워 보였다.

잔치의 열기가 한창 무르익었을 무렵, 새부는 슬며시 자리에서 일어났다. 취기가 많이 오른 듯하여 잠시 찬바람을 쐬고 와야 할 것 같았다.

새부는 잔치 자리를 벗어나 집 뒤편으로 갔다. 그 곳은 한적하고 조용했다. 앞쪽으로는 막막한 어둠이 끝없는 초원처럼 펼쳐져 있었다.

새부는 어둠 속에 우뚝 선 채 천천히 숨을 들이쉬고 내쉬었다. 머리와 가슴이 서늘해지면서 취기가 조금 가시는 듯했다. 차가운 밤바람이 몸을 감쌌다. 취기 덕분인지 밤바람이 서늘하고 부드럽게 느껴졌다.

새부는 밤하늘을 올려다보았다. 별들의 세상, 봄이면 초원을 가득 메우는 들꽃보다 아스허 강변의 모래알보다 더 많은 별들이 밤하늘을 휘황하게 수놓고 있다. 눈길 닿는 곳 어디에나 별들이 물결처럼 일렁이고 또 일렁인다.

'이 넓은 초원이, 밤이면 쏟아질 듯 별이 돋아나는 아스허 평원이 이제 내가 평생 살 곳이구나.'

새부는 나단부를 사랑했고, 이 곳에 오래 머물고 싶었다. 다만 사람의 앞날은 알 수 없는지라 이 곳에서 평생 살 수 있을지 확신할 수는 없었다. 그런데 나단부 사람들이 새부를 선택했다. 어떤 일이 있어도 새부가 나단부, 아니 완안부를 떠나지 못

하도록 막중한 책임을 지워 준 것이다. 아버지는 그것이 하늘의 뜻이라고 했다.

인제현이 생각났다. 시도도 하기 전에 꺾여 버린 인제현의 꿈도 생각났다. 비록 인제현으로 가지는 못했지만 새부는 한 번도 그 꿈을 잊은 적이 없었다. 어디에 살건 그 곳 사람들과 함께 자유롭고 사람답게 살 수 있는 세상을 만들어 가는 것으로 태자 전하의 뜻을 이어 가리라 다짐했는데, 이제 이 곳 완안부에서 다시 그 꿈을 펼칠 수 있게 되었다.

기쁘고 고마웠다. 모든 것이 고마웠다. 무엇보다 아버지에게 감사했다. 친자식보다 더한 사랑과 정성으로 자신을 키워 준 아버지가 아니었다면 지금의 자신도 없었을 터였다. 또한 자신을 믿고 여기까지 따라와 준 다복이도 고마웠다. 사랑스러운 아린도 그리운 초희도 고마웠다. 아린은 곁에 있어 주어서, 초희는 저 멀리 고려 땅에 그리움으로 남아 있어 주어서…….

밤하늘의 별들이 저토록 아름답게 빛나는 것은 사랑하는 사람들, 고마운 사람들이 있기 때문일 터였다.

찬란한 별빛에 문득 한 번도 본 적 없는 얼굴이 어렸다. 어렸을 때부터 내내 가슴 저리게 그리워했던 어머니, 그리고 친아버지 마의태자의 얼굴이었다. 새부는 그분들에게도 감사의 마음을 전하고 싶었다.

'나를 이 세상에 있게 해 주시고
당신을 닮은 눈빛을 주신 어머니,
사랑하고 또 감사합니다.
친아버지 태자 전하,
왕국이 아니라
이미 사라져 버린 그 왕국을
절절히 사랑하는 마음을 물려주서서 감사합니다.
영원히 채워지지 않는 형벌 같은 그리움을 물려주서서
정말 감사합니다, 아버지.'

가슴이 뜨거워졌다. 삶이 아름답고 눈물겨웠다. 살아 있다는 것이 기뻤다. 이제 어떤 일도 너끈히 받아들일 수 있을 것 같았다. 삶의 기쁨이나 영광뿐 아니라 고통까지도 사랑할 수 있을 것 같았다. 자신의 삶에 닥쳐 오는 모든 일을 선선히 껴안으면서 이렇게 말할 수 있을 것 같았다.

'나에게 일어나는 모든 일은 다 나에게 좋은 것이다.' 라고.

새부의 가슴 속에서 휘황한 별들이 돋아났다. 밤하늘의 별빛과 마음 속의 별빛이 하나로 어우러졌다. 그 빛이 주는 기쁨과 평온함에 몸을 맡긴 채, 새부는 한동안 밤하늘 아래 서 있었다. 저편에서 노랫소리와 왁자한 웃음소리가 밤바람을 타고 날아왔다.

뒤에서 인기척이 났다. 새부는 뒤돌아보았다. 아린이 다가왔다.

"초원의 별, 여기 계셨군요. 한참 찾아다녔어요."

아린이 반가움이 가득한 목소리로 말했다.

"더 멀리 가 있을 걸 그랬소. 그대가 더 날 찾아다니게……."

새부가 농담을 하자 아린이 살포시 웃었다.

"저뿐 아니라 대인 어른, 친구분, 십장들, 모든 사람이 대아거를 찾고 있어요."

"안 그래도 곧 돌아가려던 참이었소."

이제 자신이 있어야 할 곳은 부락 사람들 곁이라는 것을 새부도 잘 알고 있다.

"바람을 쐬고 계셨군요."

아린이 물었다. 새부는 고개를 끄덕였다.

"별도 보고……. 금방이라도 쏟아질 것처럼 별이 많소. 참 아름다운 밤하늘이오."

아린이 잠시 밤하늘을 올려다보더니 고개를 돌려 새부를 보았다.

"정말 별이 많고, 아름답기도 하네요. 하지만 밤하늘에 아무리 별이 많아도 땅에 있는 초원의 별, 당신만큼 아름다운 별은 없어요."

새부는 웃었다. 아린도 따라 웃더니 새부에게 물었다.

"내가 왜 대아거를 초원의 별이라고 부르는지 궁금하지 않나요?"

전에 한 번, 새부는 아린에게 그 이유를 물어 본 적이 있다. 아린은 배시시 웃으며 때가 되면 말해 주겠다고 했다. 그래서 새부도 더 이상은 캐묻지 않았는데, 이제 아린 스스로 그 이유를 말하고 싶은 모양이었다.

"말해 보오. 왜 날 초원의 별이라고 부르는지."

"혼기를 앞둔 처녀들이 무당을 찾아가 예언을 듣는다는 건 알고 계시죠?"

"아린도 무당을 찾아갔던 거요?"

새부가 웃으며 물었다. 아린이 고개를 끄덕였다.

"무당이 예언했어요. 제 신랑감은 초원의 별 같은 사람이라고요. 그 사람은 나중에 한 나라의 시조가 된다고 했어요. 어머닌 무당이 예언한 신랑감이 쿠르첸이라고 했지만 난 쿠르첸이 아니란 건 확실하게 알고 있었어요. 나한테 중요한 건 '한 나라의 시조'가 아니라 '초원의 별' 같은 사람이란 예언이었거든요. 그리고 당신을 처음 본 순간 알았어요. 당신이 바로 초원의 별이라는 걸."

아린이 잠시 말을 끊었다가 다시 이었다.

"난 무당의 예언이 절반만 맞았다고 생각했는데 한 나라의 시조가 된다는 예언도 어쩐지 맞는 것 같아요."

"한 나라의 시조라······. 좋은 예언이오."

새부가 담담하게 말했다. 무당의 예언은 새부에게 그다지 중요하지 않았다. 부락 사람들과 함께 살 만한 세상을 만들어 가는 것, 아버지 태자 전하의 뜻을 이어받아 지치지 않고 열심히 살며 삶을 사랑하는 것, 중요한 것은 오직 그뿐이었다.

"참, 당신 이름 '김' 자, '준' 자를 다 수놓았어요. 어제부터는 '애신각라'의 '애' 자를 수놓고 있어요."

아린의 제안에 따라 새부는 친아버지가 남겨 주신 문서를 족자로 만들기로 했다. 그리고 요즘 아린은 족자의 글자에 정성 들여 수를 놓고 있는 중이다. 아린이 만든 족자는 그 무엇보다 아름다울 것이다. 족자가 완성되면 벽에 걸어 놓고 날마다 아린과 함께 바라보리라.

"고맙소, 아린."

"오히려 제가 고마워요. 당신이 제 곁에 있어 주어서 사는 일이 늘 기쁘고 또 감사해요."

아린이 새부를 보면서 말했다. 새부도 아린을 마주보았다.

"사랑해요, 초원의 별······."

아린이 문득 신라말로 말했다. 아직 발음이 조금 서툴기는 했지만 정겨운 말이었다. 새부는 웃으며 가만히 아린을 안았다.

"사랑하오, 아린."

새부도 신라말로 말했다.

초원의 밤하늘을 빼곡히 수놓은 별들이 눈부신 빛을 내뿜으며 노래하듯 반짝거렸다.

12

요나라는 최초로 중국 북부를 통일한 나라다. 서기 916년에 건국한 요나라는 고려 초부터 고려와 대립했으며, 고려 북쪽의 여진족을 지배했다.

요나라는 여진족 거주 지역에 거란 관청을 설치했는데, 여진족은 그 곳 관청 관리는 물론이고 그 지역을 거쳐가는 거란 관리에게도 부역과 공물을 바쳐야 했다. 계속되는 요나라의 착취와 수탈에 여진 부락에서는 자주 반란이 일어났지만 번번이 실패로 끝났다. 씨족별로 흩어져 있는 여진족이 단합된 세력을 이루지 못했기 때문이다.

요나라의 전성기는 6대 성종이 다스리던 982년에서 1031년까지다. 그 시기에 요나라는 중국 북부의 광활한 영토 대부분을 차지했으며, 송화강 유역의 여진 부락까지 세력을 뻗쳤다.

비록 힘이 부족하여 요나라의 지배를 받게 되었지만 송화강 일대의 여진족은 진취적이고 자주적인 사람들이었다. 특히 아스허의 완안부는 가장 강성하고, 자존심과 독립 정신이 강한 부락이었다. 요나라는 여진족을 지배하면서 부락 추장들에게 요나라 벼슬을 주었는데 송화강 일대의 추장들은 형식적으로 벼슬을 받았을 뿐, 여전히 자신들의 독립성을 굳건히 지켜 나갔다.

성종 이후 요나라는 수차례의 내란과 부패, 다른 민족의 반란으로 차츰 쇠락해 갔다. 반면 송화강 유역의 여진족은 점점 힘을 키워 갔다.

서기 1101년, 제9대 천조제가 즉위하면서 여진에 대한 거란의 수탈이 한층 심해졌다. 천조제는 사치와 낭비가 심한 임금이었다. 요나라의 사치는 여진족에게 엄청난 부담이 되었다. 수많은 여진 사람들이 겨울에 강의 얼음을 깨고 진주를 채취해야 했고, 조공으로 바칠 흰 발톱을 가진 회색 매, 해동청을 구하기 위해 해안에 거주하던 다른 부족과 전쟁도 해야 했다.

요나라의 극심한 수탈에 견디다 못한 여진족이 민족의 자존과 생존을 위해 떨치고 일어났다. 송화강 일대의 부락들이 연맹을 맺고, 완안부 추장 우야소(烏雅束)를 연맹장으로 추대했다. 연맹장이 된 우야소는 여진 부락 전체를 하나의 여진, 완안 여진으로 통일했다.

이후 우야소의 뒤를 이어 그의 아우 아구다(阿骨打)가 연맹장이 되었다. 아구다의 영도 아래 완안 여진은 한층 세력이 커졌다. 이에 불안을 느낀 요나라는 여진을 더욱 속박하려 들었고, 완안 여진은 더 이상 요나라의 지배를 받지 않겠다고 선포하고 요나라와 전쟁을 시작했다.

그 이듬해 아구다는 아스허 남쪽 회령에서 정식으로 나라를 세워 황제가 되니, 그가 태조 완안민(完顔旻 : 아구다의 중국식 이름)이다.

완안부를 세운 아구다의 시조는 신라 왕자였다. '초원의 별'이라고 불렸던 시조는 법제를 정해 부락의 기틀을 잡고, 부락을 일대에서 가장 살기 좋은 곳으로 만든 전설적인 인물이었다.

완안부 사람들뿐 아니라 다른 부락 사람들에게도 사랑과 존경을 받았던 시조를 기려, 아구다는 국호(國號)를 시조의 성에서 따와 대금(大金)이라 하였다. 그리고 집안대대로 전해 내려온 족자에 쓰인 글귀 '애신각라'를 황실의 별호(別號)로 삼았다. 서기 1115년의 일이었다.

내가 꿈꾸어 본 역사

10년 전 여름 『마지막 왕자』(푸른책들, 1999)를 쓸 때 내가 마의 태자에 대해 알고 있던 것은 『삼국사기』와 『삼국유사』의 기록뿐이었다. 책이 나온 뒤 마의태자에 대한 역사학자의 글과 텔레비전 프로그램을 보게 되었고, 다음과 같은 두 가지 중요한 사실을 새롭게 알게 되었다.

그 하나는 강원도 인제군 김부리에 마의태자의 흔적이 많이 남아 있다는 사실이다. 대왕 마을, 다물 마을, 맹개골 등의 심상찮은 지명과 1년에 두 차례씩 지내곤 했던 마을 제사, 그리고 한계산성에서 나온 유물 등으로 마의태자가 금강산으로 들어간 것이 아니라 신라 유민들과 함께 인제군에 살면서 신라 부흥을 꿈꾸었음을 추측할 수 있다는 것이다.

또 하나는 고려 초에 마의태자처럼 고려에 저항했던 신라 왕족이 여진 땅으로 가서 금(金)나라의 시조가 되었다는 사실이다.

금나라 역사서에 따르면 금나라의 시조는 신라 왕족으로 이름이 금준, 김극수, 또는 함보라고 했다. 나이 예순이 넘어서 송화강 일대의 여진 부락으로 왔으며, 부락에 마침 쉰이 넘은 노처녀가 있어서 그 처녀와 혼인했고, 부락의 어려운 문제를 해결하여 추장이 되었다는 것이다.

뒤늦게 알게 된 이런 사실들이 내 마음 속에서 서로 얽히면서 불현듯 『마지막 왕자』그 뒤의 이야기가 떠올랐다. 어쩐지 마의 태자가 인제군에 살면서 아들을 두었을 것 같은 생각이 자꾸 들었다. 나는 금나라의 시조를 내 상상 속의 마의태자의 아들로 설정하고 싶었는데, 연대(年代)가 조금 차이가 나는 듯했다. 금나라 시조가 여진 땅에 간 시기는 고려 초인데 내가 쓰고자 하는 시기는 고려 광종 때였다.

하지만 어차피 역사적 기록이나 자료는 거의 없었다. 마의태자가 인제군에서 끝까지 고려에 저항했고, 금나라의 시조가 신라 왕족이라는 두 가지 사실 말고는 다 허구의 이야기가 될 수밖에 없었다.

나는 역사소설이면서도 성장소설인 청소년소설을 쓰고 싶었다. 또한 우리 조상들이 금나라 역사를 우리 역사로 인식했다는 글을 읽고, 우리가 잘 모르고 있는 금나라의 시조에 대한 이야기도 해 보고 싶었다. 허구의 이야기를 통해 금나라 시조가 신라 사람이었다는 분명한 역사적 사실 하나만은 꼭 알려 주고 싶었다.

사실로서의 역사도 중요하지만 내가 꿈꾸어 보는 역사도 그에 못지않게 중요하다고 생각한다. 그래서 금나라 역사책에 기록된 이름 김극수와 금준(김준)을 가져와 주인공의 아버지와 주인공 이름으로 삼은 다음, 내 마음이 시키는 대로 이야기를 지었다.

『초원의 별』을 쓰면서 새부와 함께 슬퍼하고 기뻐한 많은 날들은 행복했다. 내가 새부와 함께 꿈꾸어 본 역사를 독자들도 함께 꿈꾸어 준다면 더한층 행복할 것 같다. 또한 나는 작품을 쓰면서 노래를 지어 넣기를 좋아하는데, 이 작품을 쓰면서도 몇 가지 노래를 지어 넣을 수 있어서 즐거웠다.

2006년 초겨울 천마산 기슭에서
강숙인

〈강숙인 작가〉의 청소년소설, 함께 읽어 보세요!

강 숙 인

1953년 대구에서 태어나 서울예술대학 문예창작과를 졸업했다. 1978년 '동아연극상'에 장막 희곡이 입선되어 작가로 활동하기 시작했으며, 1979년 '소년중앙문학상'과 1983년 '계몽사아동문학상'에 동화가 당선되었다. 우리 역사와 고전에 대한 특별한 애정을 갖고 역사적 사건이나 인물을 새로운 시각으로 그려내거나 고전을 재해석하는 작업을 꾸준히 해 오고 있으며, 제6회 가톨릭문학상과 제1회 윤석중 문학상을 수상했다. 대표적인 작품으로 『마지막 왕자』, 『아, 호동 왕자』, 『청아 청아 예쁜 청아』, 『뢰제의 나라』, 『화랑 바도루』, 『초원의 별』, 『불가사리』 등이 있다.

블로그_ www.blog.naver.com/rese0468

＊〈푸른도서관〉 시리즈는 계속 나옵니다!